YAN YUE GONG ZI

偃月公子/著

你的时光
我曾来过

Beijing United Publishing Co.,Ltd.

北京联合出版公司

途经一场寂静时光

——情理交融品宋诗

古罗马帝国的诗人、批评家贺拉斯，在《诗艺》中提出了有关诗歌创作的原则问题。他认为作品：一要符合自然创造，切近真实；二要符合观众心理，切合众望；三要符合艺术规则，运用适度。并据此提出一条总原则：适宜，即合乎情理。他还认为艺术是天才和技艺的共同创造，而天才就是判断力，即理性认识、判断的能力。

其实诗歌鉴赏，也是适应这一原则的，解读诗歌的过程，既要还原诗歌原意的真实，又要吻合读者的心理需求，还要合乎情理。对诗歌的鉴赏，特别是对古典诗歌的鉴赏，要回到作者创作的原始处境和初衷，这需要天才的判断力和文化审美的综合能力。徐昌才先生在新著中，就充分展现了这种诗歌鉴赏的能力和才华，他用饱蘸的情、合适的理，给我们带来一次宋诗文化盛宴。全书语言晓畅，文采斐然；感情充沛，气势磅礴；领悟深刻，启迪心智；品读细腻，滋味浓郁；古今沟通，情思洋溢。可谓思想与情感交融，文采与诗性共舞。

宋诗是在唐诗的基础上发展起来的，但与唐诗相比又独具特色，对后世诗歌发展的影响很大，在中国文学史上占有重要地位。宋诗最主要的特点，就是在唐诗注重"抒情"的基础上，整体更趋于"说理"；在唐诗注重直觉、浪漫、修辞的基础上，更善于散文化、议论性和现实性。徐昌才先生无论在宋诗的经典诗歌选择中，还是在品鉴赏读的过程中，都注意了宋诗的这一特点，凭借他对古典文学的深厚底蕴和独特领悟力，洋洋洒洒将宋诗中80余篇脍炙人口的精美诗歌，进行了详细悟读和深度解剖。

本书精选宋诗名篇，深度品味，激情赏读，自成格调，自铸风采。全书分为羁旅愁思、敦品励行、家国天下、乡村素描、沧桑诗意五辑，既有借山水抒情言志的，也有思念故乡、向往田园乡村生活的；既有抒写相思爱恋的，还有反映人生沧桑现实的。在作者的选择上，囊括了宋诗发展历史上沿袭期、复古期、革新期、凝定期、中兴期、飘零期六个发展期的代表诗人，如西昆体代表诗人钱惟演，白居易体风格的王禹偁，以提倡古体诗、针砭时事的欧阳修，有锐意创新的王安石、苏轼，有以故为新的黄庭坚，有爱国诗的代表陆游，以及杨万里的"活脱"，陆游的平易，范成大的明白如话，包括以朱熹为代表的理学家诗歌的平直质朴，等等，展现了宋诗各个时期诗歌的不同面貌，真是各领风骚、蔚为大观。

徐先生对宋诗的解读品鉴，体现了他对宋诗的发展脉络，以及代表诗人、作品的深入了解和独到见解，并融入了个人心灵感悟、生活体验和对作者理想与现实的分析，体现了"深""细""活""美"这四个特点。

所谓"深"是指深刻品味、感悟、分析、演绎，努力发掘宋诗真味真意。他在悟读陆游的《梅花绝句》（其一）中，就广征博引诗人杨维桢咏叹"万花敢向雪中出，一树独先天下春"的诗句，以及唐代诗人柳宗元幻化分身的构思之作："海畔尖山似剑芒，秋来处处割愁肠。若为化得身千亿，散上峰头望故乡"（《与浩初上人同看山寄京华亲故》），以此来诠释诗人的诗意和境界，从而将陆游的高洁人格、坚贞品性和对梅的迷恋之情，一并表现出来。在解读了陆游诗句之后，作者笔锋一转，"想到庄子梦蝶的故事，庄周一梦，化为蝴蝶，翩翩飞舞，时而流连姹紫嫣红的花园，时而驻足清清溪流旁边，时而欣赏大漠孤烟，时而欣赏小桥流水……自由自在，无拘无束，及至梦醒，庄子不明白，是自己变成了蝴蝶，还是蝴蝶变成了庄子。陆游此诗，何尝不是如此情意呢？"将笔者对庄子的思考转入对读者的启发，体现了对陆游诗歌内涵和思想的深度剖析。

所谓"细"是指体会细腻具体，不放过重要细节和关键词句，还原宋诗原汁原味。徐昌才先生在《坐将赤热忧天下》一文里，对王令的《暑旱苦热》一诗的悟读，就注重于关键词，如剥笋抽丝般把诗人"经世致用，忧怀天下"的情结解读得细致入微。徐昌才对诗歌词语的把握很是细微：诗中几个词语颇值得玩味。"屠"字通常意义为"杀戮、诛杀"之类的意思，此处为"消除、消散"之意。徐昌才先生对诗歌的词句"屠得热浪"，也有独自的理解："超常搭配，于清风而言，热浪滚滚，暑气灼人，清风无力，清凉无存，相比之下，风无力，热不退，消除不得，哀哀无告；于诗人而言，则希望风扫狂热，带来清凉，心之忧虑焦急，心之煎熬难受，宛然可睹。"这样细致的解说，无疑为读者赏读宋诗，对诗歌意境和思想性的把握起到了很到位很彻底的关键作用。

所谓"活"是指联系现实，联系生活，联系自我，以我注诗，以诗注我，把宋诗讲活讲透。徐昌才先生在赏析宋诗时，处处讲究活读活析。如他在赏读刘攽《新晴》时，就从意象入手，细加品味。赏"青苔"，联想到刘禹锡《陋室铭》："苔痕上阶绿，草色入帘青。谈笑有鸿儒，往来无白丁。可以调素琴，阅金经。无丝竹之乱耳，无案牍之劳形。"突出清静自在、淡泊名利、自成天地、乐趣无穷的意境。赏"清风"，联系诗人自己另外的写风诗作，联系唐代诗人唐薛能、李太白以及清代诗人的诗作，旁征博引，信手拈来，涉笔成趣，博学多知，让我们充分感受宋诗真意，深刻理解诗人情感。

所谓"美"是指赏析亮点多多，引人入胜。徐昌才先生赏析宋诗不呆板，喜欢加入个人生活感悟，所以他自称是悟读。但是这种悟读，往往增加了对作品"美"的享受和理解。如他《君子之交淡如水》一文中，对杜耒《寒夜》"寒夜客来茶当酒，竹炉汤沸火初红"的品味，联想白居易"绿蚁新醅酒，红泥小火炉"诗意对比赏读，又联系作者自己的生活体验。"笔者读到此处，总是想起家乡的烘脚暖手的风笼来，用竹篾编织而成，呈圆柱形状，上大下小，上有提柄，内置一火钵，冬天可以在钵内存放火种、木炭。小时候，每到冬天严寒季节，奶奶总是大清早就给我们姊妹准备好了炭火木灰，我总是随着伙伴们提着风笼去上学。在学校，冷了即可以烤烤风笼。至今想来，那份温暖，那份亲切，还打动人心呢。我没看见过竹炉，但我读此诗却由竹炉联想到了小时候经常使用的风笼，进而体会到长辈对小孩的仔细呵护，体会那种新奇有趣的生活。我想，这或许就是叶嘉莹先生所讲的诗歌的生命感发吧。"一大段美好回忆的叙述，增加了读者对作品理解的厚度和美的享受。

　　徐昌才先生以他卓异不凡的才华，给我们淋漓尽致地演绎了宋诗的精华意蕴，让我们在他的引领下享受了一顿精神大餐。同时，他也为古典诗歌鉴赏探索了一条情理交融的灵动路子。他对宋诗的悟读，也为新诗的发展提供了借鉴、吸收传统经典，提升诗歌品质的宝贵经验。

　　此为序。

杨 林

2013年5月3日凌晨长沙金城府

（杨林，中国少数民族侗族文学学会常务理事，中国作家协会会员，长沙市作家协会副主席）

【目录】

I

【目录】

【目录】

V

第一辑

画成应遣

一生愁

一花一鸟含春愁

春居杂兴

王禹偁

两株桃杏映篱斜，妆点商山副使家。

何事春风容不得？和莺吹折数枝花。

贬官降职，外调京师，有人看得通达，不以为意，心胸超迈，寄情山水，自由洒脱；有人纠结于心，耿耿于怀，怨天尤人，见花堕泪，临风伤悲，颓靡不振。前者以苏东坡为代表，后者以王禹偁为代表。宋太宗淳化二年（991），王禹偁被贬官到商州（即今陕西商县东），任团练副使，此职是一个有名无实、用来安置贬谪官员的虚职，俸禄微薄。诗人心中极度苦闷，愤愤不平。第二年春天写下了诗歌《春居杂兴》，借题发挥，含沙射影，感伤自己的不幸遭遇，宣泄自己的忧愤不平。

诗人就是诗人，不同于纯粹的政客，即使被贬官降职之后，也要苦中作乐，诗意生活。你看，诗人描写自己居所的优美风光，竹篱旁边倾斜生长着两株果树，一株桃树，一株杏树，树枝头上花朵深红浅绯，煞是好看，它们装饰着诗人的住所，使诗人这个商州团练副使在漫长寂寞中得到一点安慰。

如此描绘，喜忧交织，意味复杂。从乐观方面来看，桃杏花开，深浅不一，斜映竹篱。不时还有美丽的黄莺飞临枝头，放歌一曲。诗人欣赏，有滋有味，兴致勃勃。花朵装点诗人的家园，灿烂诗人的双眸；

黄莺欢歌，又让人听到一曲曲天籁乐章。花开鸟鸣，草长莺飞，的确赏心悦目，娱耳动听。从悲观方面来看，诗人遭受人生重大打击，心情低落，精神不振，整天为仕途前程忧心忡忡，哪来闲情逸致观花赏草、听鸟吟歌呢？欢乐其表，忧愤其里，表里不一，矛盾痛苦，这也许才是诗人的真实心境。

注意一个词语"妆点"，不是天然如此，是妆饰出来、点缀出来的美丽，言外之意即暗示诗人的心情仍然是孤寂失落，仍然是沮丧失望，可以"妆点"环境住所，让人产生美丽如画之感，却不可以"妆点"心灵情感，悲伤就是悲伤，愤怒就是愤怒，谁也掩饰不了。桃杏花开，风华美丽的后面是伤心惆怅、苦不堪言。当然，如果抛开诗人的命运坎坷，单就风景而言，桃杏花开，旁逸斜出，掩映竹篱，和谐配置，这仍是一幅明艳动人的画面。画面静美、古朴，有浓艳，亦有淡雅；有热烈，亦有冷落。整个情调、氛围很是耐人寻味。

苏轼有诗云"竹外桃花三两枝，春江水暖鸭先知"，三两枝桃花斜出竹林之外，迎春绽放，新奇亮眼，生机勃勃。叶绍翁亦有诗云"满园春色关不住，一枝红杏出墙来"（《游园不值》）。一枝红杏，出墙绽放，灿烂了一个春天！唐代士子崔护诗云"去年今日此门中，人面桃花相映红。人面不知何处去？桃花依旧笑春风"（《题都城南》）。桃花倚门而开，美人倚桃而立，去年的画面——人面桃花，何等美丽动人！今年的同一个时候，桃花依旧，美人不知，多么伤感、失望！这些桃杏花开的画面如此美丽，诱人遐想。

如果说诗歌一、二句是写乐景，以乐景反衬悲情的话，那么诗歌三、四两句主要是写哀景，哀景映衬悲情。诗人责怪春风心胸狭隘，多管闲事，竟然容不下这少得可怜的几枝花、几棵树和一只黄莺；似乎与诗人作对，吹折了花枝，吹落了花朵，连枝上的黄莺也被惊飞了。在商山这个地方，没有人理解诗人的艰难苦况，没有人分担诗人的孤愤忧愁。花开朵朵可以装点诗人的心情，黄莺歌唱可以慰藉诗人的孤寂，可是就连这仅有的一点娱耳悦目的风景也被无情的春风摧残殆尽，你说气不气人呀？

本来，春风吹拂，花折鸟飞，这是再正常、再自然不过的客观现象。花鸟无情无意，无知无觉，都是些不懂感情，没有生命意趣的事物，诗人心情不好，与它们何干呢？诚如南唐皇帝李璟言"吹皱一池春水，干卿何事？"可是，心有不悦，无处发泄，则迁怒于物，怨天尤人。诗人恨春风无情，怨花鸟不在，就是这种心理作怪吧。本来心情郁闷，连这点稍稍可以排解郁闷的风景也荡然无存，可见诗人极度苦闷，极度失望。俗话说"屋漏偏逢连夜雨，船迟又遇打头风"，诚哉斯言！一句话，诗人责怪春风无情，实际上是在含蓄地责怪社会无情，人生残酷；说花折鸟飞，实际上是暗示自己孤独苦闷，无人分担，无人理解。

有意思的是，此诗诞生之后，关于最后一句的真实性问题，引发了诗歌爱好者们的质疑，据《苕溪渔隐丛话》卷二十五引《蔡宽夫诗话》记载："元之（王禹偁，字元之），本学白乐天诗，在商州尝赋《春日杂兴》云……其子嘉祐云：'老杜尝有："恰似春风相欺得，夜来吹折数枝花"之句，语颇相近。'因请易之。王元之欣然曰：'吾诗精诣，遂能暗合子美邪？'更为诗曰：'本与乐天为后进，敢期杜甫是前身。'卒不复易。"儿子发现父亲诗句与前贤暗合，建议父亲改动，父亲不但不改，反而为自己诗意暗合前贤而吟诗自喜，是为文坛佳话。

又据陆游《老学庵续笔记》云："语虽极工，然大风折树而莺犹不去，于理未通，当更求之。"据清代贺裳《载酒园诗话》（卷一）载："余以且莫问雷同古人，但安有花枝吹折，莺不飞去，和花同坠之理？此真伤巧。"又据清代《载酒园诗话》（卷一）引黄白山语："此正'诗有别趣'之谓，若必讥其无理，虽三尺童子亦知莺必不与花同坠矣。"笔者以为，陆游和贺裳的看法太过求真坐实，以此解诗，机械枯淡，索然寡味，亦不解诗艺真味；黄白山的理解比较可取，但别趣何在，又语焉不详。

实际上，理解王诗语句，关键要弄清一点，诗艺真实与生活真实的区别与关系，真生活不一定是诗，诗生活不一定全真，只要能够恰切有力地表现诗人情思意韵的诗歌，就不失为艺术佳构。于生活情理有悖，但能巧妙而有力表达诗心情韵的，王禹偁诗就属于这种情况。心情原本不佳，连仅有的一点可娱可慰之物也被剥夺殆尽，岂不是雪上加霜、痛上加痛吗？

一船惆怅向黄昏

舟下建溪

方惟深

客航收浦月黄昏，野店无灯欲闭门。

倒出岸沙枫半死，系舟犹有去年痕。

作为游子，你不知道漂泊什么时候结束，也不知道漂泊又要赶往何方，你习惯了与舟沉浮，流浪江湖。一次次的泊舟靠岸演绎千古不变的苍凉，一次次的离愁苦恨诉说刻骨铭心的忧伤。家在天涯，人在旅途，一路艰辛，满目凄凉。这就是宋代诗人方惟深的诗歌《舟下建溪》呈现给我们的心灵启示。

建溪是福建省闽江的一条支流，一条普通而古老的河流，一个同样普通而古老的故事就发生在这条河流之上。

那是一个普普通通的黄昏，朦胧的月光洒在平静的溪面上，孤独的诗人驾着一叶小船轻轻划过水面，摇碎了波光粼粼的月影，慢慢靠近岸边。诗人不知道这是什么地方，也不知道这个黄昏要投宿哪家客店。他向岸上眺望，朦胧之中，只见一家小客店里并无灯光，似乎正准备关门。他心里一惊，庆幸还能找到客店，庆幸这个黄昏没有扔下他不管，一颗心暂时安顿下来，一段旅程暂时告一段落。

这是诗歌一、二两句所描绘的场景，几个意象的并置颇能引发读者的联想。黄昏，是一个敏感的词语，于众人而言，"日之夕矣，牛羊下来"，家人团聚，温馨幸福；于游子而言，漂泊他乡，无以为家，离愁乡思，涌上心头。马致远小令《天净沙·秋思》如此描绘："枯藤老树昏鸦，小桥流水人家。古道西风瘦马。夕阳西下，断肠人在天涯。"一边是小桥流水，炊烟袅袅，一边是踽踽独行，忧心忡忡，游子的孤独背影揪人心怀。

方诗中这个月光笼罩的黄昏，诗人还在孤舟漂泊，寻找客店，疲惫、孤寂，内心充满了无奈和伤感。为什么辞亲远游，流离他乡？为什么抛妻别子，饱受煎熬？昏黄的月光，寂静的水面，迷蒙的夜色，烘托出诗人内心的困惑与迷茫。野店，顾名思义，荒郊野外，江岸村落，不知名的普通小店，无灯一片暗淡，关门拒人门外，诗人管不了那么多，有人家就有希望，何况还是一家小店呢？莽撞打门，请求借宿，在这荒野之地，想来也不会遭到主人拒绝吧？但是，我们品读诗句，感觉到了荒野的冷寂、凄凉，不禁萌生替诗人担忧的念想。想想看，迎接诗人的不是江村野店，而是一栋灯红酒绿、灯火辉煌的酒楼，或是一群久候码头、热情期盼的朋友，那又是什么滋味呢？只能说，这次投宿，艰难不易，人心凄惶。

诗歌三、四两句描述诗人系舟靠岸的见闻感触，沧桑感慨，无语悲伤。诗人上岸之后，将小船系在水边的一株半死不活的枫树上，令人惊奇的是，这株枫树的根部被溪水冲走了泥土，裸露于水面，偏枯的树干仍然清晰可见去年系舟的斑痕呢！诗人对一株枫树特别留意，发现树根腾空，裸露水面，树枝干枯颓靡，行将死灭，树身伤痕累累，印迹斑斑。这儿不是一个正式的码头，一株苍老的枫树成了过往游子泊舟系缆的依靠，它的累累伤痕见证着过往游子的艰难困苦，见证着风雨岁月的沧桑无情。诗人真真切切地记得，去年的印痕未消，今年的印痕又增加了。年复一年，时光流转，风雨剥蚀，人生奔波，留下了枫树印痕，留下了无言的伤痛。

诗中"犹有"这个词颇为耐人寻味，"犹有"是"还有，仍有，尚有"之意，暗示去年的痕迹还未消失，今年的新印又出现，长此以往，形成累累斑痕，也折射出游子出没江波、风雨忙碌的苦辛。换成"唯有"则机械坐实，于情理不相称，谁能确保那些伤痕只是去年的，只是某一个人系舟留下的呢？换成"似有"更好，更准确，揭示出伤痕模糊，似有似无，实见风雨无情，岁月无情，人生伤感。

伤痕属于一棵枫树，伤痕也属于无数游子，或清晰或模糊的伤痕无声地诉说着人生风雨故事。小舟为何而泊？小舟驶向何方？小舟主人是谁？何时系舟靠岸？何时解缆起程？人生无穷感慨浓缩印痕之中，深沉哲理意味溢出印痕之外。人生就是一段漂泊不定的旅程，这一时刻不知道下一时刻的风景，这一时刻更不知道下一时刻会在哪里泊舟靠岸，更不知道等待的是热闹的酒楼，还是冷清的野店，只知道岸边那棵枫树，已是满身伤痕，无语千年。

画成应遣一生愁

行色

司马池

冷于陂水淡于秋，远陌初穷见渡头。

赖是丹青不能画，画成应遣一生愁。

人在江湖，身不由己，辗转奔波，愁思满怀，所见所闻，所作所为，所感所思，无不添愁惹恨，牵肠挂肚。宋代诗人司马池的诗作《行色》巧选角度，化虚为实，化难为易，精准得体地描绘了万千游子所共有的羁旅愁思。

题曰"行色"，出门远行之人的愁苦神色，或为士卒远赴边疆，辞亲远家；或为士子应考京师，离妻别子；或为官人贬谪天涯，背井离乡……行程匆忙，旅途迢远，神色悲苦，内心焦虑，此为"天涯沦落人"的共同处境。

这是一种怎样的神色、行程？又有怎样刻骨铭心的感触和记忆？诗人没有正面描写，而是联系生活，展开想象，多角度渲染烘托这份凄凄愁思。先说出门远行者的神情比池水还要清冷，比秋色还要凄凉，奠定一种感情基调——冷寂凄清。不是每个人都有远行离家之体验，不是每个人都有人生沦落之艰险，为了让读者易于理解，诗人拈来秋水池塘，秋冬池水，冷彻肌骨，寒凉心神；秋空山林，落木萧萧，满目苍凉。行旅愁色，与此相比，更清寒，更冷峻。诗歌一开篇就把读者带入深秋时节，让你站在秋水池塘之畔眺望，让你行在寂寥秋空之下沉思，不言愁而愁苦自见，不描色而秋色满篇。

再说出门远行者的行程况味。刚刚走完遥远的小路，前面却又是一个渡口。水陆兼程，迢迢不断，风尘仆仆，马不停蹄，旅途奔波，身心疲惫，委实辛苦；人生地陌，风云变色，水土不服，诸多不便、不适都得自己承担。"远陌"是山野小径，偏僻荒凉，绵长不尽，行者为何不走阳关大道，偏选这羊肠小道呢？明知凶险不安，或豺狼出没，或强人打劫，却偏向小道行，其间自有无限苦楚。"远"字给人一种永远也走不完、不知还要走多久的迷茫之感，更折射出行者心中的焦虑、无奈和困惑。

远陌初穷，渡头又见，水陆交替，行不完的路，过不完的渡口，青山之外还是青山，流水转弯还是流水，人生赶路，何时才是尽头啊？行者不知道，诗人不知道，我们读者也不知道。只记得一位哲人说过，人生就是一场行走，永不停歇地行走，不知道前路有多远，不知道下刻要到达哪里，不知道自己的目的地，身体与风尘相伴，心灵与寂寞相随。司马池的文字看似平和、冷静，其实表达了一种无穷无尽的厌倦和疲惫，无奈和苍凉。愁苦像小径一样漫长，忧思像河水一样流淌。

诗歌三、四两句转换角度，展开议论。此种羁旅愁思，此番风尘秋色，真是只可意会，难以表达啊！一个人的愁苦，如果能表达，或许是一种释放，一种安慰；如果连表达也不成，则愁何以堪？诗人讲，面对此情此景，即便是最出色的丹青能手也无能为力，毫无办法，可见愁有多深、多重。有道是，能够表达出来的痛苦不是真正的痛苦，不能表达出来的痛苦才是真正的痛苦。画是一种表达，画不出行色凄清，画不出内心焦虑，画不出肝肠寸断，真是有口不能言，有笔不能写，有色不能画。何等痛苦，何等无奈啊！

诗人又假设，倘能画出这种羁旅愁苦，定会让人一生都感到忧愁！不管是置身其中的诗人和行者，还是置身境外的读者，均会被这种愁惨深深打动，而情不自禁、声泪俱下。显然，丹青能手不愿意画，羁旅之人不愿意看，读者诸君不愿意看。如此看来，丹青画不出深重愁苦，画出是一种宽慰和释放，可是一旦画出，又会让人一生愁苦。画与不画，矛盾重重，左右不是，进退两难，行者凄苦，无以复加。

写羁旅之愁，从行色下笔，确非易事，因为这种神情的确难以表达，更难以诗句描摹，但诗人却能联系生活，以实写虚，以易写难；状难写之景如在目前，含不尽之意见于言外。让读者从"行色"之中，感受到旅人的冷寂凄凉和悲愁落寞。从这个意义上讲，司马池的《行色》的确是一首极富表现力、感染力的佳构。

落花流水残春去

大观间题南京道河亭

史徽

谷雨初晴绿涨沟，落花流水共浮浮。

东风莫扫榆钱去，为买残春更少留。

春天的到来总是令人欣喜激动的，朱自清在其散文名篇《春》有如此动情的描写："春天像刚落地的娃娃，从头到脚都是新的，它生长着。春天像小姑娘，花枝招展的，笑着，走着。春天像健壮的青年，有铁一般的胳膊和腿脚，领着我们向前去。"春天的逝去，总是令人伤感的、失落的。历朝历代，若干文人，临风伤心，睹春怀远，谱写了一曲曲哀婉动人的春之歌。宋代诗人史徽站立南京河道亭，有感花落水流，春归无计，即兴写下了这首哀怨连连、妙趣横生的留春诗。

故事发生在宋徽宗大观年间，地点是南京道河亭，人物只有诗人史徽一个。这是一个诗人和春天的故事，这是一个落花和流水的故事，也是一个榆钱和东风的故事。那天天气特别好，谷雨时节，天多晴朗，春将逝去。没有人会留意，没有人会伤感，也没有人会高兴。因为，春去秋来，物华代序，这太正常，太自然了。但是，史徽不是这样的人，他做不到袖手旁观，无动于衷，他看到了暮春的衰颓、消逝。眼前的水沟涨满春水，两岸绿柳垂拂，婀娜多姿，枝繁叶茂，苍苍翠翠，生机无限。绿色倒映水中，以致诗人产生错觉，以为这一沟流水也是翠绿的，汪汪一碧的绿，波光粼粼的绿，绿得深邃，绿得浓密，让人产生阴凉幽深之感。

诗人意识到这已是晚春时节了，那些柳枝千般不肯，万般不愿，不愿变深变老，不愿变黄变枯，她们想要留住春天。诗人或许由此联想到唐代诗人贺知章的《咏柳》趣诗，"碧玉妆成一树高，万条垂下绿丝绦。不知细叶谁裁出，二月春风似剪刀"。这种春风杨柳的碧绿一色，是早春的绿，是欢悦的情。贺诗人想象株株绿柳像小家碧玉，丝丝缕缕，秀发如云，裙裾如穗，漂亮极了，进而又想到，是谁把柳叶裁剪得如此精细雅致？春风啊，就像一把剪刀，春姑娘啊，勤劳能干，心灵手巧，正是她们充满智慧的劳动，才装扮出这样一个生机勃勃的春天呢！和贺诗人看到的早春不一样，史诗人看到的却是春深似海，叶绿如流，多了深邃，多了悠远，也多了一点暗淡。

诗人还留意到特别令人伤感的一幕：朵朵残花，随水漂流，远去，远去，淡出诗人的视野；流来，流来，刺痛诗人的心灵。落花和流水，漂漂浮浮，动荡不安，它们都不能把握自己的命运，它们都不可阻挡地流逝。作为在中国文化里浸润长大的诗人，不会不明白，落花有太多的负载和情思，它是生命光华的凄凉转身，是凋零破碎的哀哀无告，是随水漂流的默默无语，是美好沦落的伤心血泪。这条小沟，这个时节，这个地方，流逝的不仅是落花，还有和落花一样美丽的年华、青春、理想和激情。

诗人无奈，眼睁睁地看着花谢花飞，水流花去，眼睁睁地看着水波动荡，花影飘摇，心在流泪，眼似迷离。人生飘荡，江湖奔波，不也如此凄凉，如此艰难吗？东风起，花满天，伤春惜花之情更烈，留春护花之心更强，诗人突发奇想：春风啊，求求你，千万别像秋风扫落叶一般残酷无情，看看我的爱春惜花之心吧，不要急着把榆钱卷走，不要留下光杆枝丫，请你留下一树榆钱，让我买下残余无几的春天，让我享受享受即将消逝的美丽。

榆钱是榆荚，据《本草纲目》记载，"榆末生叶时，枝条间先生榆荚，形状似钱而小，色白成串，俗呼榆钱"。名义是钱，其实不是，不可消费，不能买春，但诗人管不了这些，万般无奈，情急之下，只好苦苦哀求，买下春天，留住春天，可叹可笑，而又痴心不改；无头无脑，而又率真可爱，这就是史徽真真切切的想法，这就是诗人至情至性的浪漫，奇怪吗？一点也不！早在唐朝，边塞诗人岑参就有类似的幻想，其诗《戏问花门酒家翁》如此咏唱："老人七十仍沽酒，千壶百瓮花门口。道旁榆荚仍似钱，摘来沽酒君肯否？"诗人问这位慈眉善目、开朗幽默的老大爷："老人家，我摘下一串白灿灿的榆钱来买您的美酒，您肯不肯呀？"我们有理由相信，这位大爷的酒不要钱，因为高兴，因为善良。

和史徽同时代的另一位诗人鲁訔诗作《春词》亦写道："叠颖丛条翠欲流，午阴浓处听鸣鸠。儿童赌罢榆钱去，狼藉春风漫不休。"儿童拿榆钱作赌注，游戏玩乐，玩完之后，拔腿便跑，任凭春风吹拂，榆钱满地。他们不要钱，他们把钱全送给了春风，他们带着快乐走了。和他们相比，史徽真不幸，他快乐不起来，他留不住榆钱，求不应春风，买不下春天，只能满目伤悲地看着美丽春天逐渐远去。

伤痛也是一种爱恋，哀怨也是一种向往，因为爱之深，所以才责之切，因为爱留不住，所以才生幻觉。诗人在谷雨初晴的某一天，在南京道河亭边，在春天将逝的时候，独自为春天送行，为自己哀伤，看着花瓣飘零，流走他乡；看着柳枝苍老，翠绿沟渠；看着东风扫榆钱，留春无计；看着残春点点消失，无言无语，他的心已随花走，已随水流。于是，我们记住了，那个春天，有一位孤独的诗人在为他心爱的春天送行。

买愁村过买愁人

贬朱岩街行临高道中买愁村

胡铨

北往长思闻喜县，南来怕入买愁村。

区区万里天涯路，野草荒烟正断魂。

欧阳修有词云："人生自是有情痴，此恨不关风与月。"意谓风月景物本无情思，喜怒哀乐在乎人心。王国维有语："以我观物，故物皆着我之色彩。"诗人心有喜怒，移之于物，则满目染情，天地动容。宋代名相胡铨曾因朝中权斗，被贬谪蛮荒之地——海南临高，途经一名为"买愁村"村落，有感于宦海沉浮，人生坎坷，挥笔写下了这首名作。

全诗极言天涯苦辛，野草荒烟，穷尽仕途失意之悲。

一、二两句是议论，但是议论入诗，联想生趣，对比言理，平添情韵。诗人因事经过临高村落——买愁村。这个奇怪的地名，自然刺激了诗人的心灵，引发诗人的联想。他想到，北去的人长久思念闻喜县，来往的人都怕经过这买愁村，一喜一愁，对比分明，揭示了天涯旅人的万千况味，也烘托出诗人怅然若失、忧心忡忡的情态。闻喜县，属山西省，顾名思义，给人带来喜讯，带来好运，给人以希望和信心，令人向往。据载，汉武帝经过此地，欣闻手下大将攻破南粤，心中大喜，因置闻喜县以示庆贺。其地其事，莫不让人欢欣鼓舞，时至今日，人们还是闻名而喜，经行而乐。总之这是一处给人带来吉祥好运，带来幸福希望的地方。

买愁村，是海南临高县境内的一个村落，原名叫"美巢村"，水草丰茂，五谷丰登。诗人途经此地，天晚投宿，派人打听村落地名，人说"美巢村"，因方言较重，诗人听成了谐音的"买愁村"，于是行文作诗，便叫买愁村。自然，这个地名给人以愁苦忧思，或者说添愁惹恨。想想看，诗人贬官流放，流离天涯，原本就愁苦万分，失望至极，如今来到这个名叫"买愁村"的地方，怎能不倍感伤怀呢？闻喜县的"喜"不属于诗人，买愁村的"愁"正困扰着诗人。一喜一愁，一乐一悲，对比分明，有力地反衬出诗人贬官失望的离愁苦恨。

诗中的"北往"和"南来"也耐人寻味，北往，一般是朝向京都，春风得意，大喜过望；南来则是远离京都，置身荒凉，天地无情。诗人羡慕"北往"之人，伤感"南来"之身，但又毫无办法，沉浮坎坷，身不由己。闻喜县，让诗人不喜而愁，买愁村让诗人愁上加愁，诗人就这样担负一腔贬谪流离忧愁走向天涯。

诗歌三、四两句写景，景物惨淡，情思忧愤。诗人一路马不停蹄，风尘仆仆，万里奔波，走向这远离帝都的天涯贬所，只见这正在经过的买愁村一带，野草离离，荒烟如织，令人黯然断魂。

"正断魂"是沉痛语，直截了当写出诗人心如刀割、忍无可忍的心灵创痛。"区区"写情态，诗人万里奔波，风尘仆仆，的确困顿劳累，苦不堪言。这个"区区"，犹言"仆仆"，颇具画面感，似乎让我们看到这样一幅画面：迢迢征途之上，万里云空之下，诗人骑着瘦马，踽踽独行，走向荒烟野草，走向遥远天涯，伴随着一阵"嘚嘚嘚"的马蹄声，诗人的身后弥漫起滚滚烟尘。

野草荒烟，充满天地，悲凉荒芜，沉重抑郁，烘托出诗人内心的迷茫、困惑、苍凉和无奈。人生就是一场长途漫漫的天涯之旅啊，也许幸运会经过闻喜县，但更多是入住买愁村，经历荒烟野草，一路坎坷，独向天涯。万里天涯,荒烟野草,区区身影,几个意象活画出诗人的憔悴、疲惫的身影,更折射出诗人内心的惶恐和沉痛。

闻喜县悄然远去,淡出诗人的视野;买愁村渐渐逼近,刺痛诗人的心灵。万里天涯不平路,野草荒烟愁断肠。诗人一路奔波,他要走向何方?他要何时才能结束奔波?他能走得出心灵的"买愁村"吗?诗人不知道,我们也不知道。

水上人歌月下归

晚泊岳阳
欧阳修

卧闻岳阳城里钟,系舟岳阳城下树。

正见空江明月来,云水苍茫失江路。

夜深江月弄清辉,水上人歌月下归。

一阕长声听不尽,轻舟短楫去如飞。

很多时候,我们读一首诗,读诗中的风景,读诗中的画意,其实是在品味一种人生飘零的感觉,品味一种羁旅天涯的惆怅。笔者吟咏宋代诗人欧阳修的《晚泊岳阳》,就对诗人那种滞留他乡、归家无计的心理尤有感触。

标题暗示了读者,这个泊舟岳阳的晚上,诗人注定一夜无眠、心溢相思。"晚"字交代时间,暗示诗人经历了白天一天的奔波,身心疲惫,需要歇息一晚,以便明日继续赶路。不知道诗人从哪儿来,亦不知道他要到哪儿去,反正这一路漂泊,十分辛苦。"晚"还有另外一个意思，时间已经很晚了，夜晚即将降临，诗人不得不停舟靠岸，投宿客店，此解亦有出没风波、劳碌苦辛之意。

题中"泊"字当然是停泊、停靠的意思，不过，又不尽然，这个字放在诗中，放在诗人的羁旅长途之上，又给人一种沉浮不定、漂泊无依的感觉。人人都需要一种归宿感，尤其是在人生失意、孤立无援的时候。这个晚上，诗人身处异地，头顶明月，看他人灯火辉煌，吊自身形只影单，怎能不心生伤感呢？标题是诗歌的眼睛，眼睛是诗魂的折射。这首诗大概就是抒写游子天涯之旅的复杂情思吧。

诗人静静地躺在船上，随着流水，慢慢漂流。突然，几声晚钟从岳阳城里隐隐传来，震动了诗人的耳膜，刺痛了诗人的心，他意识到时间不早了，不能继续赶路，必须靠岸投宿，系舟树下，像成百上千途经此地的客子一样，得在这钟声隐隐、长夜漫漫的岳阳城住一晚了。这一晚，承载了一路奔波中的风尘苦辛，也承载了思家念亲的无奈苍凉，可是，又有什么办法呢？人在江湖，身不由己，心不自由啊！

"钟声"这个意象颇能引发读者的丰富联想，此处为晚钟，几声过后，黑暗降临，白天过去，奔波了一天的人们回家团聚，劳累了一天的人们进入梦乡。对于岳阳城里的人而言，钟声送来温馨祥和，送来天伦之乐，可是对于诗人而言，则又是一个不眠夜，孤独、寂寞、惆怅、乡思，涌上心头，彻夜不宁。诗人卧闻钟声，心绪沉沉，经历了太多这样的日子。

唐代诗人张继那首有名的《枫桥夜泊》也写钟声："月落乌啼霜满天，江枫渔火对愁眠。姑苏城外寒山寺，夜半钟声到客船。"对于科考失意的张继来讲，乌啼声声刺耳，秋霜冷彻肌肤，江枫摇落离愁，落日暗淡心灵，钟声刺痛心灵，显然，他的痛苦难熬的程度比欧阳修更强烈、更深沉、更悲壮。

唐代另一个诗人李益亦写钟声："十年离乱后，长大一相逢。问姓惊初见，称名忆旧容。别来沧海事，语罢暮天钟。明日巴陵道，秋山又几重。"人生在世，聚少离多，多年不见的两个人在一起倾诉人世的坎坷、生活的艰难，不知不觉就到了分手之时，就到了晚上，这钟声敲碎了离人的心，这钟声久久回荡在清冷的夜空，明天，两个人还能相见吗？明天又是哪一天呢？诗句充满了难以言说、不可预测的悲凉。

欧阳修诗里的"钟声"，折射出诗人的落寞和孤寂，余音绕梁，悠悠不尽，令读者沉浸在无限苍凉之中。

正当诗人移舟靠岸、投宿岳阳的时候，他突然发现，空空荡荡的江面上，一轮明月姗姗来临，水天相接，纤尘不染，眼前白茫茫一片，迷失了前路，迷茫了心灵。诗人毕竟是诗人，再苦再累，再忙再晚，他也不肯错过这样一轮美丽的月亮。天空，皓月高悬，银辉四射；江面，舟移影动，波光粼粼。水天一色，空明亮丽。没有人来人往的热闹喧嚣，没有波飞浪涌的惊险，就这样安安静静地，沉心屏气地，欣赏眼前的美景。诗人和一叶孤舟，也沐浴清辉，融入画面，构成了风景的一部分。诗人的心是空明的、愉悦的。

一个"弄"字写出了明月映水、波光动荡的迷离之感。一个"失"字写出了云水苍茫、如梦似幻的奇妙体验；当然，往深处想，这个"失江路"后面亦有心念江路、不忘歇宿的隐忧，一个敏感多愁的诗人夜深人静的时候，孑然一身，飘荡在水月江天之间，无依无靠，无亲无故，焉能不焦急？焉能不忧虑？

愉悦也罢，忧愁也罢，诗人走不出浩渺清波，走不出皎皎明月，尤其是当他听到远处传来渔人晚归的歌声时，他的情思就更为强烈，更为复杂。对于水上放歌的人来说，歌唱出了回归的快乐，唱出了团圆的幸福，也唱出了对生活的热爱；对于听到歌声的诗人来说，则是别有滋味，感慨不已。人歌而归，摇着小船，带着一天的收获，回到温暖的家，他们快乐幸福。诗人呢？诗人的家不在岳阳城，而在远方，有家不能归，有亲人不能团聚，何等痛苦，何等艰难！

因此，诗人的情思随歌声而飘散，记忆随歌声而远去。故乡的一切，山山水水，花草树木，牛羊鸡鸭，还有可敬可亲、辛辛苦苦的父老乡亲，历历如画，刻骨铭心。与其说诗人是在欣赏悠悠不尽的歌声，倒不如说诗人是在回味故乡的风土人情。歌声只是一个由头，触动了诗人的悠悠情怀。双桨如翅，船去如飞，歌声渐远，悠悠不尽，诗人的心也随归去的歌声而飞越万水千山，回到遥远的故乡。可是，现实就那么残酷，诗人在水上，在船中，在岳阳，在漂泊，在奔波，回不了家，他只能心中带着不舍的家园一道流浪天涯。

这个泊舟岳阳的夜晚和万千游子经历过的夜晚一样，有明月映照万里江天，有渔歌唱响思归心曲，诗人赏明月，听渔歌，荡孤舟，闻钟声，看渔舟，心中久久回荡着思乡的乐音。

明月何时照我还

泊船瓜洲

王安石

京口瓜洲一水间，钟山只隔数重山。

春风又绿江南岸，明月何时照我还？

宦海沉浮，风吹浪打，险象环生，文人墨客免不了思念故园，怀想家人。只有举家欢聚、共享天伦，这才是心里最安稳、最踏实的生活。宋代大宰相、大文人王安石对此深有体会，千古名作《泊船瓜洲》就是抒写诗人的宦途乡思、羁旅愁苦的典范作品。

人生天地之间，应该是非常自由的。思家念亲，回归故里，这是每个游子的权利，想回就回，想什么时候回就什么时候回，但是，一旦陷身官场，疲于奔命，可就不太自由了，身不由己，心不如愿，家园和亲人只能长久地留在自己的思念中，王安石这首《泊船瓜洲》就抒写了诗人一段心灵的隐隐伤痛。

熙宁八年（1075）二月，王安石第二次拜相，奉诏入京，舟次瓜洲，写下了这首诗，表示对钟山旧居的依恋之情。诗人对瓜洲这个地方特别敏感，因为这个地方位于江苏省扬州市南，与长江南岸的京口（今江苏省镇江）隔水相望，十分近便，而钟山位于南京市东，是王安石的住处所在，瓜洲与钟山也只隔着几座小山，更为近便，并且两地之间水陆两便，要回钟山看一看，应该是件容易的事情。诗人一开篇就交代了三个地名以及它们之间的空间位置与大致距离，意在暗示：回家容易，应该回家，机会难得，不可错失，时不再来。夸张点说，就像早年"大禹治水"一样，三过家门，要入家门，简直太容易了。

诗人用"一水间"，暗示隔水相望，隔江相闻，十分近便，正面陪衬钟山与瓜洲之间的距离。落一"只"字，又是"数重山"，层层烘托，两地之近，回家之便，可想而知。可现实是，应该回去而不能回去，近在咫尺，却归而不能；时机再好，也不能随遂心愿，诗人内心十分痛苦、矛盾。

虽然不能回去，虽然眼睁睁看着时机擦肩而过，但是诗人对钟山旧居的思念，对亲朋故旧的思念始终萦绕心间。这点十分可贵，一个大政治家、大宰相，主政天下，王命在身，忙碌不已，心中永远为家园、为亲人留有一席之地。这份感情弥足珍贵，动人心魂。

诗人永远是恋家的，不管是身为宰相，还是一介布衣，思念之情一样强烈，一样真挚。王安石触景生情，感怀身世，看看今年，春风又为江南大地披上绿衫，明月啊，你几时才能照亮我回家的身影？季节更替，时光流转，一年又一年，也不知过了多少年，反正已是很长时间了，诗人还是不能回去，还是找不到方便的时机回去，思乡之情愈加浓烈。

一个"又"字暗示时间久长，时不我待，更见思乡心切。诗人对月倾诉，满心离愁，盼望早日回乡，盼望明月伴我好还乡，言语之外浸透悲凉。也许明年回去，也许后年回去，也许永难回去，何时回去，对于诗人来说，心中没底，不可预期，不可把控，人的悲哀正在此处。卢梭说，人生而自由，人又无时不在枷锁之中。连回家的自由也没有，官场和社会这些有形无形的力量在牵制着诗人，挤压着诗人，让诗人忍受乡思的煎熬。岂不苍凉？岂不悲愤？明月最懂游子的心，明月也最冷峻、清冷，冰凉的月亮映照着一江春水，我们发现，流淌的是相思愁绪，流淌的是日月光阴，应了李煜那句词"问君能有几多愁？恰似一江春水向东流"。

诗句"春风又绿江南岸"是千古名句，堪称炼字炼意典范，尤为人们称道的是这个"绿"字，有色彩，有气势，有动感。绿遍千里江南，绿遍山冈森林，绿遍溪流草地，绿得一望无垠，绿得生机勃勃，绿得无法无天。规模气势，生机活力，一并"绿"出。如果换成"到""过""吹""入""满"等字，总感觉平淡普通，缺少韵味，缺少形象感。"吹"字了无新意；"过"字一去不返，系过去完成时，不是"绿"字表达的现在进行时态；"到""入""满"均无色彩感、形象感，视觉冲击力不强。唯有"绿"字光色明媚，生机勃勃。"春风"吹拂大地，染绿江南草木，催发勃勃生机，很灵性，很有创造力，堪比贺知章笔下的春风："碧玉妆成一树高，万条垂下绿丝绦。不知细叶谁裁出，二月春风似剪刀。"伟大的春风，染绿了美好江南，染绿了美好家园，也染绿了诗人的思乡离愁。

船泊瓜洲，乡思飞越山水阻隔；春到江南，明月映照游子离愁。诗人啊，你的故乡在眼前，更在远方；在春天，更在心里。

望湖亭上望湖光

望湖亭

苏轼

八月渡长湖，萧条万象疏。

秋风片帆急，暮霭一山孤。

许国心犹在，康时已乏术。

岷峨家万里，投老得归无？

苏轼一生，宦海沉浮，凶多吉少，诗人也有悲观失望、穷愁叹老的时候。元祐八年（1093）八月苏轼被任命为定州（今河北定县）知州，相隔几个月，在绍圣元年闰四月至八月内，竟连遭三次贬官，最后贬为宁远军（今广西容县）节度副使、惠州安置。绍圣元年（1094）八月过南康（今江西星子县）时，登临望湖亭，眺望湖光秋色，有感几个月来政治生涯的风云突变，人生仕途的凶险难测，挥笔写下了这首凝结忧愤郁闷、充满沮丧失望的诗歌。

深秋八月，诗人乘船经过鄱阳湖，秋风瑟瑟，万物萧索。向晚时分，暮霭沉沉。单舟扬帆急驶，孤山迎风耸立。天地万象，疏疏落落，冷冷清清。诗人满目凄凉，满心惆怅。仕途坎坷，好比江湖，风起浪涌，险象环生。诗人一叶孤舟，起伏漂荡，挣扎宦海，孤立无助。何其弱小，何等孤单！长湖即鄱阳湖，但是诗人不说鄱阳湖，而言长湖，顾名思义，"长湖"给人以汪洋浩阔、波翻浪涌之感，与一叶孤舟形成鲜明对比，反衬出孤舟的渺小孤弱，更让人为诗人的处境前途担忧。再加上秋风劲吹，波澜动荡，孤舟处境可想而知。一山孤立天地，一山孤立暮霭，一山孤立湖畔，强调一个"孤"字，移情于物，触景生情。其实，山无情，人有恨，人心孤寂，才有看山山孤、观水水愁之感。

唐代诗人王昌龄诗云："寒雨连江夜入吴，平明送客楚山孤。洛阳亲友如相问，一片冰心在玉壶。"（《芙蓉楼送辛渐》）寒雨连绵，楚山孤立，诗人送走朋友之后，久久站立江畔，凝眸远方。雨寒烘托心寒，山孤映衬心孤。诗人看山不是山，观水不为水。李白诗云："故人西辞黄鹤楼，烟花三月下扬州。孤帆远影碧空尽，唯见长江天际流。"（《送孟浩然之广陵》）一江流水就是一江思念，一江忧愁，不为别的，只是因为心中最敬仰的朋友孟浩然离诗人而去。王昌龄的楚山孤立，李太白的江流无尽，苏轼的暮霭山孤，无不带有诗人强烈的感情色彩。当然，王、李两位诗人是为朋友远去而倍感孤独落寞，苏子则为仕途失望而倍感孤独无奈。有道是：心怀孤愤，万物皆秋；心怀喜悦，万物生春。苏子笔下的长湖秋色，万象萧条，万物枯淡，正好烘托出诗人的失望、悲痛的心情。

如果说诗歌前面四句主要是写景状物、借景抒情的话，那么诗歌后面四句则是感伤身世，直吐郁闷。诗人感慨自己报国之心还在，可是救时之策早已沦空，现在远离岷峨故乡千里万里，还不知道临到老迈能否回去呢！

此番感慨有两层意思，一是哀愤壮志犹存，报国无门。苏轼安身立命，进德修业，怀抱大志，奉儒守官，当然想做一番大事业，而且自信也有满腹才华韬略，无奈屡遭贬谪，不被重用，诗人质问，那些才华韬略又有何用呢？天下英雄，穷途末路，莫不如此。老骥伏枥，志在千里，然而骈死于槽枥之间的也不计其数。

二是思家念亲，告老还乡。人在什么时候最想念故乡和亲人？司马迁曰："夫天者，人之始也；父母者，人之本也。人穷则反本，故劳苦倦极，未尝不呼天也；疾痛惨怛，未尝不呼父母也。"（《屈原列传》）苏轼觉得自己接二连三被贬，功名无望，事业不成，悲愤交加，翻江倒海，这个时候，最想家、最想念亲人，那里最温馨、最幸福，那里才可以接纳自己，那里才可以抚慰一颗伤痕累累的心。苏子想回去，想回去与亲人团聚，但是，身不由己，愿不由人，真到年事已高的时候，能不能回去呢？诗人没有把握，他不知道明年会发生什么，诚如眼前，茫茫暮色，淡淡秋光，内心充满了迷茫和困惑、忧伤和失望。

"望湖亭"这一"望"，诗人无心赏湖光山色，无心吟诗歌赋；一腔悲愤洒满江湖，一腔忧愁弥漫秋空；诗人伤心、痛苦，诗人哀怨、失望；他看到的是忧是愁，是孤是愤，是茫茫夜色，是漆漆黑暗。秋风瑟瑟倾诉，湖山默默忧愁，万物凄凄无语，孤舟哀哀无助……失意笼罩心头，孤独挺立天地。诗人一身，全是孤愁！

欲浮苍海迷津渡

春近

王铚

山雪银屏晓，溪梅玉镜春。

东风露消息，万物有精神。

索莫贫游世，龙钟老迫身。

欲浮苍海去，风浪阔无津。

风景入诗，因人而异，因情而别。情景相融，互相生发，互为促进，此为其一。其二，情景相异，互相映衬，互为对比，诚如王夫之在

《姜斋诗话》中言"以乐景写哀，以哀景写乐，一倍增其哀乐"；宋代诗人王铚的《春近》诗便属于"以乐景衬哀情"。

王铚出身世代书香之家，少而博学，善持论，强记闻，熟谙北宋一代史事，受过宋高宗赵构的赏识，却又为秦桧所排斥，晚年避居剡溪山中，日以觞咏自娱。这首诗写于诗人晚年，实际上是借山水之游来抒写内心的苦闷和牢骚。

全诗分两层，前四句写景，后四句抒情，情景各自独立，分开可以当作两首诗来欣赏，合起来则恰切抒写了诗人的情思意韵。

春天的到来，总是让人激动，让人神往，诗人张开怀抱，热情迎接生机勃勃的春天。早晨，旭日东升，金光万道，皑皑白雪覆盖的山峰，远远看去就像一道道晶莹璀璨的屏风。溪边，冰泉解冻，寒梅绽放，如镜溪水映照出梅影花姿，别具风韵。料峭东风吹拂大地，捎带初春的气息，温暖着尘封一冬的万物。花草树木，无不精神抖擞，生意盎然。诗人笔下的初春有姿有态，有声有色，宏阔壮观，生机活泼。雪山如屏，银光闪闪，是凝固的美丽，是耸立的壮观。寒梅临溪，冰清玉洁，是花开笑颜，喜迎春天；也是不惧风雪，傲视天地。东风乍来，山峦河流为之欢呼，花草树木为之兴奋。四句诗写山绘雪，描梅状风，句句写景，物物含情，春之精神气韵蕴藏景中，人之欢欣鼓舞流露诗外。

有几个词特别值得关注、品味，貌似平常，其实奇崛。"晓"字明点时间，黎明破晓，天地空明，实际上是描绘了一幅壮丽辉煌的画面：阳光灿烂千山万岭，白雪晶莹山川河流，神奇壮观，开阔胸怀，澎湃激情。毛泽东有词云："北国风光，千里冰封，万里雪飘。望长城内外，惟余茫茫；大河上下，顿失滔滔。山舞银蛇，原驰蜡象，欲与天公试比高。须晴日，看红装素裹，分外妖娆。"更为豪壮、雄放，意境与王铚诗类同，可参照品读。

"玉"字一语双关，既指溪泉如镜，清明透亮，清晰映照出寒梅绽放的风姿，又隐喻寒梅冰清玉洁、风雅脱俗的精神气质。如果将"玉镜"换成"铜镜"或"明镜"之类的词语，则意味大减、气韵全失。

"露"字写春风，因为是冬末初春，是早到，这风只能透露一点春之消息，但仅此一点，也足以让人兴奋，让人期待。"万物"更是包罗万象，牢笼万端，写尽了春的精神，写足了春的活力，无处不在，无物不有，春天绽放在第一朵花上，春天生长在第一棵芽上，春天流淌在解冻的山泉里，春天唱响在第一声鸟鸣中……春天在每一个诗人的心中。

如果只看前面四句，或许得出一个印象，这是一首写景诗，描绘美丽的初春，抒写诗人的迎春之喜。可是，结合诗歌后面四句来看，则不喜而悲、悲愁至极。你看，在这个美丽的初春，诗人有什么感触呢？他想到自己一贫如洗，游荡尘世，落魄潦倒；他想到此时年老体迈，岁月无多，功名未就；他想像孔子那样，"道不行，乘桴浮于海"，可是，风大浪猛，找不到渡口，找不到去路啊！进已不可能，退又迷茫不清，何去何从，万分艰难。李白写自己："停杯投箸不能食，拔剑四顾心茫然。欲渡黄河冰寒川，将登太行雪满山。"（《行路难》）那是悲愤李白雄强进取时所遇到的苦恼、窘迫。王铚这里表达的却是欲退不能的迷惘和无奈。

几个词表情达意至为沉痛。"游"突出诗人身无定所，心无归宿，有一种漂泊无奈蕴含其中。"迫"字则让人感到岁序逼人，时光易逝，诗人已是老态龙钟，步入生命之秋，他的功名抱负，无法实现，他的才华无处施展，更增强了他这种悲愁叹老的伤感。同时这个"迫"字还给人一种压迫感、压抑感，让人感到心头沉甸甸的，很累、很辛苦，似乎承受不了这份重压，几近窒息。

"欲"传达了一种想法，诗人想退出名利场，自在逍遥去，这是屡屡碰壁、无可奈何的选择。对于一个才华横溢、胸怀抱负的文人来说，没有谁心甘情愿退出自己为之执着打拼了几十年的名利场。"无津"不是"迷津"，迷津还给人以退路，给人以希望，"无津"则断无退路，找不到渡口，可见诗人的悲愤无奈。这份苍凉、忧愤久久萦绕诗人心中，挥之不去。

结合全诗来看，诗人前面写迎春之景，实为反衬后面的落魄之悲，换句话讲，春天不属于诗人，喜悦不垂青诗人，在这个万物精神、东风吹拂的季节，诗人倍加伤感，伤感时光已逝、壮志未酬，伤感穷愁落魄、进退失据。这份忧愁苦恨弥漫诗里行间，连春天也蒙上了一层淡淡的灰暗。

山山秋色老夕阳

山馆

余靖

野馆萧条晚，凭轩对竹扉。

树藏秋色老，禽带夕阳归。

远岫穿云翠，畲田得雨肥。

渊明谁送酒？残菊绕墙飞。

俗话说"在家千日好，出门时时难"，难在水土不服、语言不通；难在风谷不合、饮食不便；难在人生地殊、交际困窘，当然，最大的困窘还是在于漂泊流离，有家难归，有亲难聚；少了天伦相聚的欢乐，少了朋友相伴的幸福，少了山水相亲的抚慰。天下游子一般难，天涯处处乡思。读宋代诗人余靖的诗歌《山馆》，笔者对羁旅愁思有了更真切、更深挚的体会。时不论古今，地不分东西，今天的漂泊一族同样能够理解一千多年前余靖的愁苦、困窘。

诗人在旅途奔波，不知从哪里出发，也不知要到哪儿去，更不知他有什么打算、考虑，只知道，马不停蹄，风尘仆仆，哪里黑哪里歇。天晚时分，不能再继续赶路，诗人只好歇宿山野一间旅店。四野寂静，草木萧索，暮霭沉沉，诗人倍感凄凉。没有朋友相伴，浅斟低吟；没有妻儿随从，共享天伦，诗人只得一个人在这山野小店待上一晚。推开窗户，面对竹扉，极目远眺，视野倒还开阔，景物也有特色，时令已是深秋，诗人看到了属于秋天的色彩和姿态，诗人也看到了属于自己的孤独和落寞。漫山遍野，黄叶纷飞，弥漫了秋空，惨淡了天地。没有哪一个季节比深秋更让人悲伤，没有哪一种风景比黄叶凋零更让人揪心。

那些忙碌了一天，劳累了一天的鸟儿，知名的不知名的，大呼小叫，三五成群，纷纷投林归巢，它们带来了夕阳，带来了暗淡，也带来了黄昏特有的苍凉。诗人在想，人间村落，炊烟袅袅，万家团聚，日之夕矣，牛羊下山，家家户户，村村寨寨，一片祥和安宁，一派温馨幸福，就连山林的鸟儿也有个安心合意的巢儿，可是诗人呢？孤孤单单，形影相吊，漂泊天涯，有家不能归，不知道为什么，不知道家在哪儿，也不知道亲人状况如何，反正是滞留山野小店，愁伴秋眠，何等冷清，何等凄惨！

注意诗人的情感体验，诗中两个字"老"和"归"很有分量，老去的不只是枯黄的树叶，凋零的生命，还有诗人寂寞苍凉的心。"归"去的是夕阳，是小鸟，是山野人家男女老幼，不归的是诗人，是一颗漂泊流浪的心。

拉开视线，极目远方，诗人看到了什么呢？这个黄昏的山野，这个陌生的旅店，远山如黛，连绵起伏，烟云缭绕山峦，山峦更见苍翠，火耕的田地，经受雨水的滋润，更为肥沃，当地山民自然是乐观风雨，喜盼丰收，连声叫好。可是这一切，对于诗人来讲，除了引发诗人对故乡熟悉山水风云、农耕习俗的联想之外，更多的是刺痛诗人的心，触发诗人的无限伤感。

诗中两个场景很有意味，"远岫穿云翠"，暗暗化用了晋代大诗人陶渊明的诗句"云无心以出岫，鸟倦飞而知还"的诗意，云涌山间，缭绕飘浮，水汽蒸腾，如梦似幻。云是自由的，诗人却不自由；云是无心的，轻松飘逸，诗人却是有心有情的，沉重悲凉。这些风光类似家乡，似曾相识，深深刺痛了诗人敏感的神经。熟悉亲切的风云又把诗人带回了遥远的故乡，那些刀耕火种的梯田、土坡，诗人真是太熟悉了！在故乡的时候，自己说不定还亲自参与过割草烧山、肥沃田土的劳动呢！想不到，在这远离故乡的地方又看到了这熟悉的一幕，诗人还能说什么呢？一百个，一千个，一万个愿意，和家乡的亲人一道上山砍柴、上坡割草、放火烧山、挖土开荒，可是，现在，人在天涯，身不由己，只能漂泊，只能奔波，只能操劳，一颗憔悴的心，还得时时处处经受乡思的折磨，这就是诗人的处境。

诗人回归内心，回归山馆，他突然想起陶渊明，那个辞官归田、不为五斗米折腰的大诗人。重阳节的时候，陶渊明坐在自家篱笆旁边的菜园里面发呆，沉思，他太孤独了，陪伴他过节的只是满地菊花。突然朋友王弘携酒来到，慰劳诗人，两人把酒畅饮，赏菊畅谈，这个重阳节过得异常欢畅。陶渊明过节，有人送酒，有朋友陪伴聊天，可是诗人呢？今天，只能孤零零一个人，消磨这无聊的黄昏，漫长的黑夜。他看到，残存的秋菊，在秋风吹拂下，绕着破败的篱墙飘飞，秋思乡愁也随秋风秋菊一并飞扬，何时是归时？何时抵家园？诗人不知道，我们也不知道，人生漂泊，千古同心，又有谁知道呢？

山水风光值万钱

霅溪道至回安镇

张耒

茗雪清秋水底天，夜帆灯火客高眠。

江东可但鲈鱼美？一看溪山值万钱。

中国文人大都具有儒道互补的思想观念，达者施展抱负，兼济天下；穷者则纵情山水，独善其身，他们与时俯仰，圆融处世，保持自我精神人格的独立，保持思想心灵的自由。宋哲宗绍圣元年（1094），新党执政，苏门学士皆遭贬谪。诗人张耒于是年五月以龙图阁出知润州，是年八月秋，再贬宣州，有感于宦海风波凶险，陶醉于山水风光秀美，挥笔写下了《雪溪道至回安镇》，抒写心中万千感慨。

雪溪，水名，又名"雪川"，在浙江吴兴县境内，四水汇合为一溪。据《太平寰宇记》卷九四记载："自浮玉山曰茹溪，自铜岘山曰前溪，自天目山曰余不溪，自德清县北流至州南兴国寺曰雪溪，凡四水合为雪溪，东北流回十里入太湖。"诗人贬途，取道雪溪，水路舟行，直归回安镇，饱览了一路风光，内心激动不已。

秋高气爽，碧空如洗，瓦蓝瓦蓝的天空倒映在清澈透明的溪水里，天光云影，徘徊动荡。诗人行舟水上，顺流而东，一路飘摇，感觉分外爽快。诗人有一种奇妙的感觉，似乎辽阔高远的天空掉进了水里，水天相映相融，浑然一体，分不清是舟在水上走，还是人在天上游，有道是"月光如水水如天"，这时不是晚上，没有月光，可是胜似月光映照的夜晚，可将诗句改为"清秋如水水如天"。宋代词人写过"楚天千里清秋，水随天去秋无际"（辛弃疾《水龙吟》），秋空明净浩阔，秋水明亮清灵，两相交融，水天合一，自可想见徜徉其上的诗人，心情该是何等欢畅，神采该是何等飘逸！

诗中的"清秋"一语，虽然平庸，但不可否认，给人的感觉就是清爽、畅快。秋空高远，秋风清凉，秋山疏朗，秋林枯落，秋水灵动，秋气清凛，一个"清"字包含了万千秋意，万千秋态。

白天有白天的风光，夜晚有夜晚的韵味。不知漂流了多久，不知阅览了多少山水，诗人仍然陶醉其中，不能自拔。可是，夜色渐浓，灯火渐起，两岸的山峦树林慢慢隐去，溪面泛起灯火迷离的光影，闪闪烁烁，波光粼粼，又是一番风景，足可让诗人大饱眼福，足可让诗人诗情澎湃，放歌生活。可是，诗人日夜奔波，辛苦至极，累了，倦了，要歇一歇，他躺在船上，安然入睡，他睡得很安稳，很踏实，因为这一天，这一晚，一路的风光陶醉了他的心情。

诗人用一个"高"字来描写自己的心情，高枕无忧，高眠无虑，一任心灵自由不羁，一任性情挥洒山水，暂时没有功名富贵的牵绊，暂时不去考虑仕途风云的凶险。诗人这个夜晚应该是睡得比较舒心的。唐代举子张继科考失意之后，流离江南，在枫桥之夜曾经咏叹："月落乌啼霜满天，江枫渔火对愁眠。姑苏城外寒山寺，夜半钟声到客船。"同样是秋夜，同样是漂泊水上，张继的感受是椎心泣血、肝肠寸断，他陷入了人生极度失意的困境，怎么睡得着呢？哪里还有心情欣赏夜晚风光呢？可是张耒不一样，他抛开了一切，他安然享受美好的山水，美好的夜晚。

仕途的坎坷，山水的宁静，人生的快意，自由的生活，诗人感慨万千，他想起了江东张翰这位随心率性的文人。据《世说新语·识鉴》记载："张季鹰辟齐王东曹掾，在洛见秋风起，因思吴中菰菜莼羹、鲈鱼脍，曰'人生贵得适意尔，何能羁宦数千里以要名爵'。遂命驾便归。"在张翰看来，人生最重要的是要适心适性，自由自在，要回归故乡，享受美味，享受乡情、亲情，因而，他断然抛开功名富贵，官职权位，跟随秋风，回到家乡。张耒诗中点出"鲈鱼美"，实际上是暗示自己不屑官场，不屑名利，不屑富贵。他崇尚张翰一样的自由快意人生，不过，他的感受更进一层，江东令人迷恋岂是只有鲈鱼美味？还有那些价值万钱的风光可供赏玩啊！奇想惊人，出语率性！山水风光，价值连城，在诗人心中占有至高无上的地位。人生啊，悔不该投身官场，劳心劳力，早就应该纵情自然，游山玩水了，只有在自然山水中，人才自由，人才率真，人才快乐。

苏子在《赤壁赋》中曾动情叹惋："天地之间，物各有主。苟非吾之所有，虽一毫而莫取。唯江上之清风，与山间之明月，耳得之而为声，目遇之而成色，取之不尽，用之不竭。是造物主之无尽藏也，而吾与子之所共适。"纵情山水，放飞性灵，洒脱不羁，自由放旷，这才是人生应该追求的高情雅趣啊，张耒诗中表达的旨意与此类同。

山水无价，无所谓值钱不值钱，更无所谓值千钱，还是值万钱，但是诗人这种判断，倒是很容易引发读者相反方面的联想，那就是生活中有些东西，一钱不值，粪土不如，是什么呢？诗人未说明，结合诗人创作背景来看，不难知晓，诗人暗暗否定的是功名权位、荣华富贵。诗人极力赞赏的是自由适性、山水遨游。人啊，只有沉迷在山光水色当中，才能活出本来的天真，因为从根本意义上讲，人是自然，也是山水的一份子。

一汪秋水明亮了诗人的双眸，一江灯火灿烂了诗人的心空，一尾鲈鱼勾起了诗人的乡情，一溪山水点亮了诗人的人生之灯。回去吧，诗人，山水是我们永恒的精神家园。

瘦马穷途向夕阳

瘦马图
龚开

一从云雾降天关，空尽先朝十二闲。

今日有谁怜瘦骨？夕阳沙岸影如山。

龚开（1222—1304），字圣予，号翠岩，又号龟城叟，楚州淮阴（今江苏淮安）人。景定间，任两淮制置司监官。宋亡以后，潜居不仕坚守气节，其人精于经术，善于书画，尤擅人物、山水，晚年好画瘦马，题诗寄志，抒写日暮途穷之感，申诉骨梗忠贞之气。其题画诗代表作是脍炙人口、千古传诵的《瘦马图》。

龚开画了一匹怎样的马？又想通过这匹活灵活现的马表达怎样的情怀呢？我们还是跟随诗人的诗路，细细品味吧。

这匹马来路不凡，十分神奇。它腾云驾雾，从天而降，来到人间，肩负神圣使命，胸怀远大抱负。它气宇轩昂、精神焕发的气概，使先朝皇室的御马黯然失色，形神惨淡。诗人拉出皇室御马作陪衬，极言此马威风凛凛、神采奕奕。要知道，天下人间之马，最好当推御马，都是从千千万万马匹当中精挑细选出来的，骨骼如铁，身板如山，毛发振奋，气血充盈，自有藐视凡马、舍我其谁的雄霸之气。可是，就是这样的马和天马根本不能相提并论。

诗人用一个"空"，一个"尽"，写出此马比尽御马，大大压倒御马，犹如月亮之比星星，太阳之比灯火，御马根本算不上什么，不足为道，可见天马有多强悍、威猛，有多神勇、高大。这匹马当然不是从天而降，现实生活中也不可能有天马，但是诗人一看到这幅画、这匹马，就深深地被震撼了，顿时觉得这马好像是从天上来的，人间没有，真可谓"此马只应天上有，人间难得几回见"？如此雄强威猛，如此神奇伟岸，我们有理由相信它的本事和能耐：骏马奔腾，四蹄生风，毛发直立，血脉贲张，一日千里，一往无前！举凡你能够想象得到的用来赞美它的词语，都显得苍白，无力。

画幅之上，生气勃勃，神韵十足，这匹马似乎要踏破画纸，奔腾而来。什么是伟大的作品？伟大的作品在于塑造有生命强力的形象。龚开所画的马就是这种充满活力、充满生命力量的形象。

这样的马，本当有大用，本当找到合适的舞台纵横驰骋，大显身手的，可是，今天的情况却是，它经历了风霜雨雪的拷打和山河沟谷的磨炼，已经变得瘦骨嶙峋、老态龙钟了，没有谁来怜爱它，没有谁来欣赏它，更不屑说来重用它。在夕阳余晖的映照之下，在江河流淌的沙岸之上，它孤独地站立着，影子拖得很长，犹如兀傲独立的山峦。真不知道是可怜它还是赞颂它，或许二者兼而有之吧。

首先，我们承认，这匹马骨瘦如柴，老弱不堪，已到穷途末路，失去了用武之地，沦空了远大志向，处境悲惨，令人顿生怜悯、同情之心，甚至会为它所遭遇到的不公平、不公正对待而愤愤不平。

其次，我们又不难从字里行间体会得出：老骥伏枥，志在千里，烈士暮年，壮心不已。这匹马有棱有格，有精气神，它的嶙峋骨骼分明就是一种凛凛风骨的暗示，它的如山身影分明就是一种坚贞气节的写照。它站立的姿态显得非常稳健、坚定，非常孤独、高傲，给人以岿然不动、屹立如山的感觉。显然，诗人写这匹老马的姿态，实际上是在礼赞一种忠贞不屈、守志不阿的崇高气节。

夕阳沙岸，瘦马如山，嗟愁叹苦是它，风云壮志也是它，楚楚可怜是它，肃然起敬也是它。一匹马，寄寓了诗人丰富苍凉的人生意志。

诗人是画家，画马融进了个人的命运遭际和精神气概。诗人又题诗，诗歌传达了画面之外的丰富神韵。诗也罢，画也罢，瘦马栩栩如生，形神兼备，融进了诗人的精神思想。诗人拒不与新朝合作，念念不忘旧朝，气节坚贞如山，品格坚强如马，瘦马是诗人形象的写照。读马的神奇不凡，我们了解到当初的诗人志存高远，能力高强，颇有建功立业、大干一场的崇高抱负。读马的孤独瘦弱，我们了解到今日的诗人壮志未酬、走投无路的悲苦绝望；读马的如山身影，兀自站立，我们了解到诗人心雄气壮、志节不改的崇高品格。读夕阳落山，我们看见一个王朝消逝的背影，内心涌起无限苍凉。一匹瘦马，昔盛今衰，蕴含了诗人的巨大命运起伏，这正是这首诗托画传情、托马言志的关键内容所在。

游人不管春将老

丰乐亭游春三首（其三）

欧阳修

红树青山日欲斜，长郊草色绿无涯。

游人不管春将老，来往亭前踏落花。

文人雅士临风堕泪，望花伤心，因为他们感怀生命，将心比心，把自己看作一株草，对话一片碧绿；把自己视作一朵花，伤感百花纷飞凋谢；把自己视作一片云，自由翱翔在无垠的天空……万物有灵，诗人有心，心、灵相通，生命共鸣，演绎了一个个诗意灿然、流光溢彩的世界。欧阳修为官安徽滁州太守，曾于滁县西南琅琊山幽谷绿泉之上建丰乐亭一座，游春赏景，与民同乐，写下不少咏唱自然风光的诗作。但是，文人毕竟是文人，游人毕竟是游人，两者亦有同乐而不同忧、貌合而神离的时候，欧阳修的诗歌《丰乐亭游春三首》（其三）就描述了诗人这份微妙伤感的情怀。

既然是太守与市民一同春游丰乐亭，自然赏心悦目，欢乐至极。这份欣喜、快慰毫不掩饰地流泻在丰乐亭旁边的自然风景之上。你看，远处青山苍翠，连绵起伏，红花欲燃，点缀山间。缓缓沉落的夕阳，将余晖洒满山林，漫山遍野闪闪发亮，似乎给山林镀上了一层金黄的色彩。广阔的郊野，春草碧绿，铺向天涯，牵扯诗人的目光，开阔诗人的心胸。诗人沐浴着夕阳，眺望着远山、郊野，心灵深深沉醉在无边的绿海之中。

燃烧的花朵是怒放的心情，碧绿的青山是静谧的向往，无边的绿原是开阔的心胸，柔和的夕阳是温婉的守候。怎么舍得呢？诗人离不开这丰乐、优美的自然风光，诗人分外珍惜这即将消逝的美丽。青山有意，绿树开花，红得浓艳，红得生动，像熊熊燃烧的火焰，灼亮了诗人的双眸，激荡着诗人的心灵，诚如白居易咏叹"日出江花红胜火，春来江水绿如蓝"，朵朵红艳照亮了诗人的心空。

还有那轮缓缓沉落的夕阳，诗人凝视着她，一点一点沉下去，一点一点舍不得，多少留恋，多少叹惋。但是，诗人终究留不住太阳，只留下一幅痴迷远方、凝眸夕阳的剪影，定格在读者心里。无边的绿草，令人陶醉、向往，只可惜，随着夕阳的离去，它们也即将消失在苍茫的夜色中，留给诗人的，除了心向神往的开阔无垠，还有眷恋不舍的隐隐忧伤。为了那片绿，那片天，那片山，那片树，那些花，那轮夕阳，诗人沉默而又欢喜地向它们致敬。

游春当然不止诗人一人，还有大量的市民，红男绿女，老少群集，为了这份开心，为了这份美丽，都聚集到丰乐亭来。玩了一整天，玩得痛快，玩得过瘾，玩得花样翻新。不知不觉，天色将晚，大家纷纷散去。但是，热闹和快乐却留在了丰乐亭，也留在了诗人心中。诗人高兴啊，为官一方，造福于民，治理有序，社会清明，才出现如此和乐热闹的景象。诗人比谁都开心。可是，他又伤感，这些游人不懂得，春天已经老去，百花即将凋谢，美丽的风景也许不能持久，他们来来往往，络绎不绝，踏坏了落花，踏碎了美丽。

诗人伤感，诗人惆怅，一个"老"字，写出了万般无奈，万般苍凉。春天和人一样，有生命，有容颜，有青春亮丽的时候，也有垂垂老朽的衰颓。这一点，游人不懂，不过问，不怜惜，不心疼，不留意，倒是诗人十分伤感。还有那些美丽的花朵，姹紫嫣红，五彩斑斓，已经被风吹落地上，处境十分悲惨，可是，还有来往的游人不断践踏，有意或者无意，让这些可怜的花儿顿时化为泥尘。游人从不会在内心产生一丝忧虑，可是诗人看在眼里，痛在心里，他想走上前去，大喝一声"千万别踩踏那些躺在草地上的花朵"，可是，会不会有人瞪着不解的大眼睛，责怪诗人神经病呢？会不会有人不理不睬、我行我素呢？那些人不懂得落花的凄楚，更不能体会诗人的叹惋和忧伤，他们只顾自己眼前的快乐，不顾落花的感受啊！诗人又能怎么样呢？除了叹惋还是叹惋，除了忧伤还是忧伤，他在送别一个即将消逝的春天，他在送别每一朵凋零的花朵，他的心早已像落地的花朵一样凄婉、无奈。

记得唐代诗人孟浩然写过一首《春晓》："春眠不觉晓，处处闻啼鸟。夜来风雨声，花落知多少。"世人大多赞叹春天山居的生机勃勃，却少有人能够觉察到风雨落花的落寞与无奈。宋代词人李清照亦有词作《如梦令》："昨夜雨疏风骤，浓睡不消残酒。试问卷帘人，却道海棠依旧。知否知否？应是绿肥红瘦。"卷帘仆人，不知伤春惜花，无心问答；词人却是心有海棠，忧念有加。这首《丰乐亭游春》也是这样，将游人与诗人对比，将俗乐与雅韵对比，突出诗人伤春惜花之心。诗人敏感，忧心万物，垂青花朵，他悲悯朵朵芳华的消逝，叹惋美丽春天的不再；他用惆怅来留恋春天，用思念来迎接春天，他的心意感动了一代又一代的读者。春天，有一朵花开在我们心中，她与我们一同老去。诗人这样告诉我们。

风雨萧萧断人肠

题湘中邮亭壁

左鄑

叠叠山腰系冷云，疏疏雨脚弄黄昏。

松声更带溪声急，不是行人也断魂。

自古湘中都是蛮荒之地，高山大岭，层峦叠嶂，沟谷深渊，流泉飞瀑。耳闻目睹，惊心动魄。宋代诗人左鄯有一次经行湘中，歇息邮亭，有感于山川风光之奇险高峻，有感于行人之羁旅愁思，挥笔写下了这首诗歌。

诗中交代了诗人歇息的地点是邮亭，驿使传书送信、奔波往来的歇息往来之地；也交代了作诗的形式——题诗于壁，警示来往之人，表达旅途悲愁。全诗字里行间，言内言外，弥漫着深深的惊悸、恐惧之情。

清晨，诗人站立高山之巅的邮亭，俯视千山万壑，只见山峦起伏，连绵不断，层层叠叠，高入云天。山腰之间，云遮雾绕，冷风嗖嗖，令人不寒而栗。傍晚，雨点飘洒，淅淅沥沥，疏疏落落，暗淡了天地，冷彻了黄昏。这是清明时节的天气，湘中山岭的傍晚冷云弥漫，冷雨凄凄，山高路险，荒无人烟。一派冷清幽静、阴郁凝重的气氛。诗人的心也是空的，为暗淡黄昏，为阴风冷云。

"叠叠"写湘中之山层峦叠嶂，绵延不绝，给人以山外有山、无穷无尽之感。"疏疏"写山岭细雨，稀稀落落，沙沙作响，增添了羁旅之人的落寞孤寂。"系"字颇为形象，既状阴云如带、缥缈轻盈之形态，又写浓云紧锁、山峦朦胧之迷离，一箭双雕，意味深长；同时也给人以山岭丛林难以逾越之感。"云"自然无知无觉，无所谓冷暖之分，只是时逢春寒料峭之际，诗人又是清明奔波山间，心冷则云寒，诗中则是以"冷云"暗示诗人的悲凉心理和凄怆情思。

"弄"字是戏弄、逗耍之意，字面而言指雨飘不断，戏弄黄昏；言外来看则是诗人为雨所困、为云所冷、为情所恼的形象暗示。风雨阴云戏弄的不仅仅是黄昏，更是孤独无奈的诗人。一会儿穿山走林，一会儿翻坡越岭，一会儿云遮雾绕，一会儿冷雨霏霏，天气变化，路径起伏，几令诗人防不胜防，手足无措，岂不令人恼怒、气愤？一个"弄"字含蓄地揭示出诗人微妙而复杂的内心感受。

如果说诗歌一、二两句侧重描写诗人山行的所见所触的话，那么，诗歌三、四两句则着重描写诗人的所闻所感。因为天色已晚，夜风时起，掠过松林，发出阵阵轰鸣，似万马奔腾，开赴战场，似车轮滚滚，隆隆作响。因为终日小雨，于是溪水奔涌，飞流直下，发出惊心动魄的吼声，如空谷传音，哀转久绝；似惊雷炸响，地动山摇。再加上漆漆黑夜笼罩天地，诗人又是孤孤单单独宿邮亭，其境其景，无不让人触目惊心、毛骨悚然。

诗人用"断魂"一语，痛断肝肠，冷彻心肺；又用"行人"和当地人形成对比。诗中"更"字表示递进，层层深入，情势峻急。冷云暗日，冷雨乱心，松声惊心，溪声痛心，竟至断魂，一种景象比一种景象更让人惊悚害怕，一种声音比一种声音更刺耳寒心。一个"更"字写出了诗人内心的凄冷感受。"急"字字面言溪流湍急、迅猛，其实是暗示诗人内心的焦急、惊惧，置身崇山峻岭之间，面对无边黑暗，外加刺耳惊心之声，如何不令人心急如焚、胆战心惊？末句的"也"字亦有丰富潜台词，连熟悉这方山水和天气变化的本地人，面对此情此景都会惊恐得魂飞魄散、惊惧不已，更何况诗人这个异乡人、过路人、孤独人呢？一个"也"字有力地烘托出诗人深沉的凄怆内心。

全诗来看，前面三句写景，有声有色，有形有态，景象壮丽，意界阔大，情思凄冷。最后一句言情，给前面的客观景物染上浓郁沉重的主观感情色彩，画龙点睛，盘活全诗。当然，诗人何以有如此冷清、孤寂、寒凉之感受呢？诗中并无具体交代，亦无相关注释资料，我们只能从清明节这个特定时节去推测、揣摩。杜牧清明诗云："清明时节雨纷纷，路上行人欲断魂。借问酒家何处有，牧童遥指杏花村。"左诗显然是化用了杜牧诗意，清明断魂不仅仅为家人亲故，也为天涯奔波，风尘仆仆；也为孑然一身，形影相吊；也为冷风冷雨，冷云冷声……总之，不明示，不坐实，诗意就在这种多元而丰富的品读中得到极大充实和拓展。这或许就是这首诗歌的魅力所在吧。

唯有葵花向日开

客中初夏

司马光

四月清和雨乍晴，南山当户转分明。

更无柳絮因风起，唯有葵花向日倾。

山水诗是诗人精神风骨的写照，如柳宗元《江雪》："千山鸟飞绝，万径人踪灭。孤舟蓑笠翁，独钓寒江雪。"诗人独钓寒江，傲视风雪，坐成一尊雕像，展示万古风流；山水诗是诗人美好理想的暗示，如王维《山居秋暝》（节选）："明月松间照，清泉石上流。竹喧归浣女，莲动下渔舟。"诗人静观松月，耳听清流，乐见山民安居，歌吟世外桃源；山水诗也是诗人信念操守的含蓄表达，是诗人生命意志的沉静宣泄。宋代诗人、政治家司马光的小诗《客中初夏》，描绘初夏秀丽风光，隐含人生志趣操守，情景交融，物理兼蓄，堪称怡情悦志、启迪人生的山水佳构。

四月初夏，天朗气清，惠风和畅，雨过晴和，万物空明。诗人的居所面对南山，静默无语。悠闲的诗人推开窗户，极目远眺，阴晴变化历历分明，绿水青山如诗如画。雨转天晴，空气清新，呼吸也清爽；天气和暖，晴空万里，心神也畅快。尤其是那扇迎山而开的窗户，简直就是一架画框，纳山水万千于一室之内，见流风气韵于咫尺之间。山清水秀，秀美如画，扑面而来，赏心悦目。

王安石诗云"一水护田将绿绕，两山排闼送青来"，诗人打开窗户，看到的是水田漠漠，青山隐隐，而且，青山有意，翠色迷人！杜甫诗云"窗含西岭千秋雪，门泊东吴万里船"，同样是以窗为观察点，远眺西岭千秋积雪，近观东吴万里船只，气象恢宏，境界壮阔。

可见"窗"作为框景艺术的重要载体，无论在诗中还是画里均有独特韵味和情趣。司马光的诗中，透过南窗可见青山秀丽，天气晴明，更见诗人心旷神怡，精神焕发。初夏的风光，不是烈日炎炎，酷热难当，不是挥扇取凉，喝茶去暑；而是一山青翠，一山生机，而是一天清明，一天欢悦。诗人心中自有一片风景，诗人心态绝对积极乐观。

风景灿烂人的心灵，乐观感染人的心态，品读诗歌一、二两句，我们和诗人一道欣赏到了一幅秀美亮丽的风景画，我们更体会到了诗人开朗乐观、积极进取的精神面貌。描写比较含蓄，情思比较隐晦，转入诗歌三、四两句，就可以看出诗人之意不在赏景，而在言志。

诗咏情，歌言志，诗歌是情感的艺术，也是心灵的呼唤。情志一体，景物相融。诗人看到春尽夏来，时光飞逝，因风起舞的片片柳絮无影无踪，只有那一棵棵躯干挺拔的葵花，紧紧向着太阳倾斜。柳絮和葵花相对比，蕴藏含深，耐人寻味。柳絮随风起舞，无根无底，漂泊不定；向日葵坚强挺拔，不折不挠，一心向日。前者象征与世沉浮、同流合污之徒；后者象征忠贞不渝、信念如山之士。

文天祥诗云"臣心一片磁针石，不指南方誓不休"，忠肝义胆，可歌可泣，爱国浩气，长存天地。苏武牧羊，历尽千辛万苦，恪守信念不变，拒绝高官厚禄的诱惑，不屑敌人的凶残暴戾，堂堂正正，铁骨铮铮，捍卫了人格操守，捍卫了大汉尊严。司马迁挫而弥坚，辱而更勇，发愤著书，功盖千秋，信念如山，意志如铁……凡此种种，都是"向日葵"精神的生动诠释啊！

诗人呢，为官朝廷，反对王安石变法，几经挫折磨难，退居洛阳时，仍不改心志节操，不与政敌同流，忠贞之志弥坚，这就是诗人心中的"向日葵精神"。一心向日，不改志节，忠义爱君，岿然不动。另外，还要注意诗中"柳絮"这个意象，其用有典，东晋女诗人谢道韫诗云"未若柳絮因风起"（参见《世说新语》），诗人引用典故，用"更无"断然否定，表明作为政治家的司马光赏的不是风花雪月、浪漫风雅，他欣赏的是磊落之气、忠义之节，而且心中"唯有"此节此气，再无其他花柳草木，可见胸怀气度和生命意志，的确非同寻常。

笔者喜欢向日葵由来已久，自小生活在乡下，整天混迹于山峦田园之间，总感觉到向日葵躯干硬朗，高大挺拔，花朵硕大，花色艳丽，远不是一般花花草草所能媲美的。特别是它生性向日，决不苟且，更是让人惊奇、感佩。及至长大，读了一些诗词歌赋，更觉得这种一心向日、永不褪色的精神震撼人心，催人奋进。笔者想，今天这个繁华喧嚣、急功近利的社会，有太多的诱惑和陷阱，有太多的软弱和怯懦，也有太多的空虚和无聊。的确需要呼唤一种坚忍顽强、心志不改的向日葵精神；需要坚守一种如山信念，如铁风骨。向日葵是司马光心中的火把，照亮诗人的内心，引领诗人前进，也必将照亮读者的人生，引领人们前进。

一年好景君须记

赠刘景文

苏轼

荷尽已无擎雨盖，菊残犹有傲霜枝。

一年好景君须记，正是橙黄橘绿时。

苏轼有一个朋友，名叫刘景文，名季孙，开封祥符人，曾任两浙兵马都监。苏轼很器重他，举荐他为隰州（今山西隰县）知州。朋友之交，贵在知心知音，志同道合，苏轼很了解这位朋友，曾写此诗勉励朋友。

送朋友一片风景，让朋友从风景中读到坚强和无畏；送朋友一片真诚，让朋友从真诚中懂得珍惜和坚守。

写作这首诗的时间大概应该是深秋或初冬时节。诗人和朋友一道出游。本来，天朗气清，山寒水瘦，似乎也没有什么风景可观，但是，敏感的苏轼毕竟发现了万物萧索中的别样精彩。荷花谢尽，荷叶凋零，再也看不见圆如车盖、片片相叠的荷叶；菊花枯萎，光色暗淡，但是还有凌寒傲霜、英勇无畏的残枝。荷、菊相比，同遭严寒秋霜拷打，同遇瑟瑟秋风侵袭，一个落花流水，风光不再；一个坚劲挺拔，突兀天地。

诗人精描细绘荷菊风景，用心并不在于让朋友领略风景之美，而是希望朋友从中读出一种人生风范，读出一种意志品格。人生也会遭遇严寒秋霜，坎坷不幸，是像荷花那样萎地成泥，粉骨碎身，还是像秋菊那样凌风傲霜，不屈不挠呢？当然是后者，朋友总是志趣相投、品性相通的，志节激励志节，操守鼓舞操守，我们相信苏轼的坚强和自信，我们也相信刘景文的志节和操守，风景就在眼前，精神就在心中。两个朋友，分享严寒秋霜的冷峻无情，也分享秋菊残枝的英勇无畏。

注意诗句中两个副词"已""犹"，很有韵味。前者表示过去完成时态，暗示荷花花谢叶败，荡然无存，它们经受不住秋寒风霜摧残，早就不堪一击；后者意为"仍然""还是"，表明菊花花败枝存，不畏严寒，顽强抗争，自有铁骨风范，诗人钦佩感动，由衷歌咏。

诗人还放开眼光，拓展思维，提醒朋友，要看得更远更深，这是一年中最好的景观，您可要记住了，就是这橙子黄、橘子绿的时节。此番劝导，可作两种理解，一是字面来看，似赞实惜，曲尽其妙。橙子金黄，橘子碧绿，正逢其时，风光最美，早前看不到，过时会消逝，刚好这个时节，你我有幸大饱眼福！在一般文人心中、笔下不会成为风景的东西，经过苏轼诗心点化，竟然成了一道亮丽的风景，不能不佩服诗人的眼光和用心：记住灿烂的风景，珍惜风景的灿烂。

二是深层而论，寓志于景，寓理于物。为什么要劝告朋友记住一片美丽风景呢？纯粹是风景吗？其实不然，橙黄橘绿，生机勃勃，丰收在望，农民收获的是累累硕果，诗人收获的是沉沉思考，人生不也有一个春秋代序、时节推移的过程吗？正当盛年，年富力强，经验丰富，才华卓绝，正可大展宏图，建功立业啊！这个时节不能错过，错过就再也不会回来。因此，"一年好景君须记"，"须"是"必须""一定"的意思，可以看出诗人的体会之深和劝诫之切。俗话说：一年之计在于春，一日之计在于晨，一生之计在少年。其实，对于不同的人生来说，各有侧重，各有考虑，正当盛年当然是那些大志有为、大展宏图的人们的黄金时段。"正是……时"这种表达提醒朋友，懂得珍惜，奋发进取，切勿错过。

唐代诗人韩愈写过一首诗《早春呈水部张十八员外》："天街小雨润如酥，草色遥看近却无。最是一年春好处，绝胜烟柳满皇都。"

从主观上讲，韩诗侧重于写景状物；苏诗侧重于抒情言志。韩诗意在抒发对京都早春的喜爱、赞美之情；苏诗意在劝勉朋友积极奋进，英勇无畏。韩诗写早春之景，生机勃勃，清新可喜；苏轼写秋冬之景，惨淡萧索，不乏生机。韩诗体现了唐诗以情韵取胜的特点；苏诗体现了宋诗以议论见长的特色。两诗各尽其妙，各臻其美，对照参赏，乐趣多多。

清明时节好风光

清明

陈与义

卷地风抛市井声，病夫危坐了清明。

一帘晚日看收尽，杨柳微风百媚生。

读陈与义的这首诗，我马上想起当今流行的两句话：你不能决定太阳几点钟升起，但是你可以决定几点钟起床；你不能改变天气，但是你可以改变心情。是的，诗歌告诉我们，清明并不是一味的忧愁苦恨、伤感连连，清明也有风光明丽、引人入胜之处；人生并不一定要叹老嗟病，也可以保持一份快乐的心情，欣赏生活的美丽风光。

这首诗带给我们一份积极乐观、热爱生活的人生态度。你看，诗人自称"病夫"，应该是年事已高、疾病缠身了吧，而且病情不轻，体质虚弱，以致整天不能外出活动，只能端坐高堂，静心休养；但是尽管如此，我们却惊奇地看到，诗人一点也不悲观沮丧，一点也不颓靡低落，他对美丽的清明风光，对多姿多彩的世俗生活，充满了激情和憧憬。独自静坐高堂，张耳聆听市井之声，那些欢乐随风吹来，那些烦恼随风飘散。张眼欣赏窗外风光，帘外的夕阳渐渐西沉，晚霞染红了天空，微风中的杨柳，婀娜多姿，百般娇媚，满目诗意满室生辉啊！诗人看得很专注，很投入，他用深情的目光护送夕阳落山，直至消失在遥远的天边；他用多情的诗心感受杨柳风采，记录下多姿多彩的娇媚。他忘记了时间，忘记了周围的夜色；他沉浸在美好的风景中，沉浸在诗意的快乐里。

清明是一个令人伤感、令人悲痛的节日，杜牧早就给清明定过调"清明时节雨纷纷，路上行人欲断魂"，一般的老迈多病之人更容易感时伤身，叹老嗟病，可是你看，诗人全然不是这样，他有滋有味地体味世俗的欢乐，兴致勃勃地欣赏清明的风光，他心里清明，眼里清明，人生态度、胸襟心怀亦很清明，面对生活，多灾多难，坎坷不幸，不可消极沉沦，不可灰心丧气，而要积极正视，坦然应对，保持一种昂扬奋发的心态，用快乐驱散郁闷，用美好代替不幸，人生清明，人心通达啊！

这首诗歌也带给我们一幅幅优美迷人的图画，令人流连，令人沉醉。春风卷地，市井留声，何等朴实、亲切，何等欢快、清新。人生不就是这样吗？世俗一点，快乐就行，喜怒哀乐，悲欢离合，家长里短，生老病死，只要自自然然，平平淡淡，坦然应对，处之泰然，用心生活，用心体会。这就是一种快乐，这就是一份充实。

诗人特别用一个"抛"字来描写市井之声，看起来有点反常，其实暗藏机趣。声可闻而不可视，以"抛"状声，犹言风送喧嚣，神采飞扬，形象可睹，画面直观，让读者在聆听欢快之声的同时，脑海（或眼前）浮现世俗生活的种种热闹场面，此字沟通了视听感觉，增添了诗意韵味。

卷帘而望，夕阳缓缓西沉，余晖静静斜照，杨柳迎风而舞，婀娜多姿，都是风景，都有诗意。诗人表达"一帘晚日"恰似"一帘幽梦"，超常搭配，极富韵味。"一帘"，一则见满窗生辉，轻盈灿烂；二则显余霞退去，依依不舍，似乎日为帘笼，日为人拥，依依相送，难舍难分，诗人看"尽"日落，看"尽"霞退，几多深情凝聚其间。换成"一轮晚日"则毫无诗情画意，索然寡味。风生柳舞，千姿百态，诗人说是"百媚生"，空灵活脱，浓情四射，很容易让人联想到一个"美目盼兮，巧笑倩兮"的女子，顾盼生辉，娇媚迷人。如此写柳，神情飞扬，全是魅力，全是欢乐。

正因为清明有如此热闹迷人的风光，而诗人心情如此欢悦，所以，他要"病夫危坐了清明"。何谓"了"？了结、度过、完成之意，强调过程与状态，而不是指结果。诗人唯恐错过每一声欢乐，每一份精彩，每一道风景，他要聚精会神，沉心静气，细细欣赏，细细品味，将清明风光看得明明白白，彻彻底底；他要整天危坐高堂，饱览清明风光。一个"了"字写足了这份满足和惬意。

全诗来看，观赏风光是一种审美享受，感受人生是一种精神洗礼，诗人用如画诗笔在给我们描绘迷人风光的同时，又不知不觉引导读者体会快乐人生，笔法构思的确高妙。首句写热闹，以见世俗之乐；次句写冷峻，以见思虑之远；最后两句写热情，以见人生之乐。总而言之，诗人是在用心体会，用情品味，他想告诉我们不一样的清明，启迪读者可以拥有不一样的人生。清明是欢乐，还是愁苦，不在于阴晴风雨，不在于身老病衰，而在于心态，在于生活态度。

人生难得几回乐

绝句

陈师道

书当快意读易尽，客有可人期不来。

世事相违每如此，好怀百岁几回开？

议论入诗，如果远离生活，远离自我，远离心灵，则容易流于空洞抽象，索然寡味；相反，如果议论紧扣生活，联系自我，贴近心灵，则议论风生，兴味盎然，引人共鸣。从这个意义上来讲，宋代诗人陈师道的《绝句》就是一首议论说理、感悟生活的佳构。

这首诗歌从读书人的体会写起，全诗由此及彼，生发议论，阐述生活哲理，点破人生真谛，给人以启迪，给人以广泛回味。

读书人大都有这样的体会，每当读到一本好书的时候，总是手不释卷，废寝忘食，盼望快一点把书读完，过足书瘾，痛快淋漓，身心畅快。正是因为一鼓作气，坚持不懈，也正是因为全力以赴，凝神专注，书很快就读完了，这个时候深感意犹未尽，久久沉浸在书本世界中。回过神来，最想做的事情就是与良师益友分享读书的心得体会，畅谈自己的思考和体悟，诚如王羲之《兰亭集序》中所描述的："或取诸怀抱，悟言一室之内，或因寄所托，放浪形骸之外""欣于所遇，暂得于己，快然自足""畅叙幽情"，可是，偏偏好友不来，偏偏无人分享，好不郁闷，好不失落！

有句话这样讲，一个人的幸福不叫幸福，可以分享的幸福才是真正的幸福。宋代词人柳永也有这样的感叹："此去今年，应是良辰好景虚设，便纵有千种风情，更与何人说？"读书之乐在于沉潜涵泳，在于分享交流，饱读终日，独学无友，容易闭塞，流于自大，也没滋味。诗人一开篇就谈了这两种生活体验，好书想慢慢品味，偏偏容易很快读完，好友盼望早点到来却偏偏不能到来，不如意，不顺心，很烦恼，很矛盾。这是读书人很常见、很熟悉的生活体会。

笔者欣赏两个词语"快意""可人"。"快意"是兴会淋漓，大呼过瘾；"快意"是大喜过望，心花怒放；"快意"是思接千古，神采飞扬。读书入迷，神交千古，大快人心啊！特别是读到与自己思想、性情类同的文章，如故友重逢，如言从己出；书本道出了我之所想，书家洞晓了我之所忧；以我注书，以书读我；人、书合一，臻于化境，这可谓读书的最佳境界吧。可人，指称心如意的朋友，知心知音，情趣相投，伯牙子期是也，管仲鲍叔是也，人生苦短，知心难求，得一知己，实为大幸！古语云"知我者谓我心忧，不知我者谓我何求？"一语道尽知音的重要性。读书之乐有一半的功夫是由学友或师友来完成的。

诗歌三、四两句在一、二句生活体验的基础上稍作引申抽象，诗人感叹，人生在世，不如意事十有八九，理想同现实每每产生矛盾，开心如意的事情一生能碰上几回呢？正因为难遂心愿，理想沦空；正因为怀才不遇，壮志未酬；正因为曲高和寡，世无知音；正因为出类拔萃，不同流俗……所以人生才有太多的苍凉和无奈、太多的绝望和虚空，从根本上来说，人生是悲凉的、落寞的，也是虚妄的、痛苦的。诗人和所有的人一样，希望花好月圆，天遂人愿；希望一切顺顺利利，无阻无碍，但是希望而已，永远代替不了残破的现实。

诗人的沉痛感慨道出了一个普遍而永恒的真理：世事相违，百岁少乐，值得留恋的东西总是逝去得太快，而终日盼望的东西又总是不能得到。人同此心，心同此理。这正是诗歌贴近大众心理，贴近生活实际的体现，也是诗歌引人共鸣的重要原因。

当然，我们今天阅读此诗，又可从另一个角度获得启迪，正因为人生坎坷，诸事不易，百岁艰难，好景不多，所以，我们才要倍加珍惜生活，努力发现生活的快乐，以积极心态去应对不如意，以坦然大度去包容失意沮丧，生活一天，坚强一天，快乐一天。唐代诗人韦庄有诗云"且对一樽开口笑，未衰应见泰阶平"；宋代诗人黄庭坚有诗云"坐对真成被花恼，出门一笑大江横"；唐代李白放言"仰天大笑出门云，我辈岂是蓬蒿人"。豁达、乐观、豪迈、激昂，有此胸襟心态，才有通达洒脱人生。这或许也是陈师道这首绝句的要旨之一吧。

一种风光百样栽

锄荒

叶适

锄荒培薄寺东隈，一种风光百样栽。

谁妒眼中无俗物，前花开遍后花开。

隐居的乐趣在于自成一统任心游，不管家国尘外事，自己经营自己的天地，自己创造自己的快乐，逍遥自在，快慰人生。宋代诗人叶适的诗歌《锄荒》就为我们描绘了这样一种远离尘嚣、自由快乐的隐居生活，风光美丽，情趣高雅，诗心洒脱。

题曰"锄荒"，自是开垦荒地、播种耕耘之意，暗含地远人稀，远离世俗，此处当是诗人劳动自给、修养心性的好去处。

这个地方在哪里呢？一座荒山古庙的东侧，诗人几经考察，选定了这个地方，除除草，培培土，施施肥，栽下各色花木，时节一到，百花吐艳，万紫千红，自有一派热闹风光。诗人养花种草，有万千地方，为何独独看中寺庙东侧这块土质贫瘠的地方呢？原来，这儿远离尘俗，远离喧嚣，人迹罕至，少有搅扰，诗人就喜欢这样的环境；更何况，劳动之余，还可以到寺庙坐坐，和高僧聊天、品茶，悟谈人生，冥想世理，清静闲适，充实快乐啊！

栽下一株花，种下一棵草，就是播下一种希望。诗人心怀期待，耐心等待，迎接小草吐绿，迎接花朵绽放，一波接着一波，每个季节都有美丽的花儿怒放，每个季节都有浓郁的诗意挥洒，一百种风光就有一百种诗意，一百种颜色就是一百种亮丽。

诗人强调"百样栽"，表明他欣赏繁花似锦、热闹辉煌的风光，也暗示出诗人的勃勃兴趣和痴迷心态。在这个少有人知的地方，在这个古老荒僻的寺庙旁边，诗人开创了一个属于自己的"东篱"园圃，丝毫不逊色于爱菊的陶靖节，丝毫不逊色于拥有东坡山地的苏轼。文人的雅兴都是相通的，他们抚弄花草树木，而不是作物庄稼，更注重精神的滋养、心性的陶冶和灵魂的栖息，远远超出了物质生活的层面。叶适的开荒培土，养花种草，正折射出诗人清幽淡雅的审美趣味和清静自由的生活理想。

诗人更为得意的是，他自己经营的这方天地，花开不断，姹紫嫣红，世俗之人可望而不可即，有心而力不至，因为他们为名所累，为利所困，陷身尘俗，沾染污垢，泯灭了自我，泯灭了心性，根本不可能静下心来欣赏这离世风光，根本没有这份幽雅、闲适的心情，充其量只能是羡慕、向往，甚至嫉妒。越是如此，诗人越是高兴开心，他甚至高调宣布：世俗之人，任凭你们以怎样的眼光打量我的生活，任凭你们怎样嫉妒我的花圃美景，我自不为所动，淡定自若，照样培土施肥，照样种花植草，照样迷草恋花。我和你们不一样，我理解你们，甚至可怜你们，你们是名利场中人，利欲缠身，脱开不得，我是淡泊了名利，远离了官场，隔绝了世俗；我在乎花草美丽，在乎心性自由，在乎情趣诗意，我的心思意趣，你们又如何能理解呢？当然，我也不企求你们理解，因为我们原本就是志不同、道不同、意不同、情不同的两路人啊！我的生活实在很精彩，很快乐，犹如园圃花朵，前花开遍，后花又开，一直灿烂，一直芬芳。

一座寺庙，离世出尘，斩断俗念；一座花圃，姹紫嫣红，灿烂心灵；一位诗人，种花植草，修身养性。心如花草一般芳香四溢，心如古庙一般沉静淡泊，心如荒野一般质朴自然；没有人来打扰，没有功利诱惑，没有仕途倾轧，没有心计争斗。诗人独拥花圃，独享自然，自由自在，无拘无束，活出了真我，活出了性情。他的眼中全是脱俗雅洁花草，心中全是本色率真信念；他用锄头开垦花园，用诗句点亮人生。

鹤林寺院写清寒

再游鹤林寺

道潜

招隐山南寺，重来岁已寒。

风林惊坠雪，雨涧咽飞湍。

壁暗诗千首，霜清竹万竿。

东轩谪仙句，洗眼共君看。

北宋诗僧道潜与苏轼交游甚笃，曾相伴游历润州（今江苏镇江）鹤林寺，有感岁暮天寒，山清寺冷，有幸目睹先贤诗文、山寺风光，挥笔写下诗篇《再游鹤林寺》。

寺曰"鹤林寺"，顾名思义，山深林密，远离尘俗，脱尽人间烟火味；白鹤投林，搭巢安居，自显山寺隐逸情。诗人与朋友重游山寺，品味山林，自有独特神韵风采。

这座寺院位于招隐山南边，山林茂密，白鹤翻飞，自有迷人风采。山曰"招隐山"，源自《楚辞·招隐士》的句子"王孙兮归来，山中兮不可久留"，暗示此山此寺超然尘世，远离凡俗，隐隐透露出诗人对隐逸生活的追慕和向往。来的时候，不是山花怒放、山风送爽的春天，而是水瘦山寒、冷风凄凄的隆冬时节。诗人和朋友，翻山越岭，一路走来，未到古寺，早已感受到凛凛寒意和萧萧秋气。何以选择如此天气出访？何以如此不惧严寒？何以如此兴致勃勃？反常的行为，奇特的感受，让人隐隐约约感觉到，诗人冷峻、清寒面目之下包藏着一颗火热跳动的心。诗人不畏严寒，不惧风雪，他欣赏这份清冷孤傲，他迷恋这份幽绝脱俗，一个"寒"字透露出骨子里的温热和感动。

诗人眼中看到了什么？诗人又对什么风物情有独钟？寒风掠过山林，惊坠纷纷雪片，冷雨敲打山林，山涧急流呜咽，这些风景，貌似清寒，实则蕴含机心，折射情致。一个"惊"字，风吹雪落，惊动诗人，面过凄凄冷风，耳闻雪落之声，境界清冷，氛围寂寥。一个"咽"字，状溪流飞瀑之声，如人哭泣，呜呜咽咽，愁绝之声不绝如耳，惊悸之感袭上心头。山林弥漫愁惨气氛，沟谷回响衰飒之声，诗人目接白雪，耳闻冷声，心生寒凉，兴致勃勃。换作一般人，不会喜欢如此冷寂凄清的风景，更不会穿山走林、历尽艰难来寻访古寺，可是诗人和朋友不是这样，他们早已把风雪严寒、沟谷幽暗抛却脑后；他们欣赏这份清冷幽寂，他们迷恋这份空谷回音，他们向往这样一个冷森清绝的世界。这里有他们独特的情致，也有他们不同流俗的风骨。

看那万竿翠竹，沐浴清霜，生气凛然，不折腰，不低头，坚挺笔直，兀立风雪，站成一道山林清丽风景，灿烂了古寺风光，这不就是诗人风神人格的形象写照吗？雪之冷，冰之寒，竹之清，无一不映射诗人的冰雪人格。

诗人是孤傲脱俗的寺僧，他热爱山寺冷寂凄清的风景，千万别忘了，寺僧还是一位才华横溢、个性张狂的诗人。你看，欣赏完一路的冰雪风景，来到寺院，诗人又兴致勃勃地欣赏那些镌刻在墙壁上的诗句，遗憾的是寺院的光线太过昏暗，隐约可见千首诗篇，斑斑驳驳，模模糊糊。听寺里僧人说，东面亭轩上有谪仙人李白留下的佳句，那里光线明亮，可以大饱眼福，让诗人过足诗瘾，于是诗人移步东轩，戏言朋友：让我洗亮双眼，同您一起去吟赏一番。眼明心亮，追慕前贤，先前那千首诗墙，看不清则罢，或许也只是泛泛平庸之作，而唯有这东轩之上，留下的才是大家手笔，大家风范，要认真品读，要你我共赏，要分享心得。

"洗眼"之说，颇为奇特，似乎诗人要洗去尘埃，洗去昏暗，睁大眼睛，屏住呼吸，沉心赏玩大诗仙的妙语。诗人眼光很高，不看那些庸常之作，也怕庸常之作弄脏了自己的双眸，而对于诗仙妙语则心神振奋，大喜过望，张目观赏。兀傲之气，写在眉宇，写在双眸，也渗透诗文之中。

苏轼曾经这样评价自己这位朋友："道人胸中水镜清，万象起灭无逃形。"（《次韵道潜见赠》）结合此诗来看，写景，诗人胸纳万象，驱风使雪；论文，诗人指点万千，超拔流俗。胸中有丘壑，胸中有才情，眼界高，视域广，心性坚，风骨硬，这些风神气韵全部流淌在这首游寺诗中。

冰雪皓月映梅花

十二月九日雪融夜起达旦

魏了翁

远钟入枕雪初晴，衾铁棱棱梦不成。

起傍梅花读《周易》，一窗明月四檐声。

冰雪融化，冷月高悬，给人的感觉是凄神寒骨，冷彻心肺，不过若是以诗眼观照，慧心体味，则此番风光又是别有意趣。宋代诗人魏了翁的诗歌《十二月九日雪融夜起达旦》就为我们描绘了一幅冰雪空明、皓月当空的美丽图景，表达了诗人伴月夜读、身心畅快的奇妙感受，读之令人神清气爽，身心舒畅，思之令人浮想联翩，回味无穷。

那个夜晚，天寒地冻，白雪皑皑，诗人躺在床上，睡不着觉，远处的钟声隐隐传入诗人耳中，身上的被子又冷又硬，几乎让诗人瑟瑟发抖。要是能进入梦乡或许好一些，诗人可以忘记寒冷，安度寒夜。可是不能，太冷了，这个冰雪融化的夜晚，冷碎了诗人的梦想。聊可安慰的大概就是那一阵阵钟声吧，从遥远的地方传来，伴着皎洁的月光，划破宁静的夜空，传入诗人的耳膜，让人产生无限遐思。夜将尽，天快亮，哪家寺院的钟声响得如此赶早，如此清脆？

钟声撞击不眠的心灵，让人想起某些不眠的往事，某段艰难的时光。唐朝那个落榜的才子，不也是在漫漫长夜、渺渺钟声中饱受煎熬，痛苦难眠吗？"月落乌啼霜满天，江枫渔火对愁眠。姑苏城外寒山寺，夜半钟声到客船。"（张继《枫桥夜泊》）名落孙山，彻夜不眠，陪伴诗人的只是凄厉鸣啼，满天秋霜，声声远钟，几星灯火，何等凄凉，何等落寞。还有大诗人王维前往拜访香积寺，不也是在古木参天、钟声隐隐中体验那份空旷与寂寥吗？

"古木无人径，深山何处钟。泉声咽危石，日色冷青松。"（引自王维《过香积寺》）无人小径在密林中延伸，隐隐钟声在山谷中回响，清清山泉在岩石间呜咽，幽幽青松在余晖中静立，声色情态，所见所闻，无不幽冷，无不凄清。凄清也是一种美，孤寂也是一种美，诗人就是诗人，在冷寂中发掘诗意，在不眠中寻找慰藉。笔者相信，对于魏了翁、张继、王维这些诗人而言，钟声是一道响彻心灵的风景，钟声是一首咏唱冷清的乐曲。

天太冷，睡不着，梦不成，诗人索性披衣起床，端坐窗前，铺开书卷，认真阅读起来。窗台上，寒梅绽放，朵朵高洁；天空中，皓月当空，银辉四射；四野里，白雪茫茫，万籁无声；屋檐下，冰消雪融，声声入耳。白雪、皓月、梅花，构成一个纯净、空明、幽雅的特定环境，诗人便在如此环境里捧读《周易》，探究天地玄理，体味人生世相，意境何等清雅，何等纯明！

笔者相信，诗人战胜了寒冷，战胜了自我，进入了一个空明忘我、痴迷经卷的世界，这是高情雅趣，这是专注执迷，这是天人合一，这是自由放达。诗人的感觉，不再是瑟瑟发抖，不再是布衾冰冷，不再是彻夜难熬；他畅快、清爽，他兴奋、陶醉，他充实、轻灵。梅花为诗人绽放，朵朵清香扑鼻，瓣瓣高洁不俗；冷月为诗人照明，银辉如水静泻，缕缕有情有意；滴水为诗人伴奏，声声轻脆空灵，滴滴答答成韵；冰雪为诗人灿烂，天地为诗人空明，《周易》经传在手，捧读天下玄理，乐趣无穷无尽。读书人梦寐以求的不就是这样一种境界，这样一种体验吗？这个寒冷的夜晚，这个黎明将至的时刻，诗人拥有一窗明月，一册书卷，一方天地，自在逍遥，自由洒脱啊！这是读书的最高境界，也是读书人最快乐、最幸福的时刻，没有人来打扰，读天地空明，读四野宁静，读冰雪圣洁，读经卷玄奥，读心灵快乐。

笔者想起了明代散文大家归有光先生，读书之乐，有似魏诗人，《项脊轩志》有如此描绘："借书满架，偃仰啸歌，冥然兀坐，万籁有声；而庭阶寂寂，小鸟时来啄食，人至不去。三五之夜，明月半墙，桂影斑驳，风移影动，珊珊可爱。"一个人的天地，一个人的快乐，全在书中，全在天地幽静空明之间。

十二月九日，对普通人来说也许是个普通的日子，可是对于魏了翁先生而言，肯定是一个盛大的心灵节日，这个夜晚，冰消雪融，天空放晴，诗人久久不能入睡，他感受到了凄神寒骨的冰冷，他感受到了如睡针毡的艰难。但是，他听到了遥远的钟声，情思随钟声飞扬；他看到了俏丽的梅花，心性随梅花高洁；他看到了一窗明月，双眸随明月灿烂；他看到了天地冰雪，心灵随冰雪空明；他读到了天下奇书，身心融入天地。他拥有一个世界，让我们仰慕，让我们神往。

读书不管春归去

暮春即事

叶采

双双瓦雀行书案，点点杨花入砚池。

闲坐小窗读《周易》，不知春去几多时。

这是一个宁静的故事，宁静得可以听见自己的心跳和呼吸，宁静得可以听见花落和春归，不要指望这个暮春的庭院会有风花雪月的缠绵，也不要认定这个故事会有功名算计的纷争，这只是一个诗人内心的故事，关乎春天，关乎阅读，关乎心灵。宋代诗人叶采用流水无声的笔墨，为我们轻轻地描述，让我们静静地分享。

读书读得投入，读得专注，便忘记了春天，忘记了世界。诗人有自己的世界，诗人沉浸在幽静而深邃、古老而遥远的世界里，春天过去以后，他才向我们描述心灵的秘密。

那是晚春的一个中午，诗人也许不记得他身边的一切，但是记得瓦雀，这些可爱的精灵，成双成对，飞临诗人窗前的书桌，缓步徐行，气定神闲。它们不知道书案旁也坐着一个大活人，它们也许误以为那是一根木桩，一块山石，它们甚至走到案桌上、砚池边，点点啄啄，丝毫也不顾忌这个沉思默会的读书人。它们无声无息，不吵闹，不打扰这位爱书的朋友。

诗人呢，沉浸在书卷里，不知不觉，不闻不问。外界的动静声息，他一概不管，他自个儿心骛八极，神思千里，乐得逍遥自在，情景滋味，颇有归有光读书于项脊轩的味道："借书满架，偃仰啸歌，冥然兀坐，万籁有声；而庭阶寂寂，小鸟时来啄食，人至不去。"人与鸟，天与地，书与心融为一体，构成一幅静美、深幽、和谐的读乐图。叶采的身边，连平日叽叽喳喳、吵吵嚷嚷的瓦雀也文文静静，一声不响，可见庭院的幽深宁静。

置身这个万籁无声、人鸟合一的院子里，诗人手捧心爱的《周易》，认真研读，潜心思考，心态是悠闲的。他淡泊名利，无欲无求，他耳根清净，俗念皆空。《周易》是一部什么书？它关乎天地穷通，阴阳演变；它关乎自然因缘，人生大道。它不教你谋求功名富贵，飞黄腾达；它不教你生离死别，痛断肝肠；它不教你衣食住行，迎来送往。它教人沉思千年，视通万里；它教人心神宁静，生命充盈；它让人灵魂愉悦，身心超脱。它是一本教人宁静、让人沉寂的天地大书，是一本通达人生、洞晓尘俗的社会奇书，适合于静静地读，默默地品味。

试想，如果诗人读的不是《周易》，而是《水浒》《三国》或《论语》《孟子》，则断然不会有如此和谐宁静的感受，因为《三国》教人权谋争斗，《水浒》教人抗挣拼杀，《论语》《孟子》教人修身养性，建功立业，这都不是让人宁静的书，都不是让人俗念淡忘的书，恰恰相反，它们让人充满渴求，充满斗志，充满功名欲望，心不静，神不宁，哪能闲坐窗前，旁若无物呢？

诗人捧着心爱的《周易》，潜心阅读，神思默会，身心愉悦，完全忘记了周围的一切，不知道瓦雀同桌，姗姗来迟；不知道风起花飞，春天归去，及至发现眼前砚池粘满了点点杨花，这才意识到时已暮春，花去无多，春天就快过去了，诗人的心还停留在《周易》上，还停留在玄思遐想中。当然，点点杨花，随风飘散，春去多时，知觉犹晚，未免又流露出几许遗憾和伤感。但是，不管怎么说，诗人的胸襟怀抱，始终不为世俗所动，不沾染尘俗气息，而是全心攻读，静默无声，沉醉经传，自得其乐，这是读书人所羡慕、向往的境界，这也是诗人宁静致远、淡泊明志的修养表现。

时至今日，面对功名喧嚣，尘俗利欲，又有几个人能静下心来认真阅读呢？又有几个人能够真正坐稳板凳，用阅读来滋养心灵，用经典来濡染人生呢？多么希望在今天的社会，自己能够，也能有更多的人，喜欢阅读，守住心灵，沉静心性，在宁静中享受经典，在愉悦中升华灵魂。

行文至此，笔者不禁想起与叶采同时代的另一位诗人魏了翁的诗作《十二月九日雪融夜起达旦》："远钟入枕雪初晴，衾铁棱棱梦不成。起傍梅花读《周易》，一窗明月回檐声。"

都是热爱《周易》，都是宁静阅读，都是高雅情趣，不同之处在于，叶诗仅写诗人读《周易》入神而浑忘时间之流逝，魏诗兼写自己披衣起床，傍梅浴月而读《周易》；叶诗宁静，静的是氛围，动的是内心，神思飞越，穷极天地；魏诗空灵，以声衬静，以月明心，以梅言志。两首诗，韵味有别，情境有别，但是对于读书人、爱书人而言，那份心神宁静，那份胸怀澄明，那份空旷清幽却是共同的追求。

一册在手，不问世事，不管春秋；一心向学，不拘功名，不管贵贱。此种心态，令人垂青，令人钦佩。

君子之交淡如水

寒夜

杜耒

寒夜客来茶当酒，竹炉汤沸火初红。

寻常一样窗前月，才有梅花便不同。

诗人笔下，有明月朗照的夜晚应该发生一段故事，有梅花绽放的窗前应该产生一段风情，或是月上柳梢头，人约黄昏后，幽会缠绵，耳鬓厮磨；

或是夫唱妇来随，书画琴棋，浅吟低唱。可是读宋代诗人杜耒的诗作《寒夜》，你会发现故事不缠绵，花月不浓艳；君子重交心，淡看名与利。

那是一个寒冷的冬夜，冷风凄凄，寒意袭人，好久不见的朋友前来探访诗人，诗人很欣喜，又很愧疚，来得好客无好酒，喊得浓艳待得薄，不但没有好酒，连浊酒淡酒也没有，三杯两盏淡酒一喝，诗词歌赋一咏，看来这种风雅浪漫的生活是没法过了。怎么办？诗人燃起炉火，当炉煮茶，以茶代酒，招待客人。虽然简陋，却也真情。客人呢，毫不介意，相见甚欢。君子之交嘛，有酒喝酒，有茶饮茶，无酒有茶，以茶代酒，何必拘于形式？何须讲究礼节？只要两个人心性相契，志趣相投，思想相通即可，不要大富大贵，不讲身份贵贱，不去算计名利，不去贪权恋位，两个人性情淡泊，宁静致远，如此足矣！

诗歌开篇，淡淡道来，清淡如水，情深味浓。情境滋味颇有老杜诗风真味，老杜诗歌《赠卫八处士》如此描写卫八处士招待客人的情景："问答乃未已，驱儿罗酒浆。夜雨剪春韭，新炊间黄粱。主称会面难，一举累十觞。"菜是冒着夜雨刚从园子里剪来的春韭，水淋淋，湿漉漉；饭是新煮的掺有黄米的二米饭，热腾腾，香喷喷。没有鸡鸭鱼肉，没有美味佳肴，随茶便饭，寒碜至极，可却是倾其所有而置办的家常饭菜，足可看出老朋友之间那份不拘形迹的淳朴友情。同样，杜耒招待客人，不过就是喝喝茶，赏赏月，聊聊天，却也无拘无束，至真至情。

这个寒冷的夜晚，两个老朋友围炉而坐，侃侃而谈。时而清茶慢饮，细细品味；时而欢声笑语，滔滔不绝；时而诗词歌赋，你唱我和；时而天下风云，高踞雄视；时而愤世嫉俗，慷慨直言；时而沉默不语，心神默会；时而风花雪月，时而山高水长……无话不谈，无情不诉，畅所欲言，其乐无穷。他们面前，竹炉之上，热汤滚沸，蒸气腾腾；竹炉里面，炭火通红，熊熊燃烧。炉火给这对老朋友驱散了寒冷，带来了温暖，炉火照亮了屋子，也映红了他们的脸庞。他们的心和炉火一样跳动，他们的情和炉火一样旺盛。

不要小看这普普通通的竹炉，不要忽视这平淡至极的场景，它们见证了朋友间的情趣机缘，折射出朋友间的热火心肠。白居易不是也描写过类似的生活场景吗？"绿蚁新醅酒，红泥小火炉。晚来天欲雪，能饮一杯否？"（《问刘十九》）天寒欲雪，家酿成熟，诗人燃起红泥小火炉，温好自家粗劣酒，等待朋友的到来。那份真情，如火燃烧，如酒淳美，令人感动，令人钦慕啊！人生天地之间，有朋友如此惦念，如此牵挂，还有什么值得遗憾的呢？

另外，需要特别注意的是，笔者认为，以今天的读者眼光去看，这个竹炉也挺有意思。据清代邹炳泰所编的《纪听松庵竹炉始末》记载，明初的竹炉形状是上圆下方，织竹为郭（外壳），筑土为质（底子），土甚坚密，熔铁为栅，横截上下。宋代的竹炉大致与此类似。

笔者读到此处，总是想起家乡的烘脚暖手的风笼来，用竹篾编织而成，呈圆柱形状，上大下小，上有提柄，内置一火钵，冬天可以在钵内存放火种、木炭。小时候，每到冬天严寒季节，奶奶总是大清早就给我们姊妹准备好了炭火木灰，我总是随伙伴们提着风笼去上学。在学校，冷了就可以烤烤风笼。至今想来，那份温暖，那份亲切，还打动人心呢。我没看见过竹炉，但我读此诗却由竹炉联想到了小时候经常使用的风笼，进而体会到长辈对小孩的仔细呵护，体会那种新奇有趣的生活。我想，这或许就是叶嘉莹先生所讲的诗歌的生命感发吧。

室内是炉火熊熊，相谈甚欢，粗茶淡水，情深意长；室外呢，皓月当空，银辉四射，梅花绽放，夺目生辉。月因梅开而更为皎洁，主因客至而格外愉悦，情景交融，妙合无垠。本来，明月还是那轮明月，梅花还是那株梅花，但是，诗人今天的心情好，与往常不一样，所以，呈现在他眼前的今晚的月亮更亮，今晚的梅花更洁。另外，还需品味一点，古代诗歌当中，明月皎洁纯明，向来是高洁情趣的象征，是光明理想的写照。王维诗歌"明月松间照，清泉石上流"不仅描绘山居环境的幽静清洁，更是借明月、青松、清泉这些洁净的意象隐喻一种纯洁美好的人生理想。梅花，冰清玉洁，凌寒绽放，幽香远播，向来是文人志士坚贞风骨的写照，也是诗人高雅情趣的象征。显然，杜耒诗中拈出"明月""梅花"，自然也有隐喻朋友情趣高雅脱俗、志节坚贞不屈的深意。

君子之交，举杯清茶，开口风云，同看明月，共赏寒梅。不沾染流俗污秽，不讲求功名利欲。至真至诚，至情至性。心性相应，情趣相投；傲立天地，自有不凡风骨，自有照人风采！

人间竹鹤第一流

对竹思鹤

钱惟演

瘦玉萧萧伊水头，风宜清夜露宜秋。

更教仙骥旁边立，尽是人间第一流。

诗人笔下的风景总是有故事、有感情的。一条江水流不尽春夏秋冬，悲欢离合；一场风吹不走冰清玉洁，人间风流；一竿竹总撑起幽幽阴凉，铮铮铁骨；一只鹤常捎带清幽雅韵，绝尘念想。万物有灵，心性相通，质本洁来还洁去，人间风流数竹鹤。读宋代诗人钱惟演的诗歌《对竹思鹤》，笔者顿生钦慕之意，神往之心。那幽幽翠竹，那清清伊水，那莹莹秋露，那习习清风，那亭亭仙鹤……无一不令人心动，无一不令人啧啧称赞。

伊水之畔，纤细的竹枝，明净如玉，在风中摇曳多姿。风啊，最好就是这夜间的风，清凉醒人；露啊，最好就是这秋天的露，晶莹澄澈。倘若更有仙鹤伫立一旁，那可真算得上人间第一流的境界啊！诗人心中构想了一个清洁雅致、幽寂脱俗的世界：这里有竹，青青翠竹，亭亭玉立，潇潇洒洒；

这里有水，清清伊水，波光粼粼，闪闪发亮；这里有风，清风徐来，水波微兴；这里有露，天朗气清，露似珍珠；这里还有鹤，插足水中，纹丝不动。诗中风景，如此清幽，如此高洁，这不分明就是一幅寄托诗人心志情操的文人画吗？这不分明就是一首流淌纯纯音韵的小夜曲吗？文如其人，画如其声，诗人借此境界含蓄地表达了自己的心灵追求和情感志趣。

竹为树中君子，象征清幽高洁。早在《诗经·卫风·淇奥》中就有这样的咏唱："瞻彼淇奥，绿竹猗猗。有匪君子，如切如磋，如琢如磨。""瞻彼淇奥，绿竹青青。有匪君子，充耳琇莹，会弁如星。""瞻彼淇奥，绿竹如箦。有匪君子，如金如锡，如圭如碧。"君子面容如玉，容光焕发；君子耳坠如星，闪闪发光；君子神彩如金，光彩照人；君子文采风流，堪比萧萧翠竹。魏晋七贤，游于竹林，时人仰慕，王子猷甚至说："何可一日无此君？"宋朝文坛泰斗苏东坡亦云："宁可食无肉，不可居无竹，无肉令人瘦，无竹令人俗。"唐代诗人白居易撰文《养竹记》对竹之本性推崇备至，"本固""性直""心空""节贞"，竹之扎根大地、岿然不动；竹之坚劲挺拔、正直坚强；竹之谦虚坦荡、节节攀升；竹之坚贞不屈、风雨无惧，种种品性，汇聚一竹。

古人咏竹，实乃对君子品性、文人情趣的深情礼赞。钱惟演这首诗中，竹的玉洁冰清，竹的清波留影，竹的清幽绝俗，竹的瘦硬挺拔，竹的摇曳多姿，无不饱含诗人对竹的礼赞之情，无不透露诗人对清高人格的仰慕之意。

闲云野鹤，潇洒出尘，诗中仙骥，风神俊逸，卓尔不凡，自是一道清亮风景。仙鹤，原指仙驾、良马，这里指鹤，因为传说中，仙人往往乘鹤而飞。《相鹤经》云："鹤为羽族之宗长，仙之骥骖。"唐代诗人崔颢诗《登黄鹤楼》云："昔人已乘黄鹤云，此地空余黄鹤楼。黄鹤一去不复返，白云千载空悠悠。"苏东坡亦撰文《放鹤亭记》深情歌赞深谷幽水之鹤。鹤是君子的化身，鹤是隐逸高洁的写照。鹤的出现，使诗中画面增加了灵动，增添了幽雅。当然，也暗暗流露出诗人向往自由、崇尚隐逸的生活情趣。

尤有意思的是《列仙传》（汉·刘向著）记载王子乔与鹤的故事："王子乔者，周灵王太子晋也。好吹笙，作凤凰鸣，游伊、洛之间。道士浮石公接以上崇高山，三十余年后……果乘白鹤驻山头，望之不可到，举手谢时人，数日而去。"王子乔驾鹤飞升，绝尘而去，完全一副飘然出尘、清雅绝俗的风采。钱惟演诗中的仙鹤，是容易让人产生这番联想和感悟的。

诗中两词语"瘦玉""一流"对于表达诗人的心志情趣也很有作用。瘦玉，当然指翠竹，言竹的坚劲挺拔、冰清玉洁，流露出作者的钦敬、礼赞之情。诗中之"瘦"不是李清照笔下的"绿肥红瘦""人比黄花瘦"，也不是柳永笔下的"衣带渐宽终不悔，为伊消得人憔悴"，这些"瘦"，瘦花、瘦身、瘦心，充满了哀怜、伤痛和无奈，钱惟演笔下的"瘦玉"则充满了热爱歌颂之情。"尽是人间第一流"，竹鹤搭配，动静相宜，清风玉露，冷清透亮，此乃人间清品，世上极致。诗人放言"一流"，可见激动喜悦，可见心向神往。竹风鹤露，清幽高洁，入诗成画，入咏成韵，留下一道阴凉，滋润万千文人；流下一道风景，灿烂诗海心空。

普济院藏普济心

普济院

陈尧咨

山远峰峰碧，林疏叶叶红。

凭阑对僧语，如在画图中。

拜访一座古老的寺院，领略天地如画的风光，体悟人生永恒的真谛。宋代诗人陈尧咨用灵动隽永的笔调在小诗《普济院》中给我们描绘了一个迷人的世界。

　　这个寺院名叫普济院，顾名思义，慈悲为怀，普度众生，超脱苦海，安顿心灵。世俗社会，芸芸众生追名逐利，贪权恋位，劳心劳力，困苦不堪。若能皈依佛门，打坐参禅，诵经礼佛，则可清心寡欲，消除烦恼，让心灵自由清灵，让生命丰盈充实。普度之义或在于此。此诗并未直截了当点破此番深意，而是大笔勾勒，涂色抹彩，让如画风光陶醉你的心灵，让静穆氛围引发你的思考。

　　诗人赞美普济院，神往普济院，这里风光如画，引人入胜。立足寺院，凭栏而眺，远处的山峰重重叠叠，连绵起伏，颇像一脉流动绿浪的清泉。近处的山林，疏疏落落，片片飞红。诗人倚着栏杆，一边和僧人闲聊，一边欣赏如画的风光，自己也成为一道风景，定格在古老的寺院。远峰近树，纵深推进，层次感强；峰碧叶红，色彩搭配，夺目生辉；峰密林疏，疏密有致，对比奇妙。"峰峰""叶叶"，叠词对仗，音韵和谐。远峰近树，静态背景；闲语寺僧，动态主体。整个寺院风光犹如一幅布图讲究、色彩鲜明的风景画，立体直观，意味深长。

　　特别需要指出的是，诗人与寺僧对语的场面，作为动态主体，包含丰富的情思意韵。想想看，有远方如画风光作背景，有近处古老寺院作陪衬，诗人与一位方外之人闲聊，山风拂拂，吹过他们的面庞，吹动他们的衣衫，也吹进读者的心里。那种感觉有多清幽，有多淡远！天地人生不都浓缩进了这场不知名的对话之中了吗？

　　诗人参访得道寺僧，欣赏如画风光，自己也成为画面的内容之一。静美淡远的意境流露出诗人对寺僧的仰慕，对佛理禅念的向往。他们在聊些什么呢？诗人为何要到这深山古寺来参拜寺僧呢？寺僧在这如画的地方又告诉了诗人怎样的人生真谛呢？他的生活、他的心情也如眼前远山近树一样清逸轻灵吗？诗人没有回答，诗句也没有一个字直接点示，但是那些风光会说话，它们会暗示读者，心想而悟，体察而知。这是远离尘嚣、远离名利之地，这里风光如画，景色迷人；

这里生活耳根清净，万念俱空。心是宁静的、自由的；生命是愉悦的、欢畅的。

诗人来自尘俗，来自名利场，与世沉浮，苦苦挣扎，或为了科举功名，辉煌事业，或为了荣华富贵，锦衣玉食，于是孜孜以求，疲于奔命，几乎没有一天轻松的日子，几乎没有心灵自由的时候。人活着到底是为了什么？是为这些沉重烦琐的身外之物，还是为自己的心灵自由？探访寺院，走近寺僧，或许诗人会明白一些什么，或许读者也会从这个场景中领悟到一些什么吧。无欲无求，亲近自然，放飞心灵，挥洒性灵，让生命欢畅，让灵魂飞扬，这或许就是普济院寺僧拯救世俗之心的一剂良药吧。

诗人把自己写进诗中，把自己嵌进画里，让我们认识到，诗人欣赏寺院风光和寺僧雅韵，我们也欣赏诗人的风采和那场古老而永恒的闲聊，因为风光如诗，陶冶我们的性情；因为对话精彩，充满了生活的智慧，点破了人生真谛。和诗人一样，生活在滚滚红尘中的我们何尝又不是身心疲惫、灵魂沉重呢？又何尝不是身心受到拘束，自由早已丧失了呢？因此，找个时间，走进山林，参访寺院和寺僧闲聊，了解一下他们的生活和思想，感受一下佛门的清净和淡泊、朴素和古雅，也许对我们的自我救赎有所补益吧？

记得现代著名诗人卞之琳先生写过一首诗《断章》："你站在桥上看风景/看风景的人在楼上看你/明月装饰了你的窗子/你装饰了别人的梦。"诗人站在寺院闲聊赏景，我们站在诗外看风景。其实，诗人所求和我们所想完全一致，人生而自由，却无时不在枷锁之中，怎样摆脱呢，哪怕是暂时的？笔者的建议是，抽点时间，放下忙碌，放下所有的杂念，让心灵亲近古老的寺院和永恒的自然。

有句话是这样说的，到墓地走一走，你会觉得很多东西我们带不走；到寺院走一走，你会觉得很多东西我们要放下。诚哉斯言！

梅妻鹤子竹林情

竹林

林逋

寺篱斜夹千梢翠，山磴深穿万箨干。

却忆贵家厅馆里，粉墙时画数茎看。

宋代诗人林逋生性淡泊，无意功名，常年隐居于杭州西湖之畔，终身不仕亦不娶，唯好植梅养鹤，寄托情志，人称"梅妻鹤子"。其诗清雅高逸，如其为人，诚如贺裳所云："林处士泉石自娱，笔墨得湖山之处，故清绮绝伦，可谓人地两不负也。"（《载酒园诗话》）据说他吟诗自娱，写罢便随手散去，从不留稿，人或问之，答曰："我不欲取名于时，况后世乎？"可见诗人不合流俗，不屑声名，清高淡远，风采自铸。其诗《竹林》则从另外一个侧面展示了诗人清高自许、孤傲不俗的风骨。

诗歌描绘了三种竹，绘姿绘态，见情见性。

第一种竹是古寺幽竹。古老而幽僻的寺院，篱落纵横，翠竹森森，交相掩映，呈现出一种庄严肃穆、幽深古雅的气氛，给人以神清气爽、心性沉静之感。"寺篱斜夹千梢翠"，一句之中，三写翠竹。"寺篱"点出生长环境，深山古寺边，纵横篱笆旁，远离了滚滚红尘，远离了熙来攘往，远离了乌烟瘴气。森森翠竹，居远而性静，庄重而不俗。"斜夹"写竹篱相映、相得益彰之态。千竿翠竹，郁郁葱葱，绿影婆娑，生机勃勃；道道篱笆，古雅素静，庄重自持，千年无声。竹林掩映篱笆，篱笆装扮竹林，构成一道深幽、宁静的风景，迷醉诗人的心灵，陶冶诗人的性情。晋代大诗人陶渊明诗云："采菊东篱下，悠然见南山。"自从陶诗人咏篱之后，道道篱笆都被赋予了一种淡泊宁静、不涉名利、无关官场的文化内涵。林逋诗中的古寺竹篱更是远离尘俗，自成天地，自见风采。光影色态，隐隐约约，我们似乎可以窥见诗人的淡泊性情和高洁心志。

"千梢翠"写竹之色彩，苍苍翠翠，生机无限，"千梢"成林，苍翠欲滴，是色彩在流泻，是生意在勃发。每一竿竹都是一副刚强正直的风骨，每一抹绿都有一种不可遏止的力量。同时，"千梢"之语，夸张造势，苍翠生情，又给人以恢宏深远、卓异风发之感，无疑也使诗人心中的竹林增添了迷人的风姿。

第二种竹是空山幽竹。诗歌第二句换一个角度写竹，大概是写诗人穿山走岭、探访古寺的沿途所见。山势险峻，石径蜿蜒，两边尽是茂密繁盛的竹林。诗人看见，这山中的竹啊，根部全都穿上一件件枯干灰暗的笋壳，激动不已，浮想联翩。

诗中的"箨"是竹皮、笋壳的意思，意味着这满山满径的翠竹都是拔地而长，破壳而出，具有无限的生命力，具有节节高升的美好希望。特别是"箨"之前又冠以"万"字来限定，自然更看出山竹的气韵和生机。"干"字固然是说笋壳枯干，却从侧面烘托出新竹初长、不可遏阻的力量。登山的石径弯弯曲曲，诗人一路前行，有翠竹相伴，环境气氛至为幽静。

笔者读到诗中这些万笋枯干、万林空寂的场景描写时，总是不由自主地回忆起小时候在农村生活的情景。夏秋之交的时候，还是儿童的我随母亲一起进山捡笋壳。我提着一个小竹篮，带一把镰刀，走进深山竹林繁密处，把那些脱落在地的大张笋壳捡拾起来，放进篮中；把那些附在竹根的笋壳割下来，小心翼翼，生怕弄坏了整张笋壳。不用多久的工夫，就可捡拾到一大篮子笋壳。采集这些笋壳何用呢？原来母亲用它们来剪裁鞋底式样，一线一线缝制鞋底，这种鞋底挺扎实，挺耐穿。小时候，我和弟弟妹妹所穿的布鞋，鞋底都是母亲用笋壳一针一线缝制出来的。现在农村有了足够的布源，早已不再用笋壳做鞋底了。但我仍然深深怀念那时候的经历，那段经历交织着辛苦与甜蜜，融汇着好奇与乐趣。

当然小时候的我不是诗人，也不谙人生之道，不懂得竹林长势冲天、生机无限的特点。但那些经历，无疑使今天的我对林诗人笔下的描写领会得更深切。

第三种竹是粉墙画竹。诗人面对山寺如此清幽的自然美景，忽然想起富贵人家的高堂华屋之内，雪白的墙壁上也时常装点着竹石幽趣的图画。画竹图呈现的是艺术美，简笔勾勒，形神兼备，气韵沉雄。每一竿青青翠竹，都流泻着一段生命光芒。

山寺竹是自然美，原姿原态，苍翠茂盛，自有勃勃生机。自然之竹与画图之竹，各得其宜，各擅其长，各见其美，都令人叹为观止，拍案叫绝，都折射出诗人的清高人格与清洁情志。不过，诗人把这幅画竹图挂在富贵人家的厅堂墙上，这就大有深意了。至少在笔者看来有两点不可忽视：一是暗示富贵人家附庸风雅，其实不谙竹性，不懂竹画；二是表明诗人不屑风雅，不齿富贵，倒是乐意真真实实走近自然，投身竹林，充分感知、欣赏竹的风姿神韵。当然，这并不排斥诗人对画竹之作的欣赏和青睐。

所有的翠竹都一样风光，所有的文人都一样爱竹。竹，在传统文人心中，向来是清雅和气节的象征。东坡尝云："可使食无肉，不可居无竹。无肉令人瘦，无竹令人俗。人瘦尚可肥，俗士不可医。"（《于潜僧绿筠轩》）赞赏之情，溢于言表。更有甚者，有人与竹形影不离，相亲相恋。《世说新语·任诞篇》载："王子猷尝暂住人空宅处，便令种竹。或问：'暂住何烦？'王啸咏良久，直指竹曰：'何可一日无此君？'"还有唐代诗人王维深情咏唱"独坐幽篁里，弹琴复长啸"，境界之清幽宁静，心情之闲适自由，令人羡慕，令人神往。

林逋是隐士，静观翠竹，独赏丰姿，细描细绘，比较议论，生发了一种人生体悟，也宣示了一种诗心傲骨。完全可以这样说，竹立古寺，竹长山林，远离红墙绿瓦，远离珠光宝气，自有清幽脱俗风采。竹如诗人，诗人如竹，山林之间，天地之间，站立着一个两袖清风、眉宇清高的诗人，他就是林逋先生！

人生唯有读书好

四时读书乐（其一）

翁森

山光照槛水绕廊，舞雩归咏春风香。

好鸟枝头亦朋友，落花水面皆文章。

蹉跎莫遣韶光老，人生唯有读书好。

读书之乐乐何如？绿满窗前草不除。

读书分两种：读有字之书，开阔眼界，增进智慧，砥砺操守，锻造人格；读自然之书，游目驰怀，陶情冶性，阅览山川，滋养精神。读书之乐，乐在会心快意，乐在怡情悦志，乐在自由无拘，乐在风光无限。近日读宋代诗人翁森的诗歌《四时读书乐》（其一），对读书之乐，体验之妙，别有感触，心怀戚戚。

《四时读书乐》是组诗，一共四首，分别描写春、夏、秋、冬四季读书的乐趣，这首诗是描写春读之乐，生机勃勃，流光溢彩，读书之乐，乐开心花。

诗人翁森，本是理学家，宋亡以后，隐居乡里，教书糊口，别无所求。理学家在一般人的印象中多是古板迂腐，不通情趣，不近人情，不亲自然，可是，翁森不一样，他跳出了格物致知、穷究大道的深奥玄虚，摆脱了之乎者也、枯燥议论的窠臼；他在这首诗中放肆畅谈自己阅读山水草木、花鸟虫鱼的快乐，直抒自己浪迹自然、逍遥快意的体验，惹人遐思。

春临大地，万木吐绿。远处的青山，层峦叠翠，流光倾泻，把诗人居住的水阔栏杆照得熠熠生辉。小屋位于山中，山环水绕，有声有色。绿海苍茫，扑面而来，令人心旷神怡。山溪慢流，潺潺作响，平添了山居幽趣。浪漫的诗人绝不会错过这美丽的春天，有时到河里游游泳，让清流滋润肌肤，洗涤心性；有时到原野上跳跳舞，让清风轻轻拂面，沁人心脾；有时随兴吟咏诗句，让性情轻舞飞扬，如风飘散。释放身心，投身自然，拥抱春天，让心灵和春天一般快乐，让日子和春风一般芳香。诗人的山居生活就是这样充满情趣，充满欢快。

"春风香"表达新奇，诱人遐想。春风和畅，拂过山林，拂过小屋，也拂过诗人的面庞，风中夹带着花草树木的清香，以至让人产生错觉，似乎连风也是香的。闻一闻，清香扑鼻；吸一吸，满口清爽。这种感受，远非久居尘世闹处的人们所能体会。"舞雩归咏"，巧妙化用了一个古老的典故。《论语·先进》章中曾皙有言："莫（暮）春者，春服既成，冠者五六人，童子六七人，浴乎沂，风乎舞雩，咏而归。"之后是孔子的话"吾与点也"，孔子和曾皙都向往这种遨游自然、欢乐畅快的生活。翁诗化用这一典故，意在表明自己追踪先贤、寄情自然的心志情趣。

诗人特别提到，一个读书人，只要热爱自然，热爱生活，那么，山居之中所见所闻无不畅快心灵，无不舒心惬意。美丽的小鸟在挂满绿叶的枝头鸣叫，清脆婉转，声声悦耳，她们是诗人的朋友；艳丽的花朵随风飘零，浮水远去，留下无尽的哀伤，她们是诗人的诗章。交朋结友，吟诗作文，不仅要读有字之书，交有心之人，还要倾情花鸟，注目流水，从一只小鸟的鸣叫之中听出生活的欢乐，从一朵花的凋落当中看到生命的忧伤，从一溪水的流逝体会到情意的绵长，从一棵树的翠绿体会到生机的旺盛。自然即生活，生活即文章，一派天真，一派本色。这正是诗人做人、生活和为文的追求。

也许春花凋零，芳华不存，也许流水消逝，一去不返，也许春光会老，人无再春，诗人突发感想，人生啊，切莫白白浪费光阴，切莫白白消耗青春。人生最有意义，也是最幸福的事情莫过于读书，读千年流传的有字之书，会晤先贤，对话历史，启迪心智，增长才干；读万古不变的无字之书，观赏朝霞流岚，聆听花开花落，致敬青天白鹭，行礼芳草萋萋，以自然为友，师法自然，增益品性。人生的宝贵光阴要珍惜，要用来做有价值、有意义的事情，这样的人生才充实。唐代曾经流传一首诗歌《金缕衣》："劝君莫惜金缕衣，劝君惜取少年时。花开堪折直须折，莫待无花空折枝。"一年之计在于春，一生之计在少年。时光宝贵，理当读书明理，进德修业；理当行走山川，亲近自然。

最后诗人用自问自答的方式来总结春读之乐。读书的快乐究竟像什么呢？请看绿满窗前的春草，绵延无际，翠绿逼人，令人心旷神怡，令人神清气爽。唐代诗人刘禹锡《陋室铭》有言"苔痕上阶绿，草色入帘青"，"谈笑有鸿儒，往来无白丁"，"可以调素琴，阅金经，无丝竹之乱耳，无案牍之劳形"。小屋之外，绿草青青，山水潺潺；小屋之内，手不释卷，吟哦有声。书声与水声相汇，心灵与自然相融。读书的乐趣，读自然山水的乐趣，才是诗人最大的幸福。

独立青峰野水涯

武夷山中

谢枋得

十年无梦得还家，独立青峰野水涯。

天地寂寥山雨歇，几生修得到梅花？

历史上，王朝兴废之时，政权更替之际，总有许多文人贪权恋位、追名逐利、变节附逆，但是也有不少志士不合流俗、不慕富贵、坚守志节。宋末诗人谢枋得就是这种心有所属、不附新朝的志节之士，其诗《武夷山中》歌景咏物，抒情言志，形象地表达了诗人独立自守、坚强不屈的人格操守，引人遐思，令人感慨。

武夷山，位于福建崇安西南，峰峦秀丽，林木苍翠，清流环绕，花草鲜美，是著名的风景胜地。诗人于宋德祐元年（1275），兵败入闽，遂隐居于武夷山一带，这首诗大约写于至元二十一年（1284）。

诗人坦言，举兵抗元失败，避居武夷山中，不知不觉，已是十年时光，这十年，自己连做梦也从没有梦回家园，总是徘徊于独立的青峰脚下，栖息于悠悠野水之涯。一个人生活在山中，远离了家园和故国，远离了新朝权贵，拒绝了所有名利诱惑，拒绝了所有俗世纷争。俗话说，日有所思，夜有所梦。梦是现实生活的曲折反映，诗人强调自己无梦回家，一待山中十年，并非自己不思家念亲，并非自己心肠冷漠，而是故国大宋已破，小家弋阳（今属江西信州）已亡，亲朋故友已散，无家可回，无梦可圆啊！其间痛楚非国破家亡者不能体会。

当然，此梦还可另解。梦不回家，心安山林，回家意味着与新朝政权合作，向名利富贵弯腰，甚至意味着要改变自己长久恪守的信念律令，诗人不愿、不屑为之，宁可不回家，不梦家，也要坚守心中的原则。这一原则又是什么呢？"独立"一语道破天机。表面而言，"独立"言诗人徜徉山水，栖隐山林；深层来看，则暗示诗人刚正不阿，坚强不屈；不变节待敌，不改志求利，不苟且流俗，不低头权贵。野水之涯，青峰脚下，站立着这么一个心高气傲、心坚志笃的隐士。这本身就是一幅画，一道风骨凛然的风景画。

"野"字透露出诗人的放浪形骸、无拘无束的性情，也暗示诗人纵情山水、投身自然的欢畅与幸福。唐代大诗人柳宗元参与变法维新，失败之后，被贬官降职，流放蛮荒，其诗《江雪》就抒发了诗人内心的孤傲不屈和勇敢抗争："千山鸟飞绝，万径人踪灭。孤舟蓑笠翁，独钓寒江雪。"无视大雪纷飞，无视寒风凛冽，无视天地沉寂，一个人划舟江中，兀兀垂钓，坐成了一尊雕像，坐出了一种风骨——独立天地，无畏抗争！表面上，柳宗元失败了，内心里却坚不可摧，牢不可破。他是天地江雪之间的一条硬汉子。隐居在武夷山中的谢枋得也是如此，十年风雨磨损不了诗人的棱角锋芒，十年沧桑改变不了诗人心中的志节。

诗歌的三、四两句，诗人进一步抒发自己的感慨。天地沉寂寥落，山中风雨歇绝，我隐居山中修身，不知几世几时才能修到"品似梅花"的境界啊？

万千花朵之中，诗人单单拈出"梅花"自许，何故？梅花顶风傲雪，凌寒独放；梅花冰清玉洁，芳香四溢；梅花素艳高洁，端庄典雅；梅花丰神绰约，有姿有态。梅是君子人格的象征，是志士节操的写照。诗人希望自己就像梅花一样独立不移，忠贞不渝，坚强不屈。诗人效忠故国，不媚新朝，以至新朝权贵屡次征召，均被诗人断然拒绝。古语云："一女不侍二夫，忠臣不侍二主。"姑且不去评说诗人这种选择正确与否，但有一点是毋庸置疑的，那就是矢志不渝，抗争到底，不与新朝合作。

诗人的精神、气节有似古代的伯夷、叔齐。据记载，伯夷、叔齐本是战国时期孤竹君的两个儿子，孤竹君临终前将君位传给老大，老大不愿干，推给老二，老二也不愿意干，结果两个人逃到周国。后来周兴兵讨伐暴君商纣，伯夷、叔齐扣马死谏，但周王不予采纳。周灭纣以后，伯夷、叔齐兄弟二人发誓不与周朝合作，拒做周官，拒食周粟，隐居首阳山，最后饿死在首阳山。他们兄弟二人是中国历史上较早出现的气节之士。诗人谢枋得其实也非常仰慕、钦赞兄弟二人的品节，他不向元朝统治者妥协，愿像伯夷、叔齐一样追求梅花似的傲霜凌雪的坚贞情操。天地为之感动，风雪为之感慨，历史为之动容。几世几生，修品如梅，这需要意志，需要定力，更需要信念和气节。谢诗人做到了！

　　武夷山中的隐士，十年不做一个回家的梦；武夷山中的隐士，十年独立青峰野水之涯；武夷山中的隐士，十年修炼成梅。武夷山中的隐士，拥有一方天地，纵情遨游此间，身处乱世依然能活出一种骨气，一种风范，复何求焉？复何求焉？

一窗风月一窗灯

纸窗

郭震

偏宜酥壁称闲情，白似溪云薄似冰。

不是野人嫌月色，免教风弄读书灯。

　　读书人仁爱万物，心细如发，一窗明月，一缕微风，一片纸屑，一盏油灯……都能够引起他们的缱绻之思，都能够表达他们的深挚情怀。宋代诗人郭震的小诗《纸窗》，以"纸窗"为观察点，虚实结合，叙议兼用，巧妙地传达了读书人坐拥清静、沉潜书海的心灵快乐。

　　诗人居住村野，地偏心远，耳根清净，对读书养性、吟风弄月情有独钟，何以见得？只从这首《窗纸》就可以察其端倪。

　　那些雪白的窗纸啊，白得好像溪水中倒映的云朵，薄得像刚刚结成的冰片，最适合粘糊墙壁，使满室光明，慰藉我的闲情逸致。窗纸白而薄，明而亮，光洁润滑，熠熠生辉。诗人用两个比喻——如云似冰，写出了对窗纸的喜爱和赞美。"偏宜"是最适宜、最合适之意，表明洁白似云、单薄如冰的白纸糊墙最好，无可替代，它可以让满室生辉，它可以遮风避虫，它可以怡情悦性。它的素淡清洁，它的宁静肃穆，与诗人的心境非常吻合。不是花里胡哨的彩绘炫目，没有信笔涂鸦的潦草乱心，朴素本色，不施粉黛，自有古拙之美。

诗人明点"闲情"，至关重要。闲情从欣赏墙纸的洁白明亮中来，闲情从欣赏溪水白云的缥缈中来，闲情也从观察凝水成冰的生活中来，有情如此，心闲性静。正因为热爱读书，热爱乡野村居，热爱无人打扰的清静平和，诗人才有可能对身边的一景一物深情款款，兴致勃勃。读书人爱书，爱书中的知识道理，爱书外的世界生命，爱"书"及乌，爱与书相关的一切东西。普普通通、平平常常的白纸，在诗人笔下变得如此纯洁，如此明亮，如此静美。与其说窗纸好用，不如说诗人多情，经过诗意的眼光烛照过的窗纸才有可能熠熠生辉，光彩照人！

白纸糊上墙壁，隔绝了外面的世界，不是诗人这位村野之人不爱月色，只是为了不让风儿穿墙入户，熄了读书的油灯啊。诗人坦言，身居乡野，心在自然，爱山野风光，爱山风明月。三五之夜，明月半墙，风移影动，珊珊可爱，读书之余能够有幸欣赏到如此清静幽美的风光，该是何等欣慰、何等惬意的享受。但是，糊上墙纸，明月进不来，光影自徘徊，未免有几分遗憾。

诗人又承认，糊墙是为了防风，防风是为了护灯，护灯当然是为了读书，读书需要一个清静安宁的环境，读书需要一种深远平和的心态。青灯独伴，徜徉书海，坐拥幽静，神思飞扬，这是一种境界，更是一种享受。读书人有一间乡居茅舍，有一盏油灯相伴，无应酬之烦扰，无案牍之劳形，无名利之乱心。神交古人，默会故友，快慰人生，复何求焉？一窗纸挡住了春风明月，却捎来了清静安宁；一盏灯暗淡了功名纷争，却温暖了诗人的心灵。能够安安静静、无欲无求地读书，这是一种多么令人向往、令人羡慕的美事啊！

全诗以"纸窗"为题，歌咏纸窗，却一字未提，一、二句言糊壁，三、四句咏风月，由墙及纸，由纸及月，由风及灯，迂回曲折，委婉含蓄，巧妙地表达了读书人的独特体验。夜读诗书乃人生乐事，故觉灯之可贵，纸窗即可挡风护灯，纸更可亲。

笔者每读此诗，总是想起少时家贫挑灯夜读的情景。也是身居乡野，也是清贫人家，也是青灯独伴。不同在于，笔者夜读的房子，风雨剥蚀，千疮百孔，四壁全用白纸糊上，正对书桌的墙纸上写满了密密麻麻的英语单词和古代诗词歌赋，伏案读书至累，便稍作休息。偶一抬头，就会看到满纸单词、诗句，如逢故友，如回故地，倍感亲切，似曾相识之感油然而生。青灯墙纸、诗词歌赋，构成了少年夜读生活中一道美丽而深远的风景。至今回味，仍觉意味深长。古往今来，读书人，心意相通，灵犀相悦！

藕花多处别开门

次石湖书扇韵
姜夔

桥西一曲水通村，岸阁浮萍绿有痕。
家住石湖人不到，藕花多处别开门。

在这个钱浪滔滔、欲海滚滚的社会，我们呼唤纯净和宁静；在这尔虞我诈、你死我活的社会，我们呼唤闲适和自由。读古代诗歌，对话古老灵魂，或许是一种纯心正性、清神爽气的方法。宋代诗人姜夔的题扇诗《次石湖书扇韵》就是一首能够让我们远离喧嚣尘俗，远离功利纷争，同时又不失保持高洁品性的佳构。

从诗题可以看出，诗人是题诗于扇，赠给朋友，一方面歌赞朋友范成大的高洁情趣，另一方面也表达诗人的仰慕、钦慕之意。

诗歌以一个探访者的口吻展开，朋友范成大晚年政治失意后，隐居石湖，一个人迹罕至、鲜为人知的地方。诗歌一开篇就点出了探访的路径，小桥的西边，一条弯弯曲曲的小河流向幽静的水村。岸边阁旁，不时可以看到村中池塘漂出来的点点浮萍。水在静静地流，光洁透亮，清澈见底，倒映两岸的景物，构成一道流动的风景。水上的浮萍，星星点点，自由流动。岸旁的花草树木，水上的浮萍水草，河中的潺潺流水，营造出一份幽深、宁静、深远、迷人的氛围。

石桥古老，风雨斑驳，无声静立千年。岸阁朴拙，日晒雨淋，见证多少岁月流逝，这些古老的意象又给风景增添了厚重的底蕴。主人公还没有出场，主人居所还没有看见，但是从这条河流，这座石桥，这栋阁楼，还有河中浮萍，我们分明感受到了一份恬静安适，一份古朴幽深。主人的深居简出，主人的隐逸情怀隐隐流露出来。笔者欣赏这幅古老而宁静的水乡风景图，特别是以水流曲折来表达曲径通幽之感，以浮萍浅绿来表达闲适自由之态。小处着眼，细节生情，让我们感受到清幽、纯净、高洁和不俗。

随着行踪的推移变化，朋友的住所渐次凸显出来。诗人写道，朋友家住在石湖这个人迹罕至之处，的确与众不同，难以寻找。但是，别忘了，你只要寻找荷花茂盛的地方，就一定能够找到他的家门。

诗人强调两点：一是朋友家住石湖，偏远荒僻之地，常人少有发现，暗示朋友清高孤傲，不与世俗交接，自成一统，自得其乐。

二是朋友住处，开门所向全是灿烂荷花，清幽、高洁、雅致、脱俗，暗示朋友卓尔不群、超拔流俗的品性志趣。特别是荷花此处又有其固定的象征意义。周敦颐《爱莲说》中有精辟描写："予独爱莲之出淤泥而不染，濯清涟而不妖，中通外直，不蔓不枝，香远益清，亭亭净植，可远观而不可亵玩焉。"凡此种种，无不凸显荷之高洁、清雅，无不隐喻君子的高尚节操。

　　姜夔诗中特别描写朋友住处，荷叶茂盛，荷花盛开，其实也是暗示主人的胸襟、品格和情趣。据史书记载，范成大曾仕至参知政事，在宋代诗人中，算是较为显达的，但最终一腔大志仍不得施展，被御史挟私憾所攻，以至于落职退隐石湖，他把门户开在俗人不至的荷花繁盛之处，显示出这位老人不同流俗的品格和情趣。退隐官场，高尚其志，修养心性，洁身自好，这就是朋友范成大的风范。

　　古典诗词中，花色不同，含义有别。菊花淡雅、高洁，隐喻自由，陶渊明最喜欢；莲之出淤泥而不染，暗示君子品性纯正，周敦颐最爱；牡丹雍容华贵，象征富贵喜庆，众人最爱。姜夔诗中特意点出朋友住处藕花（荷花）繁盛，自然是深情歌赞朋友的高洁人格和纯正操守。品味如荷，心清如水，令人仰慕，令人神往。

　　一条江水流向幽深水村，弯弯曲曲，自成风景；一片荷花，绽放石湖住所，红红艳艳，灿烂双眸；一个人隐居石湖别墅，安安静静，不惊不喜。这就是这首题扇诗的情意所在。

无声无息故人风

新晴

刘攽

青苔满地初晴后，绿树无人昼梦余。

惟有南风旧相识，偷开门户又翻书。

　　读书人的情趣多姿多彩，意味深长：读日月经天，江河行地，自有一番恢宏阔大之气度；读庭院花开，小窗旧梦，亦不失高雅脱俗之浪漫；读熙来攘往，人潮汹涌，自有一番匡时济世之忧叹；读青苔满地，绿荫匝地，亦不失宁静幽深之情趣。读宋代诗人刘攽的小诗《新晴》，其实就是品读一种小家庭院的宁静幽深，品读一种诗情画意的浪漫高雅。

雨后初晴，空气清新，阳光明媚，小草青得逼你的眼，树木绿得动你的心。诗人的庭院，也是一番清新景象。青苔疯长，布满庭院；绿树茂密，浓荫匝地。阳光透过树叶缝隙，洒下斑斑驳驳的碎影，犹如零零碎碎的水银铺了一地。诗人刚刚醒来，长长地伸个懒腰，恍恍惚惚，晕晕乎乎，似乎还沉浸在刚才的梦境中。没有书童家仆的打扰，没有鸡飞狗叫的喧嚷，没有迎来送往的应酬，这是一片宁静的天地，门虽设而常关，心悠闲而自乐。

"青苔"言环境，烘托主人的隐逸情怀。青苔满地，人迹罕至，说明主人疏于交接，不与世俗。刘禹锡《陋室铭》有言："苔痕上阶绿，草色入帘青。谈笑有鸿儒，往来无白丁。可以调素琴，阅金经。无丝竹之乱耳，无案牍之劳形。"清静自在，淡泊名利，自成天地，乐趣无穷。

"昼梦"言诗人生活，春夏之季，昼长夜短，诗人午睡，免不了清梦悠悠，神思邈远。不妨猜想，诗人梦见了什么？梦中又是怎样的情景？梦又是如何醒来的？笔者相信这个梦一定很诗意，很浪漫，梦中的诗人也一定笑得很开心，以至连梦醒之后脸上还挂着甜甜的笑容，如花绽放，灿烂了一个夏天，也灿烂了读者的心灵。

"无人"强调庭院单家独户，与世隔绝，无人打扰，加之绿树茂密，浓荫匝地，更有一种幽深静谧的氛围，沁人心脾，引人入胜。

诗歌一、二两句描绘庭院环境幽美，诗人睡梦清闲；诗歌三、四两句则描写诗人梦醒之后一个令人惊讶的发现。南风吹拂，轻手轻脚，恰似旧友亲朋，悄悄推开虚掩的门扉，窸窸窣窣地翻动书页。多么轻盈，多么有趣，多么宁静！没有人会注意一阵风吹来，诗人注意到了，而且是细致观察，精准描写，倾注了深情。诗人把南风当作老朋友，老相识，常来往，所以不需要预先通知，亦无须打声招呼，想来就来，想去就去，自由自在，行动无拘。而且，这位老朋友也略通文墨，喜读诗书，又是开门，又是翻书，一面一面地读过去，静静地读，轻轻地读，很用功，很用心，不忍心打扰沉睡的老诗人。多么有情有意的老朋友啊！

视风为朋友，视书为生命，是诗人的高情雅趣，也是诗人的落寞情怀。想想看，一个人幽居庭院，不与世俗交接，只能以风为伴，以树为邻，该是何等孤寂！李白诗《独坐敬亭山》云："众鸟高飞尽，孤云独去闲。相看两不厌，只有敬亭山。"陶渊明诗云："采菊东篱下，悠然见南山。"辛弃疾词云："我见青山多妩媚，料青山见我应如是。"表面看来，或许浪漫、诗意，其实骨子里都是悲凉、沉痛和孤独。刘攽隐居，以风为友，以树为伴，又何尝不是如此呢？

诗人喜风，诗多写风。另一首诗如此写道："杖藤为笔沙为纸，闲立庭前试草书。无奈春风犹掣肘，等闲撩乱入衣裙。"春风无赖，撩人衣裾，与南风无礼，开门翻书，一样的情趣，一样的浪漫。唐代诗人唐薛能《老圃唐诗》云"昨日春风欺不在，就床吹落读残书"；李白诗《春思》云"春风不相识，何事入罗帏？"还有清代诗句"春风不识字，何故乱翻书"等诗句，均是以风为友，寄情于风，表达勃勃情致和浓浓情味，可以参照对赏。风本无情，诗人有意，诗心过滤，慧眼烛照，风儿变得多情，通晓人性。因此，我们有幸看到，如故人，如亲友，南风来访，无声无息，却又有情有趣，给诗人捎来惊喜和快乐，也给读者捎来愉快和兴奋。

一树梅花一放翁

梅花绝句（其一）

陆游

闻道梅花坼晓风，雪堆遍满四山中。

何方可化身千亿，一树梅花一放翁。

周敦颐爱莲，"出淤泥而不染，濯清涟而不妖"；陶渊明爱菊，"采菊东篱下，悠然见南山"；崔护爱桃花，"去年今日此门中，人面桃花相映红"……花类万千，人各有爱，托物言志，以花传情，诗人演绎了许多华采辞章。宋代大诗人、抗金战将陆游一生酷爱梅花，咏梅诗作成百上千，其中《梅花绝句》（其一）是典型代表作之一。

咏梅言志，绘梅抒情，情志兼备，形神俱到，陆游的高洁人格、坚贞品性和对梅的迷恋之情，一并表现出来。

诗歌一、二两句写景，景中传情，言外有意。诗人听说梅花已经开放了，迎着破晓的瑟瑟寒风，远远望去，只见一堆堆茫茫白雪，遍布崇山峻岭。梅花不择地势，不施肥料，遍布山岭，竞相怒放，何等旺盛，何等灿烂！照亮了诗人的双眸，激动了诗人的心弦。梅花不畏风寒，不惧霜雪，傲然绽放，自铸风骨，分明又是一位战天斗地、英勇无畏的斗士，深深震撼着诗人的心灵。风霜之苦寒，山岭之贫瘠，烘托出梅的坚强健劲，生机无限。

陆游有词咏梅："驿外断桥边，寂寞开无主，已是黄昏独自愁，更著风和雨。"荒郊野外，断桥残垣，风雨侵袭，黄昏惨淡，无人关注，无人呵护，如此苦寒幽冷的环境，有力烘托出梅的清幽绝俗，坚贞不屈；正如陆游诗语"雪虐风饕愈凛然，花中气节最高坚"，亦如诗人杨维桢咏叹"万花敢向雪中出，一树独先天下春"。写梅之风骨实则映照诗人之心态，饱含满腔激赏。诗中"闻道"二字不可放过，听说而已，没有亲见，表明梅花绽放山野的图景纯属诗人的想象，或是他人的描述，但是诗人关注，诗人留意，并且大加赞赏，不妨设想，如果诗人亲眼所见，那又不知是怎样的激动和狂喜呢！

诗歌三、四两句突发奇想，直抒胸臆，爱恋梅花如痴如狂，骇人之想如梦似幻。诗人面对漫山遍野、迎风绽放的寒梅，心向神往，不能自已，如何才能更加亲近梅花、珍爱梅花呢？要是有什么法子能让我陆游化身千千万万，散布山山岭岭，让每一树梅花之前都有一个老迈放翁与之相伴，那该多好啊！这种想象是奇幻的、幸福的。陆游爱梅，爱漫山遍野之梅，爱每一株梅树，爱每一朵梅花，爱之切，思之深，心生幻觉，情迷意乱，恍恍惚惚，才有这种惊人之想。就像孙悟空施展变身术一样，神奇，魔幻，让人着迷，引人向往。陆游要赏遍每一株梅花，驻足流连，沉醉观赏，闻一闻幽香，观一观色泽，赏一赏姿容，品一品风雅。爱梅千山万岭，爱梅入骨入髓。

唐代诗人柳宗元早有这种幻化分身的构思之作："海畔尖山似剑芒，秋来处处割愁肠。若为化得身千亿，散上峰头望故乡。"（《与浩初上人同看山寄京华亲故》）柳宗元大概是因为与浩初禅师同看山，因而想到佛教中的化身之说，出此构想。化身万千，登高望乡，不畏剑芒，不惧秋凉。陆诗与柳诗，构思类同，情意大异。陈衍《宋诗精华录》云："柳州之化身何其苦，此老之化身何其乐！"苦乐两重天，对比赏读，更能加深对作品的理解。

陆游咏梅，绘形象，描风骨，传心志，读之咏之，使人如沐寒风，神清气爽，心高气旺。另外，笔者在体验和激赏陆游的爱梅之情的同时，又有独到之想，一树梅前一放翁，梅耶？翁耶？融为一体，人梅不分，爱梅的风骨，爱梅的风姿，竟至化身为梅，此爱唯有天上闻，人间难得几回见啊！笔者又想到庄子梦蝶的故事，庄周一梦，化为蝴蝶，翩翩飞舞，时而流连姹紫嫣红的花园，时而驻足清清溪流旁边，时而欣赏大漠孤烟，时而欣赏小桥流水……自由自在，无拘无束，及至梦醒，庄子不明白，是自己变成了蝴蝶，还是蝴蝶变成了庄子。陆游此诗，何尝不是如此情意呢？

有谁风雪看梅花

次萧冰崖梅花韵

赵希桐

冰姿琼骨净无瑕，竹外溪边处士家。

若使牡丹开得早，有谁风雪看梅花？

风景折射心灵，风物暗示心志，诗人笔下的风光景物，一山一水，一花一树，一鸟一鱼，一枝一叶，无不染上浓浓的感情色彩，无不或明或暗点示诗人的生命情怀。特别是那些志趣相投、心意相通的朋友之间的你唱我和、书往信来，更是把这份生命情怀、心灵志趣表现得淋漓尽致。宋代诗人赵希桐读了朋友萧冰崖的梅花诗之后，深受启发，有感生命风骨，有感朋友志趣，挥笔写下了《次萧冰崖梅花韵》一诗。

朋友是怎样性情的人？又有怎样的心志情操？只看他的名和他的梅花诗即可略知一二。萧冰崖，即萧立之，字斯立，号冰崖，宁都（今江西宁都县）人。"冰崖"两个字很容易让人联想到山崖水畔冰清玉洁、风骨凛凛的梅花来，加之其人又多有梅花诗传世，因此，可以推想其人清雅脱俗，风正气清，刚直不阿。俗谚云"物以类聚，人以群分"，古语曰"道相同则为谋"，诗人和他这位萧朋友一定都是志节之人，既有风雅浪漫、吟诗作对的情趣，也有凌风傲雪、不屈流俗的风骨。

诗人一开篇，极尽华彩词句，赞美梅花风骨。梅花具有冰样的身姿，玉样的骨骼，洁净得没有一点瑕疵。翠竹之外，清溪之上，处处是梅，开满林处士的家。梅花迎风斗雪，独自绽放，先于百花。她有姿有态，有神有骨，所有枝干冰清玉洁，纤尘不染；所有花朵高洁素雅，清香四溢；所有姿态凌风傲寒，英勇无畏。梅韵烘托人情，梅品烘托人格，诗人借梅含蓄礼赞生活中那些风骨凛凛、独立于天地的志节之士。

诗中特别提到品如寒梅、高洁自守的林处士。处士，指有才有德、有志有情而又不屈流俗语、隐居不仕的人。宋代处士林逋大半生隐居杭州孤山，不仕不娶，种梅养鹤，人称"梅妻鹤子"。他身上具有一种超越世俗、清高孤傲的志趣，亦是典型的寒梅精神之写照。诗人提到翠竹清溪，既见环境之幽雅清旷，又显情志之卓异不俗，竹之风神，溪之气韵，暗合人之心志。竹外溪边，梅妻鹤子，几个意象并置，为梅的生长创设环境，为梅的精神增添风采。

如果说诗歌一、二两句是精描细绘，借景抒情的话，那么诗歌三、四两句则是议论风生，托物言志。诗人针对冰崖梅花发问，如果牡丹花开在早春时节，那么还有谁会冒着风雪去观赏梅花呢？

笔者细思，总感觉到诗人此问包含深意。表面看来，是在贬梅损梅，赞扬牡丹人见人爱，人欢人喜，这是大众心理、普遍爱好，有唐为盛。白居易诗云："家家习为俗，人人迷不悟。"（《买花》）诗句就描绘了牡丹大受欢迎的程度。今日亦不例外，何故？因为在中国人的心目中，牡丹花开，大红大紫，光芒四射，活色生香，雍容华丽，是富贵之花，是喜庆之花，是幸福之花，人人都追求生活的幸福美好，当然喜爱牡丹。相比而言，梅花风雪绽放，早于百花，却鲜有人知，难受大众喜爱。

宋人周敦颐《爱莲说》这样写道："予谓菊，花之隐逸者也；牡丹，花之富贵者也；莲，花之君子者也。噫！菊之爱，陶后鲜有闻；莲之爱，同予者何人？牡丹之爱，宜乎众矣。"周敦颐是道学家，以君子自居，故喜爱莲花；众人图的是富贵安康，故喜爱牡丹。

深层来看，赵诗人这里是表达对流俗的愤慨不满，表达自己和朋友对寒梅的格外青睐。有谁风雪看梅花呢？又有谁能读懂梅花呢？除了我们两个，除了我们这类人。我们不趋时尚，不从流俗，远离功名富贵，远离热闹繁华，淡泊处世，宁静修身，追求一种自由自在、清洁不俗的生活，就像林处士一样，或居山崖水畔，或住深山古寺，或宿荒郊野外，活出真我风采，活出刚正风骨。我们来到这个世界上，就冲梅花而来，迎风傲雪，无畏无惧，观梅赏梅，快心快意，我们追求的就是这种梅韵清风啊！也许这层意思，才是作者的本意。

天地草木，万象纷纭，各有所爱，各有寓托，这在文人骚客笔下，是非常普遍、非常正常的现象。诗人或许无意去贬损牡丹，无意去否定流俗，但是，自己和朋友是何种性情之人，内心有何追求志趣，却是非常清楚的。我行我素，我歌我赞，全在梅花，全在风骨，全在清雅。读这首极富议论色彩的诗，我们读到了一种气魄，一种声音，读到了一种精神，一份执着。

第三辑

梦中不知
身是客

嫌富爱贫话春草

春草

刘敞

春草绵绵不可名，水边原上乱抽茎。

似嫌车马繁华处，才入城门便不生。

春草无情，人生有意，于是经过情感浇灌的春草也爱憎分明，立场坚定；经过诗意点染的春草也生机勃勃，活力无限。宋代诗人刘敞的小诗《春草》不调色造势，不观花赏草，而是触景生情，议论风生，道尽世态纷纭，揭示人生真谛，颇有警心明志、催人深思的意味。

春天的小草，实在是太普通、太卑微了，连绵不断，铺向天涯，不知其名，默默无闻。生长在水边平原，荒郊野地，拔节抽茎，生机勃勃。诗人开篇可以说极尽贬抑之能事，说小草无名无姓，不为人知；说小草纤纤茫茫，至微至卑；说小草生长郊野，至偏至陋；说小草抽茎拔节，胡作非为。负面描写小草几乎到了无以复加的程度，让人对小草产生厌恶、憎恨之感，让人对小草产生先入为主的偏见。

不过，全篇来看，你又不得不佩服诗人的诗心妙用，反说之外是颂赞，厌恶至极有惊喜。小草绵绵，可以染绿天涯，装饰风光；小草无名，可以无欲无求，无忧无虑；小草乱长，可以原生原态，不受拘束；小草居幽，可以安享天然，清静自在；小草一生，隐喻一种人生追求，居卑不卑，无名无求，淡泊名利，宁静致远。有一首流行歌曲如此唱道：

我是一棵无人知道的小草，从不寂寞，从不烦恼，你看我的伙伴遍及天涯海角。春风呀，春风，你把我吹绿；阳光呀，阳光，你把我照耀；河流呀，山川，你哺育了我；大地呀，母亲，把我紧紧拥抱。没有花香，没有树高，我是一棵无人知道的小草……

歌曲赞美的恰似小草一样的人生风范，不求争奇斗艳，芳香四溢；不求大树参天，枝繁叶茂；不求显声扬名，大鸣大放，甘心做一株小草，默默无闻，实实在在。

唐代诗人韦应物在诗歌《滁州西涧》中如此歌咏小草："独怜幽草涧边生，上有黄鹂深树鸣。春潮带雨晚来急，野渡无人舟自横。"该诗情景交融，理志兼备。幽草与黄鹂对举，前者生长涧边，自甘寂寞，安守清贫；后者放歌高树，居高临下，大鸣大放。前者隐喻君子情怀，淡泊宁静，清贫自守；后者隐喻小人心胸，阿谀献媚，拍马钻营。韦诗与刘诗比较，韦诗意旨显豁，对比有力；刘诗意旨深沉，寓褒于贬。两诗同为咏草言志，同是抒写胸怀，参照对读，可加深对彼此诗意的理解。

诗歌一、二两句偏重形象描摹，绘形绘态，情景浑融，隐吐心曲；诗歌三、四两句则形象议论，针砭时俗，显扬观点，直抒胸臆。小草好像是嫌厌那些车水马龙的繁华市井，你看它们一入城门便不愿出生。车水马龙，隐喻世人奔走仕途，追名逐利，趋炎附势；城门之地暗指富贵温柔处，繁华名利场，古语有云"天下熙熙，皆为利来；天下攘攘，皆为利往"。

世风如此，世人皆然，可是其中也有富贵不能淫、名利不能动的志节之士，他们就像漫生荒原的小草一样，不屑繁华热闹，不步车马后尘，不居高门大户，守住心性，守住自我，卓然独立，自显风流。

北大教授季羡林老先生通晓十几门语言，潜心东方文化，著作等身，硕果累累，可是，他不事张扬，不要虚名，多次拒绝业界赠予他的"国学大师""学界泰斗"之类的称号。高山仰止，风范长存！当然也有一些人，原本清廉正直，淡泊自守，可是一旦涉足官场，耳濡目染，利欲熏心，免不了贪名图利，心性堕落。当今官场，欲海滔滔，钱潮滚滚，多少势利小人蠢蠢欲动，无视法纪，贪腐成性，聚敛无边，蛀空了国库财政，败坏了政府形象。为人不齿，为世诟骂，身败名裂，遗臭万年。

刘敞用心，小草言志，修身养性，砥志敦行，的确极有现实意义和警诫作用。

古人咏诗作文，花鸟虫鱼，草木山水，多有寓托，多有情志。这首《春草》显然是借题发挥，借草言志，警醒人生，砥砺品行。类似诗作还有很多。白居易写《白云泉》："天平山上白云泉，云自无心水自闲。何必奔冲山下云，更添波浪向人间！"山泉居山，则清静自闲；淡泊自乐；山泉入世，则同流合污，推波助浪。杜甫亦有诗言"泉在山则清，在世则浊"，更早的《淮南子》有记载，桔生淮南则为桔，味甘甜，生淮北则为枳，味苦涩。荀子讲"蓬生麻中，不扶而直；白沙在提，与之俱黑"〔《荀子·劝学》（节选）〕物性随环境而变，人心随社会而改，君子理当如小草不改志节，如青松不弯风骨，如青山不变立场。当然读这首《春草》，我们也可以换一个角度去品味，诗中出现了两个重要的环境，一个是水边原上，一个是繁华城门，两相比照意味深长。小草乐意生长在荒郊野外，一入繁华之地就绝灭无踪；或者说，小草居幽僻而清洁不俗，生机无限，入豪门则染尘沾污，风采不存。小草如此，人又如何？诗人实际上是在借小草嫌弃繁华甘居旷野的质朴品格，表现诗人甘贫守节、鄙弃尘俗污秽的心志追求。

春草疯长，绿遍天涯，长的是一望无垠的绿色风景，长的是蓬蓬勃勃的旺盛生机，长的是自由无拘的天性，长的更是清洁不俗的品性。读《春草》，观风光，无穷智慧蕴胸膛。

多景楼上多忧思

题多景楼

王琮

秋满阑干晚共凭，残烟衰草最关情。

西风吹起江心浪，犹作当时击楫声。

秋高气爽，水瘦山寒，适于登高眺远，临风怀想，文人常常诗酒相伴，行吟天地。有人看到万木萧萧，万水奔腾；有人赞叹万山红遍，层林尽染；有人独爱白云生处，人家渺渺；有人浩叹天高地阔，人生渺小。不同经历，不同境遇的诗人对于高秋各有不同的感触和联想。宋代诗人王琮，身处外敌汹汹、国势危艰的特殊时代，登镇江多景楼，无心赏景，无意会秋，倒是百感交集，忧虑翻滚，挥笔写下了主战北伐、救国危难的诗篇——《题多景楼》。

多景楼，位于江苏镇江市北固山上甘露寺内，为南朝宋代建筑，处于抗金前线。山下是滚滚长江，滔滔流水；江楼高居山上，适宜观赏。一个深秋的傍晚，北边的天空，残烟缕缕，缥缥缈缈；北边的大地，衰草离离，萧条惨淡。满目萧瑟，令人无限感伤。本来，诗人与朋友一起登楼赏秋，理当诗兴盎然、意气风发才对，可是，诗人看到了什么？衰草残烟，山河破碎。一草一木刺痛他的心怀，一凭一眺触发他的联想。北望中原，山河沦丧，人民遭殃，诗人力主抗金，收复失地，可是朝廷偏安一隅，不思恢复，而且还极力排挤打压抗金力量，置人民疾苦于不顾，置国家危亡于度外，苟安图存，百般媚敌。

诗人满心气愤，却又无可奈何，他不忍心看到破碎的江山，不忍心看到处于水深火热之中的黎民，不忍心看到国家日渐危亡。多景楼的景象，不能让人心旷神怡，意兴勃发，倒是添愁惹恨，刺痛心灵。诗人的忧愤和痛苦，一如无边秋色，又浓又重，弥漫天地，压在心头。秋让人伤感，秋让人落寞，残烟衰草牵扯着诗人敏感的神经。诗人强调"最关情"，登高是无边秋色，写景是残烟衰草，痛楚是胸中块垒。

山下秋风瑟瑟，江中浪涛滚滚，这声音深深刺痛了诗人的心，他想到了晋朝的祖逖，那位挥师北伐、收复失地的民族英雄。据《晋书·祖逖传》记载，西晋末年，祖逖"仍将本流徙部曲百余家渡江，中流击楫而誓曰：'祖逖不能清中原，而复济者，有如大江！'"祖逖中流击楫，誓言澄清中原，消灭异族，何等豪迈，何等勇敢！大智大勇，大德大功；相比祖逖壮举，当朝统治者又是何等软弱，何等无能！

诗人仿佛突然觉得这长江浪涛涌滚之声，就是当年祖逖北伐击楫之声，可见诗人对时局的忧虑，对战况的敏感。一个人不经意之间受到外界事物的刺激，总会条件反射似的产生反应。诗人王琮就是这样，一听到风浪之声，就立马想起抗敌之声、英迈之举。这说明，诗人心中长久以来积蓄了太多太重的忧愤和不平，他痛恨当局的软弱无能，贪图享乐；他痛恨金人的肆无忌惮，长驱直入；他忧虑国家危亡，人民涂炭；他不满英雄失志，抗金无路。他多么希望，有机会披挂上阵，跃马沙场，杀敌边关；他多么希望主战力量执掌朝政，凝聚人心，鼓舞士气，抗金救国。一番声音的错觉描写，让我们感受到了一个爱国诗人的无边心思。

多景楼，是一个美好的名字，也是一处名胜风景，可是，人各有志，心各有别，忧心国运，情系危亡的诗人王琮却没有闲情逸致吟风弄月，饮酒遣怀，也没有雄心壮志去大展歌喉，睥睨天下。他怀着沉重的心情登楼，艰难得好像这个苟延残喘的王朝；他用混浊的双眼赏景，看到的全是破败萧条；他用沧桑的双耳听音，听到的全是杀伐之声、不平之声。他的心中只有江山家国，他的感情维系抗金报国，他的吟唱给多景楼增添了一道凄迷而悲壮的风景。

将军早发多诗意

早发

宗泽

伞幄垂垂马踏沙，水长山远路多花。

眼中形势胸中策，缓步徐行静不哗。

军旅生活多与刀光剑影、血雨纷飞相联系，边塞诗章常与穷荒苦寒、大漠孤烟相关涉。读军旅诗篇，领略边塞奇绝风光的同时，更多的是让人体会到战争的残酷与铁血的忠勇，可是，我们读宋代抗金主将宗泽的军旅小诗《早发》，却感受到一番清新别致的风味，将军与诗人合一，风光与韬略相融。

一支队伍行走在一个花香四溢的早晨，一位将军吟咏在一条水远山长的道路，要多风光有多风光，要多豪迈有多豪迈。

这是一支怎样的军队？这又是一次怎样的行军？借用将军的眼光感受，诗人给我们做了精彩传神的描绘。一大清早，天刚蒙蒙亮，山风习习吹来，部队就出发了。车盖低垂，战马踏过泥沙。山长水远，路边长满野花。

注意两个细节，一是"伞幄垂垂"，暗示人物身份，烘染肃穆气氛。伞幄，是古代达官贵人出行时用的仪仗，亦可遮阳蔽雨，诗中专指将军乘坐的车马，车盖垂垂，战马踏沙，四野寂静，空气清新，将军的感受肯定清爽惬意。将军是这支队伍的统帅，是核心，是主脑，他的仪仗，他的车马，不是特权标志，而是军威的呈现，军纪的展示。一个"伞幄垂垂"的细节，传达出将军的庄严和权威，烘托部队的严肃风貌。

一是"路多花"，部队开拔，将军坐镇，走马观花，欣赏山野风光，何等优雅，何等从容，展示出一种"运筹帷幄之中，决胜千里之外"的儒将风度。苏东坡《赤壁赋》描绘周郎形象："小乔初嫁了，雄姿英发，羽扇纶巾，谈笑间，樯橹灰飞烟灭。"谈笑风生，指挥若定，是周郎的儒雅风范；而观花赏草，诗意勃勃，则是宗泽的儒将风度。诗写景，词绘形，景和形的背后都是神。

诗中点出"山远水长"自然是以艰难困苦来反衬将军的乐观、开朗胸怀，不畏山长水远，不惧战火硝烟，我自胸有成竹，我自诗兴喷发，这就是诗人，这就是将军。

如果说诗歌一、二两句侧重于借景抒情的话，那么诗歌三、四两句则主要是直抒感受。将军面对着山川形势，对战略部署早已胸有成竹，胜券在握，在他的指挥调度下，战士们迈着轻缓而沉稳的脚步，静悄悄，没有一点喧哗。写将军，眼观山川，胸怀韬略，气定神闲，从容自在，完全不是行军紧张、御敌慌乱的情景，自有大将风范。写战士，缓步徐行，静穆无声，军纪严明，军容规整，反映出这支队伍训练有素，战斗力强。我们有理由相信，由一位自信满满的将军统率的一支精神焕发的队伍，一定能够所向披靡，一往无前的。

将军很自豪，眼前美景令人心旷神怡，让人神清气爽。山川地势，杂树生花，全在眼中了如指掌，全在诗中灿然放光。战争部署，御敌良策，全在心中酝酿成熟。将军不像在指挥一次行军，部署一场战斗，倒像是在欣赏风景，无限风光。

注意诗中一个细节"静不哗"，一支队伍，少说也有几千人马，要做到没有一点声音，整齐划一，多么艰难，但是他们做到了。从侧面可以看出将军的调教有方。结合前面的"马踏沙"来理解，战马踏响泥沙，声音很小，很小的声音都听得清清楚楚，可见，整支队伍行军又是何等严肃、静穆。部队在悄无声息中行进，严明的军纪实乃克敌制胜的关键啊！

将军的任务是带兵打仗，建功立业，不是吟诗作文，观花赏草，可是，对于宗泽这位抗金战将来说，胸有韬略，志在千里，忙里偷闲，吟赏风花，又何尝不是一种英雄风流呢？丛丛野花照亮了早行的道路，也唤起了将军的诗情，山长水远不在话下，战火硝烟不在话下，将军要像作诗一样来指挥一场战斗。我们看到了，部队在推进，路边有野花，清早很宁静，胜利在等待着这支神奇的队伍，胜利在等待着这位诗意的将军。

谁解街头不平声

咏河市歌者

范成大

岂是从容唱《渭城》，个中当有不平鸣。

可怜日晏忍饥面，强作春深求友声。

对于一个流浪艺人的街头卖唱，大多数人是匆匆而过，视而不见，听而不闻；少数人是驻足侧目，倾耳聆听，同情悲悯，行善扶危。宋代诗人范成大属于少数人之列，他静听街头艺人的强作欢颜，深味曲中的不平之声，用诗歌《咏河市歌者》记录了自己的心灵体悟。

诗人是一个生活的有心人、有情人，他听出了卖唱艺人的辛酸人生。

黄昏的街头，传来卖唱者的动听歌声，唱的是千古名曲《渭城》，歌喉婉转如黄莺，歌声中却分明带着哀怨和不平。歌者的演唱很特殊：一是千古名曲，从容婉转，凄凉动人；二是不平则鸣，暗藏哀愤，诉说不公；听者也很特殊，听出了曲目的深情演绎，听出了歌者的心曲声声。

《渭城》，原为唐代诗人王维名诗《送元二使安西》："渭城朝雨浥清尘，客舍青青柳色新。劝君更尽一杯酒，西出阳关无故人。"此诗后来被谱曲演唱，成为流行的送别歌曲，世称《渭城曲》或《阳关曲》。原本就凄凉婉转的曲目，被街头艺人演唱，融进了生活的凄楚悲愁和人生的艰难困窘，更加凄婉，更加动人。

一般的过路人也许觉得，这只不过是街头艺人用悲凄的演唱博得人们的同情和帮助罢了，甚至成了这类乞讨者的职业习惯，不以为意，不以为奇，不会过多地关注，更不会深入思考这凄凉背后有怎样的心酸。可是，作者不同，他听出了不平之声，他听出了满腔愤怒，他听出了艰难困苦。"岂是"反问，"哪里仅仅是"之意，与后一诗句的"当有"（应当具有）相呼应，突出演唱者的声情并茂，不同寻常。只有悲悯苦难和不幸的人，才能听出曲中的忧患和艰难；只有心怀仁厚、同情弱小的人，才会尽己所能，出手相救。诗人就是这样的人，听音知心，听曲知情，一颗心理解另一颗心，一双眼睛关照另一双不幸的眼睛。

可怜的歌者，天色已晚，饥肠辘辘，却还要强作欢颜，用歌声来招揽听众，用凄惨来换得同情。求友之声，源自《诗经·小雅·伐木》"嘤其鸣矣，求其友声"之句，范诗借用其意，说歌者虽然饿着肚子，却强作春天里黄莺般的歌声来吸引听众，委实艰难。试想一想，生活中，一个衣食无忧、温饱不愁的人，何须忍受流浪之苦去街头卖艺？何须忍受冷眼歧视去街头乞讨？沦落至此，必有苦衷，生计所迫，生存所迫，实在是没有办法啊！诗人理解这一点，并深受感动，把同情送给这些流浪者，将关爱送给这些贫弱人。

诗人经过他的面前，没有匆匆而过，没有不理不睬，他细心地观察，看到了一张面黄肌瘦的脸，看到了一身褴褛不堪的衣服，也看到了一副强颜欢唱的表情。他静静地听，他听出了曲折的不平之声，听出了人生的艰难不易，也听出了世态炎凉。诗人的心被震动了，他想为这位不幸的艺人做些什么，作为一个诗人，他又能做些什么呢？除了竭尽所能给对方一点小小心意，就是用笔记录眼前发生的一切，记录不幸，记录悲凉。表达同情，呼吁帮助。让诗歌传递悲悯，让社会记住苦人，如此而已。当然，真正做到了这一点，一个诗人尽了良知和正义，尽了天职和爱心，无论如何始终是让人钦佩的。

白居易用笔记录一个卖炭老大爷的艰难生活："可怜身上衣正单，心忧炭贱愿天寒"，"卖炭得钱何所营，身上衣裳口中食"；李白用笔记录一个山中老大妈的贫苦："田家秋作苦，邻女夜舂寒""跪进雕胡饭，月光明素盘"。同样，范成大用笔记录了一个街头艺人艰难困苦的生活状态。这些大诗人，用爱心去温暖苦寒，用慈悲来呼唤众生，也用良知来指斥世态，千年以降，让我们感动，让我们清醒。

自嘲自喜还自悲

剑门道中遇微雨

陆游

衣上红尘杂酒痕，远游无处不消魂。

此身合是诗人未？细雨骑驴入剑门。

陆游一生，志在抗金，收复失地，统一河山，但是屡遭贬谪，错失良机，其诗其词多有壮志难酬、报国无门的悲凉之声，亦有落魄潦倒、愤愤不平的身世伤感。诗歌《剑门道中遇微雨》描述了诗人坎坷旅途中的一个心灵片段，悲喜哀乐，错杂一炉，读之令人感慨唏嘘。

关于此诗创作，有一个特定的背景。

乾道八年（1172），陆游在四川宣抚使王炎帐下为幕僚，实际职务是宣抚司干办公事兼检法官，职务并不高，但很重要。而且，当时王炎正积极准备收复失地，陆游对此充满希望。可是，是年九月，朝廷调王炎回临安任枢密使，由左丞相虞允文接任他的宣抚使职务。陆游当时在外地视察，听到这一消息后赶回汉中，途中作《归次汉中境上》，末二句云："良时恐作他年恨，大散关头又一秋。"显然，诗歌流露出抗金无望、人去楼空的失落感。回到汉中后，陆游的官衔改为成都府安抚要司参议官，这是一个没有多少实事可干的空衔。十月间，他由汉中赴成都，经过剑门道中，有感理想幻灭，伤痛身世沉沦，写下了这首《剑门道中遇微雨》。

诗人坦言，自己多年来，东奔西跑，风雨兼尘，处处伤痛，时时忧愤，如今已是完完全全一副失意功业、落魄江湖的模样。"征尘"不是效命沙场，抗金杀敌，不是戎马倥偬，风尘满面，而是特指诗人旅途奔波、沉浮不定的坎坷辛酸，给人以倦怠困顿、风尘仆仆之感，亦流露出诗人由于希望落空而带来的内心苍凉、无奈。

"酒痕"是忧愤愁苦的印记，遭遇不顺，心怀不平，理想幻灭，人生潦倒，自然要以酒浇愁麻醉自我，可是，李白不是有诗云"抽刀断水水更流，举杯浇愁愁更愁"吗？曹操《短歌行》亦云"对酒当歌，人生几何？譬如朝露，去日苦多……何以解忧，唯有杜康"。"酒痕"一抹，宛见诗人风尘之苦；烟雨凄迷，亦显诗人内心忧愤，无以排遣。"远游"有风景，"远游"有诗意，"远游"理当赏心悦目，欢欣鼓舞才是，可是诗人黯然销魂，心如刀割，滴滴是血，心如箭穿，声声是痛，何故？失意人生，理想幻灭，再美的风景，再好的征程，对于诗人来讲，也毫无意义。

诗人强调这种痛苦，不是一般的肌肤创伤，是"消魂"，肝肠寸断，撕心裂肺，前面又冠之以双重否定"无处""不"，不容置疑，斩钉截铁。看来，这次远行，的确是身心创痛，无以复加了。一句话，诗歌一、二两句字字是悲，字字含愤，悲理想沦空，报国无路；愤世道不平，仕途凶险。

诗歌三、四两句笔锋一转，诗人自我调侃，自我嘲弄。今天，像我这副模样，也该算是个诗人吧？冒着细雨，骑着瘦驴，走在剑门山的石板路上。表面来看，这幅细雨骑驴的画面是有几分浪漫情调，诗人和毛驴相伴，而且毛驴一定要瘦，何故？作诗清苦，呕心沥血，殚精竭虑呀，驴瘦不就折射出诗人的艰苦了吗？李贺骑驴行吟，得佳句即写在纸片上，投入布囊中，及至晚上再作整理。李贺母亲悲怜儿子作诗辛苦，"呕心沥血"。贾岛亦有骑驴长安街，沉迷诗境，竟然冲撞了京兆尹韩愈的马队，"推""敲"之论千古流传。李白在华阴县亦有骑驴作诗的趣闻，所以代代相传，竞相仿效，骑驴吟诗，风雅浪漫，情调十足。

陆游调侃自己有模有样，骑驴上路，多像一个诗人呀！是为自嘲。但是，往深处想，陆游的理想是做个吟诗作对的文人吗？悠游山水，写诗为文吗？显然不是，诗人志在抗金复国，志在建功立业，志在苍生天下，哪里满足于做个诗人呢？李白曾说过"吟诗作赋北窗里，万言不值一杯水"；杨炯亦发感叹"宁为百夫长，胜作一书生"；黄景仁诗云"十有九人堪白眼，百无一用是书生"，因此，诗人的自嘲后面是悲愤，是痛苦，是无可奈何，是苍凉绝望，是生不逢时，报国无门啊！唐代大诗人杜甫诗云"名岂文章著，官应老病休"，并不是表明诗人写得一手好文章，天下扬名他就满足了；相反，诗人志不在文，不在诗，志在天下，在奉儒守官，大济苍生，建功立业。从这点来看，陆游与老杜的心思是相通的。

陆游作为抗金大英雄，有驰骋沙场、跃马扬鞭的豪迈激昂，也有贬官降职、赋闲无事的落寞悲凉；更多的是，远离前线、报国无门的愤愤不平。这首《剑门道中遇微雨》是一个生活插曲，是一个心灵片段，自嘲自喜又自悲，落魄潦倒伤心怀。

恨天恨地恨新朝

秋夜词

谢翱

愁生山外山，恨杀树边树。

隔断秋月明，不使共一处。

有一种恨，让人咬牙切齿，怒火中烧；有一种愁，让人寝食不安，度日如年；有一种痛，让人声泪俱下，肝肠寸断。宋代遗民诗人谢翱早年率兵投奔文天祥抗元，宋亡以后，拒不仕元，隐居山野，心怀故国，仰天长叹，多有悲愤不平之声，其诗《秋夜词》即是抒发亡国之恨、故国之思和新朝之仇，义愤填膺，浩气冲天，的确是一首震撼人心、催人深思的佳构。

这是一个冷风凄凄、寒气森森的秋夜，作为亡国之民的诗人满腹愁恨，彻夜不眠。他有太多的思念要倾诉，有太多的仇恨要宣泄。他拒绝新朝，思念故国；他身隐山林，心怀愤恨。诗歌一开篇，诗人就点明愁恨，直抒胸臆。山外有山，层层叠叠，连绵起伏，无穷无尽；愁外是愁，愁重如山，山山岭岭，添愁惹恨；树边是树，密密麻麻，落叶纷纷，恨满山林。叶叶生恨，枝枝含愁，愁恨天涯。整个秋夜愁压心头，恨断肝肠。诗人极尽夸饰之能事，用秋山密林来烘托自己的深愁苦恨。

显然，这是移情于物的笔法，心中有恨，迁移于物，故眼中所见，皆为愁恨。何以如此呢？对诗人的身世处境、时代背景有所了解便不难知晓这些问题的答案。诗人正直爱国，曾随从文天祥抗元，文天祥兵败被俘，拒不投降，后因起义失败而英勇就义。诗人每年祭日痛哭不已。大宋亡国后，诗人拒不仕元，体现出一个大宋遗民誓不投降的民族气节和效忠故国的血诚之勇。这个秋夜，诗人被愁恨所包围，他找不到突破重围的办法，他就像一枚炸弹，随时可以引爆整座山林；又像一团怒火，随时可以焚毁一切。愁恨和失望纠缠在一起，眷恋和痛苦融合在一起，诗人的心境很复杂，很矛盾。

也许是经历了长久的艰难思考，也许是面对困窘毫无办法，诗人突发奇想：请隔断这秋月的光辉吧，我这大宋的遗民绝不与新朝权贵同流合污！荒唐之想折射出诗人与权贵不共戴天之仇。一般而言，皓月当空，银辉四射，千里可睹，天下共赏。苏东坡不是有词云"但愿人长久，千里共婵娟"吗？但是，你我誓不两立，种下深仇大恨，哪能共处一片蓝天下，共享一轮明月呢？

杜甫有诗"月是故乡明，露从今夜白"，俗话也说"故乡的月亮比外乡圆"，诗人爱自己的故乡，诗人眷恋自己的国家，就是不愿意也不屑于与敌对的力量或国家权贵相生共存啊！哪怕是一轮明月，不可分开，也要分开，不共一片天，不共一轮月，不共一座山，不共一条河，不共一切，一切不共，你我水火相克，格格不入！这是诗人的心声，充满刚烈之气，浩然之气，惊天地，泣鬼神！

一般遗民诗，多有哀怨愁苦之音，抑郁不平之气，谢翱的《秋夜词》不一样，有愁和恨，愁重如山，巍峨高大，恨狠如风，狂扫落叶；有誓与愿，不亏气节，不附敌国，岿然不动，气贯长虹。词意慷慨激昂，英武刚烈，是血性男子的铁骨宣言，是忠勇义士的豪迈心声。

有道是，文如其人，言为心声。这首《秋夜词》不刻意雕琢，不用典修饰，纯用质朴平易语言，触景生情，就境设想，一气喷出深广忧愤，断然宣誓忠义心声，可见诗人的忠肝义胆、凛然正气。也许有人会指责诗人不知变通，不能审时度势，与世沉浮，甚至抗拒历史发展的时代大潮，但是，我们却要说，一个人要有一股精神，对国家，对民族，血诚忠勇，不怀二心，舍身报国，在所不辞。这种精神历朝历代都有，特别是在改朝换代甚为剧烈的时期更为普遍。千年以降，时至今日，仍然不会过时。民族气节、爱国精神永远是一道美丽的风景。

可怜天下慈父心

寄小儿

李觏

两世茕茕各一人，生来且喜寓精神。

欲教龆龀从师学，只恐文章误汝身。

但有犁锄终得饱，莫看纨绮便嫌贫。

不知别后啼多少，苦问家童说未真。

人人都说父爱如山，威严肃穆；父爱似海，冷峻深沉，但是，也有人说父爱如发，至纤至悉；父爱如水，脉脉含情。读宋代诗人李觏的《寄小儿》，你不能不被诗人的爱子之情深深打动，你不能不为人间骨肉之情所强烈感染。

这是初为人父的诗人写给三岁儿子的诗歌，诗中原有诗人自注："予无兄弟，才生此儿，三岁矣。"诗人要对儿子说些什么呢？

儿子啊，我们家两代单传，就指望你来传宗接代，延续香火啦。我真高兴，你生下来就身体健康，活泼聪颖。诗歌首联毫不隐讳自己中年得子的喜悦之情，话中有话，弦外有音。一是两代单传，颇多感慨。按照风俗，家无男丁续后，则父母无颜，祖上丢脸，也会被人白眼歧视，恶语攻击，活在世上很没面子，抬不起头，做不起人，所以俗话讲"不孝有三，无后为大"啊！

这不是世人的过错，这是社会和文化的压制，但是，恶果却要由世人来承担。如果哪家生了儿子，则发家富贵有望，众人欢天喜地。诗人一家两世单传，处境是很危险的，希望和绝望都维系在诗人身上，现在竟然中年得子，一笔勾销家人的担忧，有力回击世人的冷眼，一家自可堂堂正正做人，平平安安生活，怎不高兴万分呢？再说，儿子身体健康，精神健旺，无灾无病，顺利平安，更是让人放心欣慰啊。完全可以想见，这个宝贝儿子是全家的希望，人见人喜，百般呵护。

诗歌中间两联是父亲对儿子的期望，多是讲人生之理，生活之道。三岁儿子也许听不懂，也许略有所知，但是做父亲的不放心，必须把自己的生活经验告诉儿子，确保他一生平安。儿子啊，我想让你从小便跟随老师识字习文，但是又担心你学会文章，误了前程。我对你的要求不高，只要能够待在家乡掌犁使锄，耕田种地，过得温饱就可以了，千万别因羡慕人家穿绫罗绸缎就嫌弃自己家境贫寒。这些话凝结着诗人的人生智慧和伤心泪水，流露出一个父亲的款款深情。

天下父亲都是一个想法，希望儿子从小便识文断句，吟诗作文，希望儿子学而优则仕，光宗耀祖，发家富贵，希望儿子有地位，有功名，风光体面，可是诗人又从自己的宦海沉浮之中，从他人的坎坷仕途中发现，很多时候，舞文弄墨，骋才使性，也很危险，甚至给自己带来血光之灾。苏轼吟诗作文，授人以柄，几次落难，含冤莫白，耽误了自家大好前途；杨修恃才傲物，张狂无忌，冒犯主公，被处极刑……从文危险，为民不易，诗人深感担忧，并把这份深远的忧虑告诉三岁的儿子。

思来想去，最稳妥的生活还是做个农人，掌犁使锄，自食其力，过得温饱，过得踏实，少了那些官场凶险，少了那些文章纷争，无须看别人的脸色点头哈腰，更无须为功名权位劳心劳力。耕田种地，养家糊口，能够过日子，简单一点，清贫一点，安宁、舒心，有什么不好呢？做父亲的希望儿子生活幸福，这是最好途径。还有生活中最不称心、最看不惯的也许是人富我穷，诗人告诉儿子，千万别那样去想，富贵有富贵的苦恼，清贫有清贫的快乐，各有所得，各有所失，想通了这一点，心境就淡泊了。有心如此，令人感动。诗人替儿子考虑这一切，儿子也许不太理解，但是我们站在成年人的角度上，站在社会的角度上去看，句句出自肺腑，句句皆为真经。生存智慧和父爱真情交融在一起，感慨忧虑与人生幸福结合在一起。

诗歌尾联记录了一个细节，一个典型、感人的细节。也许因为诗人离开儿子已有一段时间，这段时间里，他时刻牵挂儿子，如今，回到儿子身边，当着家童的面问，自己走了以后，这小孩到底哭过多少次啊？家童说不出来，也说不准确，哭哭闹闹、吵吵嚷嚷对于小孩来讲，不是太平常了吗？谁去统计过呢？世上可能也没有这样的仆人啊！可是诗人不这样想，因为他牵挂儿子的一切，他随时牵挂儿子的一哭一笑，一病一痛，吹风伤寒，睡觉不好，吃饭不多……一切都过问，都关心，所以他要问家童，一遍一遍地问，详详细细地问，刨根问底地问。这一"问"，问出了父亲的牵肠挂肚，问出了父亲的心细如发，问出了父亲的慈母心肠。

父亲心中永远装着儿子，不管在家还是在外，最放不下心的就是儿子的成长。儿子的一举一动，一哭一闹，始终牵动着父亲敏感的心灵。这首《寄小儿》让我们看到一个慈母一般心细的父亲，如水一般温柔的父亲，替儿子深谋远虑的父亲。父亲的心啊，细腻复杂，又喜又忧，有期望，有牵挂，瞻前顾后，左右为难，提又不能，放又不舍……真是"可怜天下慈父心"。

路见不平一声吼

社会不公，遍地皆是。诗人站出来，像侠客一样，帮扶弱者，痛斥强人，谴责社会不合理，抗议世道不公平，这种出自良知和道义的声音最为宝贵。他们的诗歌是匕首，直刺权贵的心脏；是号角，鼓舞良知正义；是火种，点燃抗争的火焰。

看武侠小说的时候，笔者特别欣赏那些路见不平、拔刀相助、行侠仗义、济困扶危的侠客；读唐宋诗歌的时候，笔者对于那些控诉不公、伸张正义、悲悯弱小、挞伐权贵的诗人特别钦佩。他们身上流淌着道德的血液，心灵充满浩然正气。他们以笔作枪，以诗代言，向不公平的社会挑战，向腐败的官场挑战，为底层人鸣不平，为社会的公正合理而奔走呼号。他们的诗歌是匕首，直刺权贵的心脏；是号角，鼓舞良知正义；是火种，点燃抗争的火焰。

织者不得衣。宋代诗人张俞的诗歌《蚕妇》是千古名篇，因为它的怒火熊熊，也因为它的良知昭昭。诗歌如此写道：

昨日入城市，归来泪满巾。

遍身罗绮者，不是养蚕人。

这位生活在社会最底层的蚕妇，进了一趟城市之后，回来不是欢欣鼓舞，心花怒放，而是伤心欲绝，泪湿衣巾。为什么呢？原来她发现，像她这样种桑养蚕、缫丝织布的蚕妇，辛辛苦苦，忙忙碌碌，却衣衫破烂，生活贫困，而那些不劳而获、坐享其成的阔佬却一个个绫罗绸缎，养尊处优。这太不公平，太不合理了！她怒火中烧，义愤填膺。也许她受自己的生活阅历和认知局限，还弄不清楚个中原因，但是她毫不畏惧地抗议这个社会的不合理，客观上启发人们去思考深层原因，去批判这个让底层人活不下去的社会。作为诗人的张俞，只是如实地记录了蚕妇的遭遇和感受，不用华丽辞藻，也不借助典故修辞，就用大白话，平实道来，让我们深深感受到诗人的良知和正义、勇敢和担当。一颗心在燃烧，一场怒火在蔓延。

渔者不得鱼。大政治家范仲淹写过一首小诗《江上渔者》，描写打鱼人的艰辛生活、危险处境以及诗人内心的不满。

> 江上往来人，但爱鲈鱼美。
>
> 君看一叶舟，出没风波里。

诗中列举了两种人的生活境况。江上来来往往的人，都爱鲈鱼的滋味鲜美，但是，能够吃得起鲈鱼，能够以鲈鱼作为家常菜的，都是一些有权有势的富贵人士。一是因为鲈鱼肉鲜味美，捕捉不易，价格昂贵，一般穷人吃不起。穷人即便捕捉到了，也不轻易拿来自食，总想把它卖个好价钱，换点生活用品什么的。二是那些捕鱼人，他们出没江波，风雨无阻，历经多少危险，克服多少困难，好不容易抓到几条鱼，却不敢把鱼吃掉，因为他们以捕鱼为生计，要养家糊口呀，舍不得，也不敢吃掉鲈鱼，一不小心可能就吃掉他们一两个月的口粮啊！你看，一边是吃鱼者美滋美味，奢侈享受；一边是捕鱼者提心吊胆，险象环生。两相对比，有力凸显诗人对渔民的同情和关怀，对富人的不满和批判。

陶者无片瓦。宋代诗人梅尧臣写过一首小诗《陶者》揭示底层瓦匠的悲惨处境。

> 陶尽门前土，屋上无片瓦。
>
> 十指不沾泥，鳞鳞居大厦。

陶者烧制砖瓦，几乎挖尽了门前的泥土，自己却住在茅草棚里，屋上无片瓦可以遮风挡雨。那些十指不沾泥的富人，住的却是高楼大厦。鱼鳞似的屋瓦，排列得整整齐齐。前者出卖苦力，从事最繁重、最肮脏的活儿，却连一个像样的住所都没有。后者不劳而获，白坐白吃，享受高居华屋的美好生活。这社会太不公平，太不合理了！一个封建社会的官员，能够看到这种不合理的现实，并把它表现出来，传达自己的良知和反思，以便让更多的人正视这个问题，关心底层人的处境，这的确是一种悲民悯民的情怀。

耕者不得食。唐代著名诗人李绅写过《悯农》诗两首，其中一首是这样写的：

> 春种一粒粟，秋收万颗子。
>
> 四海无闲田，农夫犹饿死。

农民们开荒拓土，播种耕耘，到了金秋时节，应是硕果累累，粮食满仓，可是，不少人家却是空空如也，惨遭饿死，什么原因呢？原来这些粮食都拿去抵租税了，有的人家可能连租税都抵不完，哪里还有饭吃？劳动者辛勤劳动，流血流汗，获得了粮食丰收，却被心狠手毒的官府征缴殆尽，连自己活命也成大问题，人间惨剧应了孔子"苛政猛于虎也"那句话。诗人李绅摆明这种触目惊心的现象，却不直接揭示原因，未直接表达不满，可是读者却从字里行间找到了答案。这是诗人的高明之处。

类似这些揭示社会不公正、不平等现状的诗歌还有很多，比如白居易的《卖炭翁》也是这样，一个老大爷，辛辛苦苦在南山砍柴烧炭，却是衣不蔽体，食不果腹，天寒地冻，忍饥受寒。诗人写道："卖炭翁，伐薪烧炭南山中，满面尘灰烟火色，两鬓苍苍十指黑。""卖炭得钱何所营，身上衣裳手中食。""可怜身上衣正单，心忧炭贱愿天寒。""牛困人饥日已高，市南门外泥中歇。""一车炭，千余斤，宫使驱将惜不得。"诗句很感人，情意很悲凄。一个老人，无人照顾，烧炭维持生计，没有一点温暖，生活万分难艰。那些皇宫使者欺行霸市，连抢带骗，凶巴巴地夺取这位可怜大爷的一车炭，这哪里有温情，这又哪里是人生活的社会呢？一群冷血动物！一副狼子心肠！

社会不公，遍地皆是。诗人站出来，像侠客一样，帮扶弱者，痛斥强人，谴责社会不合理，抗议世道不公平，这种出自良知和道义的声音最为宝贵。时过千百年，今天的社会已经消除了等级制度，但是，从某种程度上讲，不合理现象依然存在；因此我们呼唤有良知的文人，有担当精神的知识分子，像古代这些勇敢的诗人一样，发出自己的声音，一点一滴地汇聚同情和善良、愤怒和控诉，那么，这力量就会大得足以改变这种现状。

风吹浪涌慈悲心

淮上遇风
范仲淹

一棹危如叶，傍观亦损神。

他时在平地，无忽险中人。

范仲淹在《岳阳楼记》中有言"先天下之忧而忧，后天下之乐而乐"，又言"居庙堂之高则忧其民；处江湖之远则忧其君""进亦忧，退亦忧"。言为心声，心忧天下，范仲淹是一个忧念家国、情系天下的大政治家，也是一个心怀悲悯、心细如发的父母官，他的一首小诗《淮上遇风》最能看出诗人的慈爱百姓、怜悯疾苦的情怀。

诗人乘船经过淮河，江上突遇大风，波涛滚滚，万分危险，小船像一片树叶，随时有被惊涛骇浪吞没的危险，岸上的人看到这个场景，无不为之担惊受怕，捏一把冷汗。诗人呢，当然也感到恐慌、不安全，但是诗人更担心的是这样的兴风作浪，有多少行舟之人像自己一样惶恐不安，甚至遭遇灾难。他劝诫自己，日后到了平地大道，置身安全境地，可千万不要忘记了陷身困境的人们啊！

你看，诗人自己经历过这番危险，自己刻骨铭心，更以这份忧念之心扩展到其他人身上，忧念他人就像忧念自己，将心比心，设身处地，对苦难中的人民给予同情和理解，对遭遇种种危险与不幸的人们尽力体恤和帮助，有心如此，热忱如此，善良如此，的确感人肺腑。人是有感情的动物，人与人之间最需要理解和体恤，特别是处于危难之中的人们，你给他一个关注的眼神，一份和蔼的微笑，一双援助的大手，他会心灵震撼，感激不尽，感恩你的善良，感恩生活的好意，感恩同情的力量，进而传播善良，传播仁爱，世界不就变得更加美好了吗？

杜甫也是菩萨心肠，怜悯弱小。他离开成都草堂的时候，把草堂转让给一位吴姓亲戚居住，没想到这位吴姓亲戚一搬入草堂，就在周围插满篱笆，围上一棵枣子树，为何这样做呢？原来，草堂旁边有一邻居老妇人，无儿无食，生活艰难，常到杜甫草堂来打枣子。老妇人无奈就跑去向杜甫诉苦，杜甫同情这位可怜的老妈妈，谴责亲戚无情无义，见危不扶，写了一首诗《又呈吴郎》："堂前扑枣任西邻，无食无儿一妇人。不为穷困宁有此，只缘恐惧转须亲。即防远客多能事，便插疏篱却甚真。已诉征求贫到骨，正思戎马泪盈巾。"诗人劝告吴郎，不要太较真了，做人要有点良知，有点同情心，你看这位老太太多么艰难，多么可怜，你不关心她，帮助她，反而不让她扑枣，未免太苛酷了吧？动乱年月，大家都不容易，你还是尽力帮帮她吧。声泪俱下，苦口婆心，多少赤诚，多少慈爱，不知吴郎是否因此感动，我们已经为老太太、老诗人洒下同情的泪水。

老杜还有非常有名的诗篇《茅屋为秋风所破歌》，诉说自己的苦难遭遇：屋破，风吹，暴雨如注，床头尽湿，妻儿子女几乎无处安身，家人衣食难继，惶恐不安，老杜不安愧疚，但是他更由自己的遭遇想到天下读书人的痛苦，发出强烈呼唤，"安得广厦千万间，大庇天下寒士俱欢颜，风雨不动安如山。呜呼，何时眼前突兀现此屋，吾庐独破受冻死亦足！"推己及人，忧念天下寒士，大悲大悯，感天动地苍生！

还有李白游五松山，投宿农家，感受到农家生活的艰苦，竟然不忍心吃下一碗农家老妈妈特意为自己做的珍贵米饭，推辞再三，感激涕零。"我宿五松下，寂寥无所欢。田家秋作苦，邻女夜春寒。跪进雕胡饭，月光明素盘。令人惭漂母，三谢不能餐。"（《宿五松山下荀媪家》）在权贵王侯面前桀骜不驯的李白，在农民老妈妈面前如此谦逊，如此善良。还有白居易为卖炭翁鸣不平，为炎炎烈日下劳作的农人鸣不平……心怀慈悲，忧念苍生，同情疾苦，扶助弱小，这是中国文人的人道情怀，也是正直文人的良知发现和责任担当。

回到范仲淹遇到的那场大风，回到杜甫遇到的那场大雨，回到李白遇到的那碗米饭，再回到白居易遇到的那轮烈日，我们读到了仁爱和悲悯，我们读到了善良和高贵。很多时候，我们也许不能切实地帮助那些陷身困境、生活绝望的人们，但是我们可以给予他们应有的同情和关注、尊重和理解，我们可以给予我们应有的善良和关爱、悲悯和体恤。

遗憾在于，当今社会，欲海滔滔，钱潮滚滚，世态炎凉，人心冷漠，有太多的忽视和不屑，有太多的麻木和冷酷……拯救心灵，拯救自我，或许是当下人们的生存要务吧。

满眼都是中原泪

盱眙北望

戴复古

北望茫茫渺渺间，鸟飞不尽又飞还。

难禁满眼中原泪，莫上都梁第一山。

　　泪水可以为个人而流，儿女情长，家长里短，名利纷争；泪水也可以为国家而洒，山河破碎，国土沦丧，生灵涂炭。宋代诗人戴复古的诗歌《盱眙北望》满篇是泪，属于后者。

　　盱眙，位于江苏西北部，境内有都梁山，宋代书法家米芾曾于山上刻石"第一山"三字，世人由此传开山名"第一山"。盱眙位于宋金分界处，往北隶属于金人统治的地盘，往南隶属于南宋小朝廷统治的地域。宋金划江而治，互相对峙，诗中描写诗人登山北望的情景，抒发诗人为国事而伤心苦痛的心情。

　　诗人登上都梁第一山，远眺北方，渺渺茫茫，辽阔无边，他看到孤单的鸟儿往北飞去，飞不到尽头，却又飞回来了。诗人的思绪也随鸟儿的飞行而伸向遥远的北方。那里一大片山河，原来都是大宋的领地。如今，被金人占领，生灵涂炭，国家蒙耻。诗人想起这些，心中充满伤痛和忧患。这一望啊，望故国家园，望黎民苍生，望江山风光，望国家恢复，望王朝中兴。多少天下事，翻涌在心头，剪不断，理还乱，是离愁，别有一番滋味在心头。

111

诗人用"茫茫渺渺"来写自己的视觉印象和心理感受。字面而言，是说空间辽远，无边无际，目断神枯，也望不到尽头；深层而论，则是说诗人心绪混乱，情意悲凉，他不知道偏安江南的小朝廷何时才能赶跑侵略者，收复失地，他不知道何时才能解救处于水深火热之中的北国百姓，他不知道朝中当权者为何排挤力主抗金的主将而忍辱求和，出卖国家利益，他不知道自己一腔热血、满腹韬略何时能够派上用场，为国效力……他不考虑个人的功名权位、钱财富贵，他心中装满家国天下、黎民百姓。他忧心忡忡，困惑茫然，这种困惑、迷茫弥漫天地之间，无边无际。

诗人还特别描写了"飞鸟"，离我而去，远走高飞，消失云间，可是过了一阵子，又飞回来，似有疲惫，似有不舍。它也孤单，它也寂寞，它似乎也满腹心事，犹同正在登山远眺的诗人一样。可是，它有一点好，它是自由的，可以飞去飞回而无人惊扰。诗人呢，多么希望飞越万水千山，看看破碎的山河，看看北方的人民。而现实是，他不能，他受到时局的限制，不可能享有自由来去的权利，留给他的只能是惆怅和悲愤。飞鸟的自由反衬出诗人的不自由。当然飞鸟的远去而回，也表明北国时空辽远，暗示大宋大片江山沦陷，的确令诗人痛心。

记得唐代诗人李德裕也写过飞鸟："独上高楼望帝京，飞鸟犹是半年程；青山似欲留人住，百匝千遭绕郡城。"（《登崖州城作》)，意谓我贬官蛮荒，远离京城，在这鸟不拉屎的地方，真不知要待到什么时候，真不知有没有希望回去，连善飞的鸟儿飞回去也要半年的时间。我啊，恐怕就回不去了。诗句流露出浓重的悲凉和深深的绝望。而戴诗写鸟飞则是烘托诗人因为国家恢复无望而沉痛伤怀的感触。两诗可以参照解读。

诗人承受不住这种望断北国、肝肠寸断的痛楚，不知不觉，潸然泪下，诗人劝自己，千万不要上盱眙都梁第一山，因为北望故国，满目疮痍，生灵涂炭，山河破碎，谁也忍受不了这种泣血成泪的心灵巨痛。诗人也是在劝读者，人同此心，心同此理。可是，话又说回来，不上都梁第一山，就可以眼不见为净、心安理得了吗？不望又想念，远眺又痛苦，望也不是，不望也不是，诗人的心万分痛楚，有如利箭穿心，刀割滴血。

诗人曾在另一首诗中写道："最苦无山遮望眼，满目断处是神州。"极目远眺，无山遮挡，一望无垠，可是望见了什么呢？美丽山河原是宋朝的，却早已沦为敌手，生灵涂炭，官军却迟迟不去解救，诗人忧心、愤慨，希望有一座座大山遮住视野。但是，遮住视线就能满心欢悦吗？对于一个心忧天下、情系家国的诗人来讲，"望"与"不望"都是痛苦，诗人的家国心、中原泪始终不变。

值得注意的是，诗人提到这个"中原泪"，含义颇为丰富。这泪水为国家而流，外敌入侵，山河沦丧，人民遭殃。这泪水为朝廷而流，当朝权贵贪生怕死，苟安求和，无视人民的灾难，无视国家主权，可耻可恶；这泪水为志士而流，那些力主抗金，浴血沙场的将士，屡次受到排挤打压，被调离抗金前线，致使国家失去了恢复重振的机会，诗人为他们鸣抱不平；泪水为侵略者而流，他们侵略大宋江山，蹂躏大宋人民，烧杀淫掠，无恶不作，罪恶滔天，诗人无比愤怒，强烈控诉；泪水为山河而流，为中原而流，就是不为个人安危、个人名利、个人穷达而洒，这就是戴复古的泪水，也是有宋朝一代万千主战将士的泪水。

诗歌是情感的艺术。白居易说过"感人心者，莫先乎情"，戴诗人这首诗不以辞藻华丽取胜，不以构思巧妙见长，不以修辞生动感人，不以奇妙想象动心，全诗纯用白描，朴朴素素，却至真至诚。诗人的心中装着江山天下，装着人民安危，他只是一抬望眼，便泪眼婆娑；他只是一铺纸张，便满纸淋漓。诗人是在用心血和眼泪抒写自己对这块苦难土地的深深忧虑，用真诚和忠心抒写自己对这块土地上的人民深切关注。有情如此，有心如此，一切皆是诗，一身皆是诗。一个眼神，一个动作，一次感叹，一次愤怒，全是诗！

新人旧燕两相猜

偶题

李师中

燕子知时节，还从旧宇归。

新人方按曲，不许傍帘飞。

　　封建社会，君臣遇合，上下同心，共谋治国安邦之大业，共铸四海清平之格局，这是让大志在胸的知识分子最羡慕的事情。唐太宗与魏徵即是这种君臣关系的典范。而现实情况常常是旧主猜忌新臣，新主猜忌旧臣，新旧不合，上下离心，引发宫廷系列冲突。宋代诗人李师中对此尤有体会，神宗时历官天章阁待制，河东转运使，知泰州，后与王安石不和，贬为州团练副使，曾题诗《偶题》含蓄抒发自己的不平之气、讽喻之义。

　　这是一首触景伤怀、托物言志的讽喻诗，描述新人与旧燕不和是表面现象，讽喻君臣上下离心是实质内涵。可以从两个层面来品味，体悟其情思意韵。先是就诗论诗，逼近情景，屋子更换了主人，旧人已离开，新人刚到来，昔日的燕子有情有意，知晓时节，仍旧像以前一样呼朋引伴，相依相从，来到旧房前面，准备衔泥筑巢，准备安家落户，准备生儿育女。旧屋是她们的家，有她们甜蜜的生活，有她们美好的回忆，诗人对她们的到来满心欢喜，啧啧称赞。

　　用一个"知"字，写她们的聪明、情义，懂得时节变更，留恋从前旧居，怀想老屋主人，字里字外，流露出诗人的喜爱、赞颂之情。杜甫写春雨，"好雨知时节，当春乃发生，随风潜入夜，润物细无声"，同样一个"知"字，拟物生情，有情有义。"从"字表明燕子的归来，不是孤身只影，而是三五成群，相依相伴，她们相约春天，相会旧屋，相谋未来，关系亲密融洽，令人羡慕。

诗人还用了一个"归"字，这是写人的词语，回家、回去的意思，显然此处是把燕子当人来写，她们怀恋故居，怀恋过去，时隔一年，应春而至，搭建她们的美好生活。"归"字传达了一种温馨，一种亲切，一种希望。

对于燕子的归来，主人应当欢迎才是，人燕相亲，和乐和睦啊！可是，令这些燕子万万想不到的是，这位新来的主人，正端坐堂屋，按指弹琴，她弹得很专注，很投入，决不允许任何人、任何声响来打扰她。特别是这些机灵、调皮的燕子，一旦飞入屋子，傍帘低飞，她都要大声呵斥，赶跑她们。显然，她不懂得这些燕子，燕子也不懂得主人的心思，彼此之间互相猜忌，互相敌视。在新人看来，燕子的来访是在破坏她的雅兴，破坏她的心情，更是不懂规矩，胡乱作为；在燕子看来，这位新主人真是不懂情义，不念旧情，彼此不相融，只能留下"我在你走，你在我走"的难堪局面。

对于这位新人的行为，诗人明显持批评否定的态度。"方按曲"暗示她聚精会神，专注弹琴，容不得别人干扰，也不乐意交接他人。也许是初来乍到，人生地不熟；也许是心存芥蒂，怀抱成见；也许是心胸狭隘，容不得人，总之她讨厌燕子，憎恨燕子。"不许"一词，斩钉截铁，掷地有声，突出了新主人的冷漠、生硬、绝情和狠毒，她可以大声呵斥，她可以挥竿驱赶，她可以关门闭户，她可以恶语相向，一句话，她就是不喜欢这些叽叽喳喳、聒噪乱耳的燕子。诗人笔下，新主人是一个冷酷自私、不通情理、拒人千里之外的形象，和燕子的心念旧恩、有情有义形成了鲜明的对比。

旧燕和新人这种关系，很容易让我们联想到生活中的人际关系。有些人，你对他亲善友好，热情备至，他却回报以冷漠淡薄，不理不睬。有些人，你好心帮助他，他却无情无义，连起码的感恩之心也没有。

当然，李师中此诗不在于探讨人际关系，诗歌写作有一个特定背景，据《东皋杂录》的记载，"李诚之（李师中，字诚之）才致高妙，守边有威信。熙宁初，荆公用事，议论不合，退居江上，题诗云云"。据此分析人、燕关系，实在是别有寓托，旧燕喻士子、臣子，怀才图报，心念旧恩；新人喻主公、君上，高高在上，嫉贤妒能。旧臣恋阙，新主骄人，两相猜忌，于国于政，害莫大焉。燕子无巢可居，无枝可依，彷徨不定，凄凄惨惨，折射士子才子怀才不遇、报国无门之困窘。曹操《短歌行》早有慨叹："月明星稀，乌鹊南飞，绕树三匝，何枝可依？"乌鹊处境、心境十分可怜，与李诗中的燕子类同。

诗人的意图正是借燕无枝依、无巢居来暗示士子不得其位、不尽其用的处境，也抒发了诗人的愤愤不平之气、感时伤身之恨。也许这才是这首咏物诗的旨意所在吧。

笑人笑己笑傀儡

咏傀儡

杨忆

鲍老当筵笑郭郎，笑他舞袖太郎当。

若教鲍老当筵舞，转更郎当舞袖长。

宋人作诗，好发议论。议论风生，滋味悠长，也是诗歌的一大亮点。特别是这类诗歌能通过对一些常见的生活现象的描绘、议论，让读者在会心一笑中顿悟人生道理，也从某个侧面体现出诗人的识见和眼光。宋代诗人杨忆的小诗《咏傀儡》就是这样的典范之作。

题曰"咏傀儡"，我们自然容易想到那些被人操控的木偶机械呆板、亦步亦趋的滑稽可笑，其实这首诗所嘲讽的并不是这个内容，而是傀儡无知，笑人笑己，同样悲哀，同样可笑、可憎，生活中亦有很多这样的傀儡。诗歌的立意着眼于此。

先要弄明白两个概念，"鲍老"和"郭郎"。"鲍老"，是宋代戏剧的角色名，出场时跣足，携大铜锣，随身步舞而进退，故亦叫"抱锣"；"郭郎"，宋代戏剧角色中的丑角，秃头无发，善笑难看。两个角色均为戏剧中的丑角，在舞台上跑动，演出一些滑稽动作，给观众带来笑声。这首诗的议论就从两个丑角切入，分两个层次展开。

先说鲍老在大庭广众之下，歌舞酒筵之前，公开嘲笑羞辱郭郎，说他哗众取宠，舞袖郎当，不知美丑，自鸣得意。诗人连用了两个"笑"字，一笑人物，二笑服饰，"笑"出了鲍老的无知和无耻、阴暗和卑劣，拿别人的缺点和不足来开玩笑，而且决无半点善意，这就足可看见人物的心理缺陷和情趣低俗，被笑者不一定有什么过错和缺失，倒是笑人者内心大有问题。

记得苏轼有一次和佛印和尚开玩笑，苏轼调侃佛印，"你是一堆牛屎"，沾沾自喜，等待佛印出洋相。没想到佛印回应一句，"你是一尊佛"，苏轼认为自己赢了。回家后，他非常高兴地给苏小妹说起事情的经过，苏小妹当头一盆冷水："哥哥，这就是你不明智了，佛印法师说你是一尊佛，说明他心中有佛，眼中所见皆为佛；你说佛印是一堆牛屎，说明你心中有一堆牛屎，故所见皆牛屎。"说得苏轼满面羞愧，无语应答。

结合杨忆诗歌来看，这个丑角鲍老公开嘲笑郭郎的不是，这不是分明表露出鲍老内心的阴暗和缺失吗？生活中，有些事情笑一笑，乐一乐，无所谓；有些事情却是笑不得，笑得不当，适得其反，笑出自己宽袍大袖戏装下面的"小"来。

第二层，诗人置换角色，将心比心，说如果让鲍老也当场表演，说不定他比郭郎还要更加滑稽可笑、舞袖宽长呢。笑别人的人不知道自己有可能比别人更可笑，无知者无畏，也无耻，他们缺乏对优劣是非的清醒认识和判断，他们只是通过表面现象去评判一件事情或一个人物，这种认识往往流于肤浅、滑稽。如果鲍老能够意识到自己的难处或缺失，如果他能够理解同为艺人角色的郭郎的处境和特点，他就不会公开嘲笑郭郎，不给郭郎一点颜面。实质上，两人同为丑角，都有缺失和不足，不应当彼此嘲笑，理当彼此尊重，互相理解，互相支持才对。

这就类似于《孟子》文中记叙的"五十步笑百步"的笑话，同是参加战斗，打了败仗逃跑，有人逃跑了一百步，有人逃跑了五十步，那个逃跑了五十步的人就嘲笑逃跑一百步的人，这种做法不也很可笑、很无耻吗？诗中的鲍老笑郭郎实质与此相同。

生活中这样的"鲍老"和"郭郎"真是太多了。人啊，真是一种奇怪的动物，在自己稍有成就的时候，往往容易自满、骄傲，看不见别人的成绩，看不见自己的缺点，拿自己暂时的好运或成绩去和别人的过失或不足相比，从而嘲讽别人，陶醉自我，获得自我满足，殊不知自己的可笑之处说不定比别人还可笑！郭郎也罢，鲍老也罢，当务之急是客观冷静地反思自我，审视别人。

诗歌取了一个很有讽刺意味的标题"咏傀儡"，宋代戏剧中"鲍老"和"郭郎"都是丑角，都是跑龙套的傀儡，他们用自己的滑稽、丑陋给观众带来快乐，他们不明白自己的身份和特点、处境和作用，他们彼此嘲笑，其结果必然是笑人终将笑己，笑人必定被笑，因为傀儡的身份决定了他们的本性。杨忆通过一两个丑角的表演启示人们认识生活的真谛，讽喻显明，意味深长，直指人心，发人深思。

可怜江月乱中明

野泊对月有感

周莘

可怜江月乱中明，应识逋逃病客情。

斗柄阑干洞庭野，角声凄断岳阳城。

酒添客泪愁仍溅，浪卷归心暗自惊。

欲问行朝近消息，眼中群盗尚纵横。

身逢乱世，漂泊江湖，总会催生忧时忧国之作；远离家园，流离天涯，总会勾起怀远思亲之意。宋代诗人周莘的诗歌《野泊对月有感》就是一首忧虑时局、关怀苍生的力作。

题中含有"野泊对月"字眼，暗示诗人漂泊天地，舟浮水上，居无定所，亦可看出诗人望月怀远、思家念亲之意。此诗大约写于建炎三年（1129），当时北宋已亡，高宗即位临安，南宋王朝立足未稳，到处兵荒马乱，诗人只身滞留岳阳，远隔家园，故有深深的家国离散之感慨。

逃亡在外，孤舟浮江，诗人对中天皓月格外敏感。明亮可爱的月亮啊，你可知道我的家园亲故是否安然无恙？你又可知道像我这样带病逃亡的人们的艰难困窘？时逢战乱，烽烟四起，到处都是兵荒马乱，到处都是流亡难民，没有人关照我的生死安危，没有人体会我的恐惧忧虑，只有你，高悬中天的明月陪伴着我，照耀着我，抚慰着我，让我稍感踏实。不知道要逃向何处，不知道何时才能结束这种逃亡的日子，这不争气的身子本已疲惫不堪，如今又旧病复发，愈加增添了我的伤痛和沉重。

沿江漂泊，孤舟颠簸，很快就来到了洞庭湖一带。昂首长天，北斗星柄渐渐横斜，仿佛就落在洞庭湖畔广阔的原野。张耳细听，声声画角凄惨欲绝，久久萦绕在这泊舟近处的岳阳城。所见所闻，所感所触，无不凄彻断魂，揪人心肠。星空的高远辽阔，洞庭的汪洋浩渺，反衬出诗人的孤单渺小，处境危艰。角声阵阵，响彻夜空，尖厉凄冷，烘染出战事的紧急，气氛的凝重。当然，在诗人听来，却又刺耳痛心。显然，岳阳也不是平安之地，这里随时有可能燃起战火硝烟，诗人的处境仍然不安全。

"凄断"是沉痛语，言角声凄厉，痛断心肠，痛碎心魂，更烘托出诗人内心的苍凉与无奈。如此栖栖惶惶、惊恐不安地泊舟岳阳，谁又说得准会发生什么不测灾祸呢？

也许这个时候，需要喝几杯酒，安定一下心神，温热一下身体，可是，酒入愁肠，全都化作了夺眶而出的泪水，心中的离忧愁思就像眼前的浊酒和眼泪一样四处飞溅。浪涛卷起，引发我的思归之心，让我暗自惊讶。越是浪涛汹涌，越是动荡不定，就越能烘托出诗人内心的忧愤不宁。回归家园，回归安宁，多么强烈的渴望，可是又是多么无望的幻想。能回得去吗？家又在哪里？动乱年月，亲人离散，家园不保，谁也不知道谁的消息、下落，大家都在苦苦煎熬。诗人处境如此，天下百姓亦然。诗人用一个人的感触浓缩了万千人的痛苦，字里行间流露出深深隐忧。

"溅"字用得好，赋"愁"以形，拟"愁"为泪，增辉生情，触目惊心，表面上言泪水飞溅，伤怀忧心；实质上说愁深似江，汹涌澎湃。而且就语境而言，这个"溅"字又暗暗逗引下文的"浪卷"之意象，前后勾连，诗意浑成。喝酒当然是为了消愁解闷，可是李白早就有诗云"举杯浇愁愁更愁，抽刀断水水更流"，诗人喝酒，不但不能驱散离忧愁苦，相反更是勾起诗人的迢迢归思，情至高潮，泪水哗哗直流。男儿有泪不轻弹，只是未到伤心处。诗人的心在滴血，为家园，也为天下。

诗中"浪卷"这个意象也极富视觉冲击力和心灵震撼力，意谓波涛汹涌，白浪冲天，画面非常壮观、雄伟，可是诗人没有心思欣赏。在自身难保、前路茫茫的诗人看来，这惊涛骇浪，气势汹汹，危险重重，与现实的局势差不多，一叶孤舟又如何敌得过浪涛滚滚呢？一个诗人又如何能够阻止一场烽火战乱呢？人的无助、无奈，人的思归、思亲，全在"浪卷归心"中体现出来。

诗人毕竟是诗人，他们有博大悲悯的情怀，他们有忧心天下的胸襟。周莘也一样，他没有停留在咀嚼自己痛苦的层面上，而是跳出自我，忧心国势。他多么想打听一下南宋朝廷近来的消息啊，一旦有确切可靠的消息，知道皇上行踪所在，他必定不顾舟车劳顿，不顾旅途险阻，追寻而去，因为他的心维系朝廷，维系国家。可是，眼前呢，群盗正在四处流窜纵横，时局处处动荡不宁，诗人纵然有追随皇上、报效国家的宏伟抱负，也只能付之战火，徒呼无奈。于是，我们看到孤独的诗人在逃难，憔悴的心灵在滴血。

杜甫在《茅屋为秋风所破歌》中高唱："安得广厦千万间，大庇天下寒士俱欢颜。"杜甫在逃出安史叛军魔掌之后，冒着生命危险，从长安北上，投奔在甘肃灵武即位的唐肃宗，他身上体现出了一代知识分子心忧国势、竭尽忠智的爱国情怀。宋代诗人周莘非常崇敬老杜，为诗为文，做人做事，莫不学习老杜。这首《野泊对月有感》便让我们体会到了老杜遗风。

孤忠至诚泣鬼神

示儿

陆游

死去元知万事空，但悲不见九州同。

王师北定中原日，家祭无忘告乃翁。

古语云，人之将死，其言也哀。绝笔诗是声断气绝的拼命呐喊，是呕心沥血的深情表白，是气贯云天的浩然离别，更是念念不忘的殷殷告诫。我读陆游的绝笔诗《示儿》就有这种强烈的感触。

此诗写于诗人宋宁宗嘉定二年（1209）农历十二月二十九临终前，与其说是一首诗，还不如说是一曲黄钟大吕的离别演奏，其声悲壮苍凉，其情惊泣鬼神。诗人用尽一身心力，吐血哀告，唱响天地，遗恨千古。

经过了人生的风风雨雨，见识了官场的坎坎坷坷，诗人想得清楚，也看得明白，人这一死去，万事皆空。什么功名富贵，高官权位，如烟消云散；什么壮志宏愿，功业抱负，如东流江水；什么家国大事，耿耿忠心，如昙花一现。什么都不能阻止时间的流逝，什么力量都不能战胜岁月的无情。这个世界上有太多的不平等、不公正，但是唯有时间和死亡的归宿，对任何人来讲都是绝对的平等。明白了这一点，你就会变得通达、放旷、洒脱、超迈。

许多人醉里求仙，参禅念佛；许多人及时行乐，放纵自我；许多人遗世独立，啸咏山林，人们各自用自己喜欢的形式，来践行自己对人生、对死亡的理解。大诗人陆游原本也可以这么做的，也可以壮浪天地、超迈洒脱的，可是，知道归知道，参透归参透，他毕竟做不到不顾家国天下，不问江山故国。这一去，什么都可以放得下，唯有江山统一，神州再造，却是耿耿于怀，念念不忘。诗人一生横戈跃马，驰骋沙场，为的就是杀敌报国，收复失地，为的就是重整山河，建功立业。

诗人用一个"但"字直截了当地表明了自己一生最大的遗憾，最放心不下的心愿。一个"悲"字绝不同于个人恩怨的小悲小痛，而是以身许国、大志不遂的沉痛悲哀，是九州不同、人民遭难的大悲大恸。

诗歌三、四两句是对儿孙的叮嘱，更是对当朝的期待。当大宋的军队扫除强虏，收复失地，一统河山之时，家家祭祖，孙儿们啊，千万不要忘了，把这个激动人心的消息告诉你们老父的亡灵，让我九泉之下安息。诗人有一种期待，期待王师奋发精神，勇敢抗敌，期待王师北定中原，统一河山。

"王师"含有我朝军队强大无比、无人能敌、无与争锋之意，洋溢着强烈的民族自豪感，表现出后继有人、国势中兴的自信心。"北定"更是毋庸置疑的语气，斩钉截铁，掷地有声，坚信王师一定能够驱除敌寇，恢复失地，给人以力量。一番真情表白，一番殷殷告诫，感动了陆游的儿孙后代，感动了千秋万代的华夏儿女。也许对于南宋那些苟安妥协、卖国求荣的当权者也是一记响亮的耳光吧。当权者偏安江南，不思进取，不谋恢复大计，只顾个人贪图享乐，歌舞升平，醉生梦死，置国家安危于不顾，置人民灾难于不问，和陆游一生抗金、志在家国相比，不是太渺小、太卑劣了吗？

一个人的临终之笔是最能反映他的心灵忧患的，陆游不仅仅是一个舞文弄墨的诗人，更是一个浴血奋战的抗金将士。他一生几起几落，沉浮不定，但是不管怎样的人生遭遇都不能改变他的爱国忠心，一生思恢复，千古恨神州。其诗《感兴》（其一）云"常恐先狗马，不及请中原"；《太息》云"砥柱河流仙掌日，死前恨不见中原"；《北望》云

"宁知墓木拱，不见塞尘清"；《夜闻落叶》云："死至人所同，此理待何评？但有一可恨，不见复西京。"生为抗金，死为复国，生生死死，忧念山河，这就是陆游，把生命交给国家，把热血洒在沙场的陆游。千秋以降，浩气长存，英魂永在。

春色沉沉锁建章

宫词

武衍

梨花风动玉阑香，春色沉沉锁建章。

唯有落红官不禁，尽教飞舞出宫墙。

春临大地，草长花开，万物吐绿，生机勃勃，这是人见人爱、赏心悦目的美景，可是对于那些被囚禁在深宫大院里面的宫女来说，春天绝对是一个令人伤心落泪、触目伤怀的季节。宋代诗人武衍的小诗《宫词》就给我们描绘了一幅宫女眼中的春景图。

春到人间，梨花绽放，微风吹拂，淡淡清香飘散在宫苑之中。雕栏玉砌，亭台楼阁，华丽生辉之外，在这个美丽如画的春天，还弥漫着丝丝缕缕诱人的芳香。春天的宫苑风光艳丽，景色迷人。草长花开，绿树成荫，深春似海，生机勃勃。可是诗人发现，这番充满活力的春色竟然被高墙大院紧紧锁住，生活在里面的宫女拥有这一院春色，却失去了眺望宫外无边世界的机会。

诗人用"沉沉"摹春色，大有重门紧闭、庭院深深之感，让人心神压抑，情绪低落。春天原本给人带来明媚和快乐，带来希望和梦想，可是，这"沉沉"一隅却是让人如坠汪洋，如落黑暗，看不到出路，看不到明天，同时这"沉沉"也巧妙暗示了宫女们的命运走向。

"锁"这个字眼刺目惊心，表面而言，是写宫墙阻隔，内外不通，天地狭小，宫苑幽深；深层而论，则暗示读者，这皇宫院墙不仅圈住了沉沉春色，更圈住了宫女们的生活天地。日复一日，年复一年，春来春去，花谢花开。宫女们的青春年华、美丽梦想，也在这流光飞逝中慢慢凋残。她们多是一些青春女子，热爱生活，热爱春天，对未来充满幻想，对爱情充满憧憬，可是一旦入宫，便远离了家人，失去了自由，失去了爱情，失去了与外界往来交通的任何机会。像笼中鸟一样，羡慕向往外面的世界，却身心囚禁，度日如年。诗歌一、二两句描绘环境，烘托情思，美丽繁茂的春色反衬出宫女内心的落寞凄苦，香艳亮丽的字眼暗藏不堪忍受的心理折磨。

诗歌三、四两句则舍万千风物不说，把笔触落在"落红"之上，借景抒情，托物寓意。当然，这是宫女眼中的"落红"，这是正在失去青春，或者已经失去青春的宫女眼中的"落红"，令人伤感，令人忧患。凋谢的花朵是凄惨的，春天离去，美丽不存，芳华不再。没有一朵花能够抗拒时光的流逝，没有一朵花能够永葆芳颜。宫女如花，同病相怜，锁在深宫，老了红颜，老了青春。

但是，缤纷落英又是幸运的，甚至是让宫女们无比羡慕的。你看，她们华丽转身，随风飞舞，早就飞出了高高宫墙，早就融入了外面的世界。她们是自由自在的，可以选择自己的世界，可以自自然然、平平实实地生活；相对而言，宫女却被长期囚禁在宫内，失去了与家人团聚的机会，失去了本该拥有的爱情与家庭，失去了本该拥有的幸福与自由。人不如花命堪悲，天涯芳华化作泥。

这高墙大院啊，囚禁了春天，但春天还可以越墙而出，"春色满园关不住，一枝红杏出墙来"。这飘零的花朵啊，虽然凄惨不幸，但还可以飞墙越院，自由自在，唯有宫女身不由己，心不自主，任凭春去春来，任凭青春消损，这是怎样的煎熬和磨难，这又是怎样的无奈和无助！春天不能给予她们自由，花朵不能灿烂她们的心灵，芬芳不能熏染她们的生活，她们只能在深宫大院里面慢慢凋残如花的年华。

诗人向来是多愁善感的，他们对风光景物体察入微，用情至深，从一朵花开看到春天的美丽，从一缕芳香闻到春天的滋味，从一株柳树发现春天的活力，从一片落花感悟春天的离去，从花草荣枯体察年华流逝。武衍就是这样一位诗人，这首《宫词》表面看来是写花花草草，繁盛春色，其实，无一枝一叶不关幽情，无一花一草不关命运。宫女没有站出来，她们躲在诗后，躲在宫廷的一个角落里，或凝眸沉思，或目送落红，或暗自伤神，她们眼中的花草树木四季变换，都染上了苦命人的伤心色彩。她们羡慕花朵凋零的自由，她们伤心人不如花的命运。当然，诗歌之外，宫苑之外，春天之外，还有一位敏感的诗人用心血和着诗行来分担她们的忧愁。这份对命运的忧郁，让我们叹惋，让我们心灵沉重。

儿女不知家国痛

连州阳山归路

吕本中

稍离烟瘴近湘潭，疾病衰颓已不堪。

儿女不知来避地，强言风物胜江南。

有道是："国家不幸诗家幸，话到沧桑语始工。"南宋一朝，靖康之变，强烈震撼着诗人的心灵，流亡、战乱几乎成了许多诗人创作的主题，对时局的忧虑，对自身命运的担心，对家国安危的牵挂，对旅途奔波的感慨，种种情思融汇到诗歌字里行间。没有经历过战乱的人读不懂流亡的心灵，不谙世事的儿女读不懂忧患的诗章。宋代诗人吕本中的《连州阳山归路》就一路记录了诗人拖儿带女、流亡他乡的艰难苦况，情意凄切，揪人心肺。

诗歌前两句写诗人自己颠沛流离、疾病衰颓的困窘。连州，是州名，因州西南有黄连岭而得名，治所在今广东连县。阳山，县名，属连州，即今广东阳山县。诗人一家稍稍离开连州这个充满瘴气的地方，便靠近了湖南（湘潭，诗中代指湖南地区），诗人拖着久病的身体，步履艰难，实在感到衰老不堪。一段行程，一种感慨，流亡避地的日子充满了千难万苦。诗人的家乡远在安徽一带，不在连州，不在湘潭。连州、湘潭两地只不过是诗人漫长旅途中的两个临时停靠点而已，连州一带自古就是蛮荒之地，穷山恶水，乌烟瘴气。湖南，古称荆楚大地，古代贬谪官员的流落之地，僻远艰苦，闭塞落后，亦属蛮荒之地。诗句提到这些地名，实际暗示诗人一家流亡颠簸，环境不适，习俗不惯，生活不便。

连州到湖南，本是不远的距离，诗中"稍""近"证明了这一点，可是诗人老病衰弱的身体已经吃不消了，筋疲力尽，身心憔悴，故乡还在千里迢迢之外的地方，诗人能回到朝思暮想的故乡吗？故乡家园是否完好无损？父老乡亲可好？绵绵不尽的思念渗透在诗句之中。诗人不进言时局动荡，国家蒙羞；不议论朝廷懦弱无能，苟且偷安；不抗议异族入侵，山河破碎……这些复杂的情思，只要读者稍稍了解诗人的创作背景，便不难知晓。

诗歌后两句落笔儿女，反衬自己的家国之痛。诗人的儿女毕竟还是孩子，不是诗人，不是成人，他们不知道，这次来到湖湘之地，是为了逃难避乱，是为了保身全家；他们更不知道，这个社会，这个国家遭遇了怎样的危难与重创；他们当然也不会知道，除了他们的父亲，还有许多像他们父亲一样的人到处逃亡，到处避难。他们不懂"宁为太平犬，不做乱世民"，他们以童心来看待人事，以好奇来打量山水。在他们眼中、心里，这些异地风物景观啊，远比他们家乡江南要好。他们不觉逃亡之苦，反感山水之美，何等快乐，何等天真。

一个"强"字，硬要，硬是的意思，揭示了这些涉世不深的儿女们的单纯、快乐的心理，当然，他们的无知和天真是可以理解的，也是无可指责的，如此年纪轻轻，怎么能读懂天下风云、家国罹乱呢？诗人特别写到这些可爱的孩子，也许这稍稍能够给诗人带来些许安慰吧。不过，站在读者的角度上来思考，我们不难理解，诗人运用了反衬的手法，以儿女无知来反衬诗人有恨，以儿女快乐反衬诗人痛苦，以风物奇异来反衬风云变幻，诗人的家国之难、沦落天涯的忧患全从儿女天真烂漫的神情之中流露出来。

唐代诗人杜甫也写过类似情境的诗歌："今夜鄜州月，闺中只独看。遥怜小儿女，未解忆长安。"诗人陷身安史叛军之手，被关押在长安大牢里面，中秋之夜，凭窗望月，遥想远在鄜州的妻子独自伤神，思念诗人的情景，还有那些可爱的儿女不理解母亲心事的行为，无限伤感，无比痛心。杜甫还写过自己经历战乱，终于回到家乡与妻儿团聚的情景。"粉黛亦解包，衾绸稍罗列。瘦妻面复光，痴女头自栉。学母无不为，晓妆随手抹。移时施朱铅，狼藉画眉阔。生还对童稚，似欲忘饥渴。问事竞挽须，谁能即嗔喝？"（《北征》片断），儿女学着母亲的模样，胡乱化妆，梳头，打扮，弄得乱七八糟，哭笑不得，诗人不忍心责骂他们，他们还是小孩啊，小孩不懂诗人那颗憔悴的心。和吕诗一样，小孩的无知、快乐反衬出诗人内心的沉痛、酸楚。

儿女不知家国痛，"强言风物胜江南"。一首诗，记录漂泊流离，记录儿女风光的快乐，也记录诗人沉重的悲伤。欢乐与悲痛交织，风光与诗情并重。读一段流亡的行程，我们其实是在读一颗忧时伤怀的心。我们不知道，诗人和他那些单纯可爱的儿女们能否顺利回到家乡？

皇上打球有何错

明皇打球图

晁说之

宫殿千门白昼开，三郎沉醉打球回。

九龄已老韩休死，明日应无谏疏来。

古往今来，帝王将相有点个人的兴趣爱好，实在是再正常不过的事情。现任俄罗斯总统普京的爱好可谓广泛：骑马、柔道、功夫、开飞机、驾坦克、上山打猎、下水游泳……样样在行，令人叹服。中国前任总理温家宝篮球、乒乓球打得都不错，每每外访或调研时不忘露一手，博得满堂喝彩。广泛而丰富的兴趣爱好极大地增强了领导人的个性魅力，拉近了领导与百姓的距离，让人感觉到领导可亲，可敬，可爱，极富情趣，极富温情。可是，历史上的唐明皇却因自己的兴趣爱好而广受诟病，臭名远扬，何故？且看宋代诗人晁说之的咏史诗《明皇打球图》。

这是一首题画绝句，画面内容大概是唐明皇李隆基打球回来，骊山宫殿千门万户纷纷打开，文武随从隆重迎接，场面非常壮观气派，阵容非常盛大豪华。唐代流行蹴鞠，上至宫廷，下至民间，都非常喜欢踢球。唐玄宗亦不例外。这首诗就是从此爱好出发，展开议论，以小见大，借古讽今，指陈时弊。题目比较庄重，"明皇打球图"，赫然醒目，扣人心弦。一般人踢球也许没有什么稀奇，但是，皇上踢球，众人跟随，鞍前马后，山呼海啸，阵容自然非同寻常。此次打球，必定精彩纷呈，看点多多，可是读完全诗，你会发现，诗人并没有去描写皇上踢球的详细过程，也没有落笔观众的欢呼喝彩，这是绝句的局限，也是绝句的高明，诗人只截取皇上踢罢回来的场面，稍加点染，让我们感觉到其丰富的情意和巧妙的用心。

诗歌一、二两句写皇上归来的场面。骊山宫殿，千门洞开，万众迎候，兴许会有什么重大活动要举行，或是什么重大人物驾临，气氛顿时紧张，场面惊心动魄。但是，读至第二句，你紧张的心理会突然轻松下来，原来是皇上踢完球，正率领众人回宫休息呢！这并不是一件什么特别庄严隆重的大事，似乎也用不着如此壮观恢宏的场面安排。首句的庄严隆重，与次句的轻松平常形成巨大反差，有力地讽刺了皇上的荒淫、腐朽，贪图享乐。

有几个词语很有感情色彩。"千门"是虚数泛指，刻意夸张，极言千门万户一同打开，千人万人一同恭候，全景鸟瞰，气势磅礴。"白昼"暗示此次开门异乎寻常，寻常不开，重门紧闭，气氛森然。骊山草木葱茏，繁花盛开，殿阁楼台依山取势，层层叠叠，数不胜数，从下往上看，自然有一种金碧辉煌、高高在上的威严庄重。"三郎"就是唐明皇，但此处不用标题中的"明皇"，偏说"三郎"，颇含深意。李隆基排行居三，宠幸伶人，耽于声色，在与伶人一起戏耍时，常让人称其为"三郎"，仅此称呼，可见他与伶人混在一起，关系之融洽、和乐，态度之随意、轻松，完全没有一点皇上的尊严和威仪，也暗示他沉迷享乐，荒废朝政，不是一个称职的好皇帝。"沉醉"描写明皇回宫时的神态，酣畅淋漓，兴高采烈。这场球踢得过瘾啊！当然亦可看出他对踢球的浓烈兴趣。

这种描写给人的感觉是，皇上是不是太过投入、太过享乐了，有点不务正业啊！俗话说"上梁不正下梁歪"，又云"上有所好，下必效之"，如此迷恋玩乐，荒废了治国理政，当然影响社会风气。

　　诗歌三、四两句写皇上的心里想法，曲折细腻，暗含讽喻。张九龄是唐玄宗的贤相，以直言进谏闻名。这时候已经退休了，不在其位，不谋政事。韩休也是唐玄宗的宰相，为人耿直，玄宗有小过失，常问随从，韩休是否知道；顷刻，即接韩休谏书。随从曾说，韩休任相后，陛下较昔日消瘦了许多。可见，在贤明宰相规谏之下，皇下的理政确实不敢有丝毫懈怠。可是，现在，韩休早已去世了，这样唐明皇心想：明天应该没有哪位大臣来进谏指责我的过失了吧！他还算是个有自知之明的人，知道自己有过失，知道自己沉迷享乐，多有不对，知道要是张九龄在位，韩休在世，他们肯定会批评他，规劝他；可是，他又很糊涂，很荒唐，他庆幸张九龄、韩休不在自己身边，不会有人给他提意见，不会有人指出他的过失，他就可以安安心心地踢球，快快乐乐地享受声色，不需像从前那样勤于朝政，难得闲暇。

　　当皇帝如此想法，如此不以朝政为意，不以国事为重，专注声色犬马，生活荒淫无度，当然要受到批评、指责，诗歌三、四两句的讽刺意味非常强烈。

　　这首诗的构思章法，很容易让人联想起唐代诗人杜牧的《过华清宫绝句》："长安回望绣成堆，山顶千门次第开。一骑红尘妃子笑，无人知是荔枝来。"杜牧诗歌借飞马送荔枝来讽刺唐玄宗和杨贵妃骄奢淫逸、沉迷声色的行为。当然，两首诗讽刺唐明皇只是表面含义，诗人的目的均是以小见大，借古讽今，影射当朝统治者，特别是最高当权者沉迷声色、腐化奢靡的生活方式，也体现了诗人对统治者的强烈不满，对国运的深沉忧虑。吴乔《围炉诗话》说："诗贵有含蓄不尽之意，尤以不著意见声色故事议论者为最上。"两首诗都很含蓄深沉，不明白说出玄宗的贪图享乐、沉湎声色，而是以形象画面和生动叙事来委婉传达题旨，让读者思而得之，读而味之，这正是含蓄的魅力所在吧。

坐将赤热忧天下

暑旱苦热

王令

清风无力屠得热，落日着翅飞上山。

人固已惧江海竭，天岂不惜河汉干。

昆仑之高有积雪，蓬莱之远常遗寒。

不能手提天下往，何忍身去游其间。

　　文人作诗，心境有阔、狭之别，识见有远、近之分，志趣有雅、俗之异。庸俗之流则风花雪月，爱恋情长，跳不出小我家园；高尚之士则忧以天下，乐以天下，敢为人先，大气恢宏。宋代诗人王令属于后者，其诗《暑旱苦热》即通过一番盛夏苦热感受的描写，抒发了诗人以天下为己任、与黎民共苦热的博大情怀。

　　这是一场惊天动地、翻江倒海的盛夏酷热。诗人如此描绘，浩浩清风无力消除滚滚热浪，炎炎落日却像长了翅膀飞上高高的山冈。世人啊，早就已经忧心忡忡，恐惧不安，万一这湖泊流水枯竭，万一这汪洋大海干涸，人类何以生存，人类何去何从？上天啊，早就怜惜，坐卧不安，万一这银河干了河床，万一这天宇烈焰腾腾，岂不乱了万象，毁了万物？天上人间，为热所苦，为暑所难，这次第，怎一个"热"字了得！诗歌前面四句，极尽夸饰之能事，极尽想象之大胆，极尽描绘之生动，把天地酷热写到极致，给人的感觉是，只要一星火粒，世界就会燃烧，天地就会毁灭。

诗中几个词语颇值得玩味。"屠"字通常为"杀戮、诛杀"之类的意思，此处为"消除、消散"之意。"屠得热浪"，超常搭配，于清风而言，热浪滚滚，暑气灼人，清风无力，清凉无存，相比之下，风无力，热不退，消除不得，哀哀无告；于诗人而言，则希望风扫狂热，带来清凉，心之忧虑焦急，心之煎熬难受，宛然可睹。

次句落日言"飞"，给人的感觉是，落日像一轮火球，熊熊燃烧，飞上山冈，照亮了天地，也灼痛了世人的心田。请注意，一般而言，落日给人的感觉多是苍凉如血，气数将尽，缓缓沉沦，可是，王诗人这里却是落日长翅，如虎添翼，飞上山冈，何等威猛，何等热辣！前面是清风无力，这儿是落日助热，越来越炎热，越来越猛浪，以至才有三、四两句的天人共忧，天人共惧。

第三句中的"固已"强调原本如此，早就如此，肯定既定事实和人们畏惧酷热的心理。"岂不"反问，换一种表达方式，突出苍天怜惜又无奈、痛心又无法的窘迫状态。两个副词，前呼后应，将天人共忧的心理推至极点。你能够想象得到这天气有多热，它就有多热，它的热辣使江河断流，江海枯干，天河冒烟，甚至远远超出了你的想象。

诗歌前面四句极言天气酷热，热到极点，无以复加；诗歌后面四句则侧重描写诗人的奇幻感受。人间昆仑，巍巍高耸，白雪皑皑，千年不化。仙界蓬莱，沧海茫茫，万里迢迢，凛凛生寒。不堪酷热煎熬的人们在这个赤旱千里、天地熔化的季节多么想远走高飞，逃避热浪，可是诗人的想法和芸芸众生截然不同，诗人说，我不能提着苦热的天下前往清凉世界，又怎么忍心独自远去避暑把福享呢？换言之，我不能独自离去，不管天下，不管饱受苦热折磨的人们，我要与天下苍生同忧共喜，同甘共苦。诗人心胸，维系天下苦热百姓，特别是在这个万方艰难、赤地千里的时候，更是把天下人的安危、冷暖、凉热、疾苦放在心间。博大的心胸，高远的识见，崇高的境界，伟大的人格，无不从浪漫诗句中折射出来。

诗中一个"提天下"的表达反常合道，新奇动人。一般而言，

"提"应和某种具体而实在的东西搭配，如"提剑四顾出东京""提篮采桑山路间"等，可是，这里竟然说，"提"着"天下"，大胆夸张，想落天外，可见诗人忧心天下、不舍黎民的崇高情怀。

受儒家思想影响的王令，素有"经世致用，忧怀天下"的情结，"达则兼济天下，穷则独善其身"，王令像唐代诗人杜甫一样，不管穷达，不管自身，总是以天下为己任，以百姓为己念，这种忧乐天下、情系苍生的情怀或许正是此诗千百年来打动人心的重要原因吧。当然，诗中没有直接写到苦热百姓，但是透过诗歌前面四句的描写，读者完全可以想象得到这样一幅图景：烈日炎炎，赤旱千里，禾苗枯焦，农夫忧心。民以食为天，天不予人活路，百姓又如何生存？诗人意识到这一严重问题，因此，他的设想才格外奇幻，也格外震耳欲聋。千年已逝，斯人不存，但是，诗人于盛夏时节的一声呐喊，却久久回响在历史的天空。

谁知浩荡济时心

寒食

朱松

粥冷春饧冻，泥开腊酒斟。

故乡空泪满，华发正愁侵。

山暝雨还住，烟孤村更深。

谁知江海客，浩荡济时心。

寒食禁烟火，万众同伤悲，缅怀已故的亲人，追思他们的点点滴滴，重温人伦亲情的温馨甜美，这几乎成了炎黄子孙的一大传统，可是对于客游在外、心有不遂的文人来说，这个特殊的节日更能刺痛他们敏感神经的则是他们的人生遭际。宋代诗人朱松浪迹江湖，壮志沦空，寒食节过得特别艰难，特别沉重，他以此凭吊万水千山的迢迢征途，凭吊匆匆逝去的时光，凭吊老大不遂的理想。

在这个春寒料峭、烟火不举的节日，诗人和芸芸众生一样沉浸在凄凄伤感之中，可是伤感的内容却又因人而异，因境而别，诗人的寒食节又有何心思呢？天冷气清，粥冷糖冻，孤身只影，自斟自饮，清清冷冷地过日子，凄凄切切地想心事，内心充满了愁苦和落寞。要是居家度日，或许可以与亲人团聚，与朋友相伴，围炉而坐，促膝畅谈，何等惬意，何等幸福；可是诗人没有这么幸运，他迫于或生存或功名的无奈，只能奔波江湖，辗转漂泊。

如今也不知滞留在哪家客栈，哪个村落，反正是一个人过寒食节，冷风冷雨，冷粥冷饧（指用麦芽或谷芽之类熬成的糖），开启老坛封泥，斟上腊月浊酒，咀嚼人生失意，万千感慨，涌上心头。诗人感叹，背井离乡，抛妻别子，千里迢迢，欲归不能，不禁暗自伤神，泪流满面，可是，流泪又有何用呢？泪水不能抚慰乡思，泪水不能改变人生，泪水不能安顿心灵。诗人痛惜，岁月匆匆，青春不再，壮志未遂，自己竟然满头白发，满脸憔悴，这恼人的岁月啊，你给功成名就者捎来欢声笑语，却给落魄潦倒的我捎来苍颜白发！

"正愁侵"之"侵"是逐渐浸入之意，表明诗人愁绪满怀，愁生白发，愁正越来越多，白发也愈来愈密。身当壮年，年富力强，意气风发，正是大展宏图、建功立业之时，哪能容许时光匆匆而逝？哪能容许白发日增呢？诗人内心的痛苦和苍凉由此不难窥见。

放眼远处，暮色苍茫，天地暗淡，蒙蒙细雨已停，一缕孤烟从山道弯弯之处冉冉升起，那个村子想来还在深山更深处吧？想想明天，诗人还得赶路，还得踏上风尘仆仆的征途，江海浩荡，山长水阔，谁能懂得，谁又能体察诗人这颗忧时伤怀、匡时济世之心呢？自言"江海客"，道出男儿四海为家、志在天下的博大胸襟。诗人的心志追求，早已超出了功名富贵的利益考量，早已远离光宗耀祖、升官发财的狭隘浅薄，他胸中装着家国天下，他志在改变社会风俗，博大如天，崇高如山，高远如月，诗人正是这样一个穷达兼济的志士。

"济时心"则更明显地点出诗人的志向理想：旋展才华，造福天下，实现自我价值，有益社会人生。"谁知"是反问，意谓无人知道，无人赏识，只能给自己留下遗憾和失望。不过，从"江海客""济时心"这些词语中，我们又分明感受到了诗人的超群绝伦、自信豪迈。全诗调子突变，一改以前的愁闷落寞，转向昂扬孤愤，转向豪放洒脱，也许这种情绪的转向和改变才是这首寒食诗迥别他诗、打动人心的魅力所在吧。由此看来，诗歌五、六两句的环境描写，则是巧妙铺垫、烘托。

山色幽暝，冷雨刚停，孤烟袅袅，村落幽深，营造出一个迷茫、凄清的境界，烘托诗人的孤寂、落寞、迷茫和困惑。何以如此呢？文路自然引出诗句最后两句，全是因为诗人志存高远，才华横溢，求知遇而无人，求践行而无路，落魄如今，沉沦江湖，焉能不伤感连连，痛彻心扉啊？

这个寒食节，不知道诗人在哪里度过，反正是远离故乡，远离亲人，漂泊天涯。诗人不为远离朋友而牢骚满腹，不为团聚无期而悲悲戚戚，也不为功名富贵而痛断肝肠，只为自己一腔抱负无人知赏而悲叹，只为光阴流逝、壮志不遂而叹惜，只为那江海豪客、济世之心而叹惋。寒食的风烟已逝，料峭的春寒已过，唯有浩荡济时心，江海豪客情，仍然激荡在千秋万代的读者心灵。

第四辑

此心安处
是吾乡

撑出南邻放鸭船

嘉兴界

叶绍翁

平野无山尽见天，九分芦苇一分烟。

悠悠绿水分枝港，撑出南邻放鸭船。

一个地方有一个地方的风景，一个地方有一个地方的风情，宋代诗人叶绍翁路过嘉兴界（今浙江省北部的嘉兴县），饱览江南水乡的无限风光，发现了令人激动、令人惊喜的地方风情，他抑制不住心中的情思，用诗歌《嘉兴界》表达了这份喜悦和遐想。

在一般人看来，嘉兴界和中国偌大版图上许多小地方一样普通平常，不为人知，可是，因为诗人的诗意发现，通过诗人的动情歌咏，这个地方已然成为江水乡风光优美、生活富足、风情浓郁的一个生动缩影。

极目远眺，一马平川，茫茫无际，天地相接；拉近视线，春风吹拂，芦苇摇荡，水雾弥漫。好一派梦幻迷离、空灵飘逸的景致！远望"无山"，强调纵展目力，无阻无拦，所见者远，所怀者深。"尽"见天宇，造语不凡，从空间讲，天高地迥，宇宙无穷，何能望"尽"？何能饱览？极端之语烘托诗人胸怀阔大，容天纳地。从范围上看，四面八方，全是天宇，无山阻挡，无岭隔离，足见此地开阔平坦，茫茫无涯。天之高远宏阔为全诗奠定了一个基调，暗托诗人的愉悦心情。

近观风光，九分芦苇，一分烟雾，迷蒙淡雅，如诗如画。一分烟雾，以少胜多，点活全诗意境，芦苇苍苍，烟水茫茫，薄雾袅袅，好一派空灵雅致、轻盈韵味的图景，活像一幅江南水墨写意图画。"九分"与"一分"，不是写实，重在虚拟，形成对比，芦苇唯阔唯密，方见其苍茫；烟雾唯少唯淡，方显其韵致。诗人的多少分配，浓淡点染，真是恰到好处，妙不可言。

"芦苇"意象的出现，很容易让人联想到《诗经·蒹葭》的古老歌唱："蒹葭苍苍，白露为霜。所谓伊人，在水一方。溯洄从之，道阻且长。溯游从之，宛在水中央。"不同在于，《蒹葭》咏唱相思爱恨，可遇而不可求，可望而不可即；秋水之畔，苍苍芦苇写满了绵绵哀怨。叶绍翁的《嘉兴界》则是描写江南之春的水乡风光，烟水迷离，芦苇茂密，既空灵淡雅，又生机勃勃，流露出诗人的热爱、向往之情。结合前面一句来看，天地之间，开阔无垠，诗人发现了这一片芦苇，这一抹淡烟，放歌赞美，心向神往。有人评价此诗，认为前两句"景象阔大而逼真，但情致不足"，笔者不敢苟同，不是不足，而是浓郁的情致，表达得比较深沉含蓄而已。

诗歌三、四两句，再把视线拉近，镜头对准更为具体的风景和生活。春水悠悠，碧波荡漾啊，把江河湖泊分成了多少支流、汊港，你看南边那片芦苇丛中，姑娘和小伙子正把放鸭船儿撑出苇荡。绿水枝港，白鸭小船，青年男女，芦苇苍苍，构成了江南水乡精致唯美的图景，饶有生活气息，颇能引发读者的联想。群鸭喧闹，男女笑谈，何等热闹、富足的生活，何等明朗、欢快的心情。他们生活在这片水乡，他们热爱自己的家园，他们热爱这种生活，他们天天为生活而放歌。

只写"南邻"，暗示西邻、东邻、北邻，到处一样，家家如此，放鸭养鸡，生活安逸。只写"撑船"放鸭的男女，一来突出他们的勤劳能干，热爱生活；二来也暗示当地百姓自然、和谐、幸福的风貌。笔者乐意相信这样一幅图景：茂密的芦苇荡，碧绿的湖水，一群欢快的青年男女，摇船放鸭，鸭声嘎嘎，回响苇荡，笑声朗朗，响彻湖畔！多么希望成为他们当中的一员，也摇一艘小木船，分享那份开心，那份快乐！

综观全诗，一、二两句写途中所见，景象阔大而逼真，情韵含蓄而深沉；三、四两句写水乡人的劳动场景，有声有色，有滋有味。人的出现给风景注入了生机活力，鸭的鸣叫给寂静的画面增添了声音的效果。读者乐意相信，江南水乡如诗如画，江南生活如火如荼。

屋上青山屋下泉

绝句

吴潜

编茅为屋竹为椽，屋上青山屋下泉。
半掩柴门人不见，老牛将犊傍篱眠。

清人王国维在《人间词话》中讲："有有我之境，有无我之境。'泪眼问花花不语，乱红飞过秋千去''可堪孤馆闭春寒，杜鹃声里斜阳暮'，有我之境也。'采菊东篱下，悠然见南山''寒波澹澹起，白鸟悠悠下'，无我之境也。有我之境，以我观物，故物皆着我之色彩；无我之境，以物观物，故不知何者为我，何者为物。"宋代诗人吴潜的《绝句》描写小居脱俗雅趣，营造无我之境。

寥寥几笔，带领我们走进一个宁静和谐、自然优美的山居世界。

山上一栋简简单单的屋子，取竹为椽，编茅为盖，因山取势，自成天地。远处望去，屋后青山如在屋上，山上之屋点缀林间，山屋相映，别具风采。屋前山下，一道山泉悬空而下，色如白练，态如飘带，似乎就是挂在房屋之下。山居的画面，因了这道灵动有声的山泉而增添了几许生气、趣味。山屋就是如此有声有色，有姿有态。远离了人间喧嚷，远离了世俗尘埃。唯有天籁清泉，唯有青山本色，唯有朴拙自然。不同于亭台楼阁，雕梁画栋，彩绣辉煌；不同于园林花圃，姹紫嫣红，五彩斑斓；亦不同于集市码头，熙熙攘攘，甚嚣尘上。山居茅屋就是一处本色自然、古朴宁静的景观。

构屋所需的材料，就是随处可见的芳草修竹，就地取材，因山制宜。屋前屋后的景观，就是自然天地，青山翠绿，泉水叮咚。山屋就是风景，山屋与周边的环境和谐配置成为一个不可分离的整体。青山着色，山泉添声，茅屋静立，构成了一个深远而幽静、朴拙而自然的意境，令人神往，令人陶醉。山居主人肯定是一个高人隐士，具有超尘脱俗的情趣，不愿与世俗同流合污，不愿与官场沆瀣一气，乐意与青山绿水为友，乐意与山风白云为伴，自在逍遥，自得其乐。

如果说诗歌一、二两句是着重突出山屋与周围环境和谐统一的话，那么三、四两句则是侧重描写山屋的情趣气氛。你看诗人笔下的山屋，柴门半掩，静默无声，没有人进人出，或许是主人出去劳作了，久久没见归来，或许是主人正在酣睡，美梦沉沉，他不需要关门闭户，他一点不担心这山上有什么人破门而入。劳作也罢，闲睡也罢，都安心坦然，无忧无虑。

"人不见"，并非没有人，而是暗示茅屋的静谧详和，给诗歌增添了一丝神秘的色彩。人到哪儿去了呢？又是干什么的？为何要在这四野无邻的山上来居住？诚如唐代诗人贾岛诗云："松下问童子，言师采药去。只在此山中，云深不知处。"师在何处，山深林密，白云缭绕，全然无知，无比神奇，诗歌的艺术张力由此体现。

吴潜《绝句》中的这扇柴门半开不开，无人无声，亦有引人入胜、浮想联翩之妙。柴门旁边，一道篱笆围着一块菜地，一头老牛带着牛犊，偎在篱笆旁正睡得香甜；小牛呢，正在津津有味地吸奶，阳光照在母子身上，暖洋洋的，这又是一幅多么祥和、幸福的画面啊！没有写人，落笔写老牛和小牛，可是读者不也从中读出了山居主人那种安宁知足、幸福恬淡的生活情趣吗？一切都那么自然生动，一切都那么温和宁静，一切都那么闲适散淡，这就是诗人所向往、追求的生活情趣。

山居主人没有功名富贵，没有金银钱财，没有劳心劳力，没有礼尚往来；他独居青山，独拥自然，独自经营自己的天地；听到的是天籁，看到的是自然本色，有老牛与他说话，有小牛带给他快乐，有半掩不开的柴门天天等着他。他是自由的，也是幸福的。他热爱这种生活，热爱这种环境，甚至可以说，他完全融进了这片青山绿水，化为自然的精灵，游荡在山水之间。

诗中不见人，诗中全见自然风光，但风光之后有诗心，有情趣，全诗弥漫着一种高雅脱俗的情趣，令人向往，令人陶醉。

古风古韵农家乐

游山西村

陆游

莫笑农家腊酒浑，丰年留客足鸡豚。

山重水复疑无路，柳暗花明又一村。

箫鼓追随春社近，衣冠简朴古风存。

从今若许闲乘月，拄杖无时夜叩门。

今天越是人心不古，人情冷漠，我们越是怀念那些古道热肠、纯朴好客的农人；今天越是锦衣玉食，灯红酒绿，我们越是向往那种茅舍人家、粗茶淡饭的生活。我们渴望回归，回归远古，回归村落，回归朴拙。在回归中，我们心灵变得宁静和充盈，我们的人性变得善良和纯洁。宋代大诗人陆游的田园诗——《游山西村》为我们描绘了一个古香古色、原汁原味的村落，抒发了诗人迷山恋水、崇古尚拙的幽远情怀。读之，历历如画，引人入胜；思之，意味深长，如嚼橄榄。

村庄有一个朴实的名字——山西村，顾名思义，村在山西，远离闹市，远在深山，前往游览还真是不容易。诗人一路穿山走林，过桥涉水，小径弯弯，山重水复，几近让人无路可走，可是，不多工夫，却见柳暗花明，村落俨然。那就是自己心向神往的山西村落吧。一路走来，移步换景，心潮起伏。有峰回路转、山穷水尽的茫然困惑，也有曲径通幽、豁然开朗的惊喜激动；有山重水复、山深林密的幽美风光，也有柳暗花明、姹紫嫣红的亮丽色彩。完全可以说，行走山水、穿越山林的过程，也就是一次不断发现风景，又不断变换心情的过程。

诗人用"疑"来写自己的错觉，看似无路可走，内心未免惶恐。诗人用"又"来描写自己的发现，走过幽林曲径，发现村落人家，内心自然惊讶，高兴。先"疑"后"又"，先暗后明，变换的是风景，也是随风景或暗或明的心情。一次山水之旅，让作者领略了自然风光，体验了情感变化，认识到村落的幽深静美，也使读者由此及彼，生发联想，体悟人生真谛。人生复杂，前途光明，道路曲折，不是常常也会遇到先塞后通、豁然开朗的情况吗？

村庄有一种古老的风俗，快到春社了，村民们吹箫击鼓，欢天喜地。他们娱神娱己，祈求丰年；他们衣冠简朴，不事华丽；他们民风古朴，安居乐业。这是一个盛大的节日，家家户户全部出动，大摆酒宴，欢庆生活，神人对话，天人合一，彼此分享快乐和幸福，彼此祝福好运和吉祥，一道祈愿上天保佑风调雨顺、五谷丰登，一道祈愿神灵赐福、消灾祛邪、心安体健。古老的春社承载了人们的幸福和希望、欢乐和激情。

唐代诗人王驾亦有诗歌《社日》咏赞春社："鹅湖山下稻粱肥，豚栅鸡栖半掩扉。桑柘影斜春社散，家家扶得醉人归。"鸡鸭成群，牛羊满圈，村人欢聚，开怀畅饮，不到摇摇欲醉，决不回家，何等热闹的气氛，何等欢快的情怀！

笔者也记得小时候在农村过春社的情景，生产队要杀一两头猪，全村人按人头每人分半斤猪肉，家家户户都做社饭，香香喷喷，热热闹闹，欢欢畅畅。小孩子最高兴，因为春社可以吃到肉，可以吃到社饭，可以开心玩耍，虽然不懂节日的来历和文化含义，但是，那份快乐却让人难以忘怀。如今，笔者家乡还保留社日演傩戏的习俗，而且这种古老的习俗已经申报国务院非物质文化遗产项目。每年社日，外地游客前往观赏的络绎不绝，热闹非凡。陆游笔下的山西村，那种热烈欢庆的场面和笔者家乡的情景应该是大同小异吧。

村庄还有一批热情好客的人们，他们拿出自家酿的酒，杀鸡宰鸭，招待客人。丰收年间，大家高兴啊，高兴需要分享，需要交流。外乡人、山外人，到这里来，都是一家人，都会热情招待。诗人深深地感动了，感动于村民的古道热肠，感动于村民的善良纯朴，感动于村民的勤劳能干。他们养鸡养鸭，喂牛喂猪，酿酒制菜，耕田种地，养蚕织布……用辛勤的汗水浇灌田园，用美好的人性播种希望。从他们身上，诗人看到了心仪已久的宁静生活和人性光辉。

此情此景不禁令人联想到陶渊明笔下的桃花源，那里与世隔绝，不为人知，人人都那么淳朴厚道，人人都那么热情善良。整个村落古朴宁静，生活安乐，没有剥削，没有压迫，没有敲诈。一家来客，户户邀请，老少和乐，各得其所。生活简单快乐，民风古朴淳厚，人和人和谐相处，那才是真正的和谐村落啊！陆游笔下的山西村类似桃花源，宁静祥和，民风淳朴，人性善良；令人留恋，令人向往，以至诗人情不自禁抒发自己的心愿：从今以后啊，若许我闲居，如闲云野鹤一般，我一定拄着竹杖，随时来这里叩门拜访，我的心留在这个村落，我的情维系这里的人们。

一次游览，一次发现；一个村落，一种生活；一份心情，一份古朴。山西村的古朴民风，古老习俗，必将永远感动千秋万代的人们。

你做饭来我砍柴

田家十首（其十）

华岳

拂晓呼儿去采樵，祝妻早办午炊烧。

日斜枵腹归家看，尚有生枝炙未焦。

农村生活艰苦而平静，忙碌而有序。男子是一家之长，负责家庭内外主要事务；女子是一家之辅，协助男子操持家务。各位成员，分工明确，各司其职。在清贫而艰难的生活中，大家彼此照应，彼此帮助，倒也不失生活的温馨和欢乐，当然更多是苦涩和困窘。读宋代诗人华岳的《田家十首》（其十），笔者就有这样的感觉。诗歌描写一家三口的劳动生活，从天亮出门到日落归家，和谐而有趣，疲惫而饥饿，给人留下了深刻印象。

生活从早晨开始，鸡叫三声，天刚破晓，丈夫就率先起床了，他大声叫喊儿子，别贪睡，和我一起上山砍柴；同时又嘱咐妻子，你在家里照应，切记做好午饭，等我们担柴回家的时候，能够吃上饭，不饿肚子。对于农村生活来讲，这种场景实在太多太常见了，真实得比泥土更像泥土，比生活更有生活味。其实，生活是天然的诗歌，生活味是天然的诗意。

这首诗中，做丈夫的男子给我们留下了鲜活的印象：他勤劳能干，不辞辛苦，勇于担当；他是一家的主心骨，一家的活儿，一天的生活，他都安排得井井有条。对儿子，他关爱有加，叫上儿子跟自己一块上山，穷人的孩子早当家嘛，艰苦劳累的活儿当然应由男儿承担。儿子要像父亲一样，起早摸黑，勤劳能干；要能吃苦耐劳，练就一副好身子，硬本事。因为男儿长大要当家呀！

对妻子，他悉心照顾，外面的活儿太苦太累，妻子不用去，做好家里琐碎事务即可；特别叮嘱妻子，早点做好午饭，因为丈夫和儿子晚上砍柴回家可是饥肠辘辘啊！其实家里的一摊子活也不轻松，只是相对而言，比上山砍柴要容易一点。男子又"呼儿"又"祝妻"，不难看出生活的有序平静，也可看出男子粗朴的话语之下蕴藏着缜密的心思和朴素的关爱家人之情。农村人就是这样，生活艰苦，事务繁忙，但他们再苦再累，也不乏一颗牵挂关爱之心。这点令人感动。

父亲爱儿子，没有珍贵的玩具，没有华丽的衣服，没有智慧的说教；只是大事小事叫上儿子一块，让儿子学得父亲模样，心里就踏实。丈夫对妻子，没有花前月下、卿卿我我的浪漫，没有珍珠手镯、银簪发髻的奢华；只希望两人一块生活，彼此照顾即可。平淡的生活，和谐的家庭，朴素的关照，这就是亲情。

诗歌三、四两句描写丈夫回家挨饿的情景。日头偏西，劳累了一天，丈夫和儿子担着柴，饿着肚子回家来，可是，他们很失望，并没有如预期那样可以吃到温热的饭菜，妻子正在做饭，炊烟袅袅，生柴尚未充分燃烧呢，饭菜都还没做好！什么原因呢？是妻子懒惰吗？她有她的家务事，大大小小，细细碎碎，很多很杂，都要过她的手。天天如此，月月如此，丈夫是心知肚明的。其实妻子在家忙里忙外，也挺辛苦的，这点做丈夫的能体谅。

原来是家无干柴，只能烧生柴做饭，生柴还没烤干呢，自然难燃，这就影响了做饭的进程，不能怪罪妻子，她能有什么办法呢？无柴做饭，饥饿的丈夫和儿子只能暂时忍耐一下，巴望过不多久可以填饱肚子。诗人只写了一个细节，生柴未焦，做饭不成，足可看出农村生活的艰难不易，也可看出女主人公的不安困窘。大家都是一家人，大家都辛苦，没有必要彼此怪罪，忍一忍吧，日子还得这样过下去。

把目光投向大地，把同情献给农民，诗人心怀悲悯，直录所见，诗歌字里行间体现出一个知识分子的人道情怀。这种心思令人感佩。有人写诗，回避社会矛盾，远离民生疾苦，沉湎个人功名，追求豪华奢靡，所写文字不是歌功颂德，粉饰太平，就是浓墨重彩，涂脂抹粉，给人以虚伪不实、矫揉造作之感，倒是像华岳《田家十首》（其十）这类小诗，贴近大地，贴近生活，贴近农民，贴近心灵，读后令人心有所动，情有不平，这才是真正的生活之歌，这才是真正的心灵之声啊！诗人永远不能离开土地和良知、道义和担当。

绘声绘色绘春趣

春词

鲁詧

叠颖丛条翠欲流，午阴浓处听鸣鸠。

儿童赌罢榆钱去，狼藉春风漫不收。

春天是快乐的，春天的快乐有声有色，有形有态，有情有趣。读宋代诗人鲁詧的诗作《春词》，笔者就有这种感觉，古往今来，更多的人欣赏春天的美好和活力，春天的生机和希望，可是鲁詧不一样，他发现了春天的乐趣，并深深陶醉，他用诗意的笔调表达自己的愉快体验，他的情绪也深深地感染了读者。

春的魅力何在？春又有何情趣？且让我们随着诗人的视线，走进《春词》世界。

春色翠绿，浓艳欲滴，生意无限。那些层层叠叠的嫩叶，那些参差披拂的枝条，光鲜洁净，苍翠迷人。山山岭岭、角角落落、郊野田园、江河湖岸，花草树木，遍地皆是，枝枝叶叶，光彩照人。

诗人强调"翠"色，以一色写满春，翠绿是装点大地的色彩，翠绿是生机盎然的写照，翠绿是亮人眼目的光辉。

"流"泻的不是如水月光，不是潺潺山泉，而是满树翠绿。语带夸张，设想大胆，可见树枝树叶怒生新芽，茁壮成长，让诗人大饱眼福，欣喜激动。

唐代诗人刘禹锡描写居所环境："苔痕上阶绿，草色入帘青。"（《陋室铭》）苔痕绿上台阶，与人相亲；小草翠绿茂盛，夺目生辉，绚丽的色彩既装扮了陋室的幽雅高洁，又折射出诗人的欢喜幸福。朱自清歌咏春天，"树叶儿却绿得发亮，小草儿也青得逼你的眼"（《春》），着一"逼"字，凸显小草翠绿扑面而来，似乎与你撞了个满怀，用语跳脱、俏皮，尽显生趣活力。王安石描写春到江南，"春风又绿江南岸，明月何时照我还"，春风吹拂，草木复苏，绿遍江南，何等广阔恢宏，何等磅礴壮观。同样，鲁诗中着一"流"字，境界全出，生机无限，春的色彩从枝叶中"流"出，春的神韵从翠绿中"流"出。

春日迟迟，浓荫匝地，庭院幽静，那些活泼可爱的斑鸠，或藏在枝叶丛中，或站立屋檐房檩，叽叽咕咕，自言自语。诗人喜欢这个幽静深远的庭院，诗人欣赏那些小精灵有情有味的鸣叫，诗人享受春天美好的风光。诗中特别提到"听鸣鸠"，听得投入专注，听得有滋有味，听得忘记了炎炎烈日。其实，这里边大有情意。斑鸠性温，其形小巧，其色淡雅，合群适性，喜欢结伴。它们常常隐藏枝叶，你鸣我应，此唱彼合；或为求偶，或为娱乐，或为欢悦。自由自在，自鸣自唱，好不惬意，好不风光。诗人在春天的中午，在幽静的庭院，听斑鸠啼叫，意会多多，趣味无穷啊！

　　笔者记得小时候，生活在农村，喜欢和小伙伴们拿弹弓打鸟。最令人厌恶的鸟当数食人稻谷的麻雀，要是看见一律赶尽杀绝，当然要是发现人家屋顶或树枝上有斑鸠，那是断然不敢用弹弓射杀的。大人们常说，斑鸠在寻找他的另一半呢，它和我们人类一样，也渴望过上幸福美好生活，这点笔者印象深刻。及至后来，年纪稍长，读了白居易的诗歌《鸟》："谁道群生性命微，一般骨肉一般皮。劝君莫打枝头鸟，子在巢中望母归。"便又对鸟儿增加了许多悲悯和同情。

　　唐代诗人杜甫诗云"映阶碧草自春色，隔叶黄鹂空好音"，诗人无心欣赏黄鹂动人的演唱，是因为诗人的心不在歌声，而在凭吊先贤。刘禹锡诗云"两个黄鹂鸣翠柳，一行白鹭上青天"，诗人有滋有味地聆听黄鹂歌唱，观赏白鹭飞天，是因为诗人热爱生活，热爱秋天。同样，宋代诗人鲁訔听鸟鸣，观叶绿，原因在于，诗人对自然的热爱，对春天的迷恋。

　　儿童游戏，无忧无虑，快乐如风，这也是诗人笔下春天的一道风景。乡村的儿童玩罢以榆钱作赌注的游戏，便跑开玩别的去了，只剩下满地榆钱在春风中旋转，画面定格在"赌罢"，让人联想儿童玩耍时的种种情状和儿童走散之后榆钱满地的情景，意趣无穷，惹人遐思。谁没有过快乐的童年呢？谁没有玩过过家家、捉迷藏、抓小鸡之类的幼稚游戏呢？谁没有几个和自己玩得很好的伙伴呢？那些人，那些事，那些过去的日子，多么美好，多么让人留恋，可是，我们回不到童年了，充其量我们只能眼睁睁地看着今天的儿童快乐无忧地嬉戏，玩耍，羡慕之情油然而生。

　　诗中有一个细节很有意思，榆钱是"钱"，故而可赌；不是真钱，故而散后无人收拾，一场游戏一场欢乐，哪里还管它春风乱吹、榆钱满地呢？儿童是天真的，充满了稚趣；儿童是烂漫的，和春天一样好玩。

　　一首诗歌咏春天，抒写心灵感受。写春之色，翠绿迷人，生机勃勃；写春之声，情深意浓，惹人联想；写春之子，游戏玩耍，乐趣无穷。春天的奇妙就在于这些情趣，这些色彩，这些声音。游目骋怀，童心永驻！

一树高花明远村

绝句

郑獬

田家汩汩流水浑，一树高花明远村。

云意不知残照好，却将微雨送黄昏。

诗人笔下，每一片田园都是一道迷人的风景，每一道风景后面都有一颗流连自然、放飞情性的心灵。读宋代诗人郑獬的《绝句》，你会被农村的田园风光深深打动，更会被诗人热爱田园、纵情自然的情怀深深感染。

诗人热爱田园村落，倾情云容水态，所见所闻，所思所感，无不春意盎然，生机勃勃。

张开耳朵，静听春水汩汩欢唱，流过沃野良田；睁开眼睛，欣赏一树高花灿烂绽放，明媚了山寨村居。所见所闻，声色交融，意境辽阔而幽静，色调明媚而空灵。写春水曰"汩汩"，不仅听闻其声，潺潺作响，更见其色清明透亮，还见其态活泼生动。再用一"浑"，言水势盛大，暗点春雨过后，水量充足，流水浇灌田园，农人春耕忙碌，丰收前景在望。这是春天，这是田野播种的季节，一年的开始。人们播种希望，人们经营生活，人们在辽阔碧绿的田野上耕种，内心充满了喜悦和幸福。

　　诗人描写田园春水，突出动态的声韵、灵动的节律；诗人描写村落，则突出静态的氛围、鲜艳的色彩。意境如画，色调醒目，层次清晰。远远的村落是背景，一树花开，高高在上，如火如荼，熠熠生辉，这是主体。花光色影，明媚山村，如诗如画，这个村落应该和千千万万个普通村落一样古朴、宁静，不见闲人进出，偶闻鸡鸣狗吠，一派深远静谧。一株不知名的花树，高大挺拔，树梢挂满了花朵，热情绽放，熊熊燃烧，为古老而有点灰暗的村庄增添了几许亮丽的色彩，也透露出乡村山居特有的明媚和空灵。

　　诗人写花色用一个"明"字，极言花红艳丽，夺目生辉，也让古老乡村如诗如画，生机盎然，更可见出诗人双眸放光，心神一振、惊喜万分的情状。一树高花，虽为静止画面，但因为是春天，因为花开满枝，静中自然洋溢出春天的活力，自然流露出诗人兴奋喜悦的心情。

　　再看看那天边飘浮的云朵，还有染红西天的晚霞，云朵似乎不知道欣赏夕阳西下的光华灿烂，晚霞似乎也不知道云朵背后浓浓的雨意。天空忽阴忽明，变化不定，最后，飘起了淅淅沥沥的小雨，送走了晚霞，也送走了黄昏。夜幕很快笼罩田园和村落。诗人也很快消失在朦胧暗夜之中。但是，诗人不舍，不舍这山村风光的迷离秀美，不舍这云雨变幻的神奇景观。诗人写云无知无觉，无情无意，它们不知道夕阳无限好，它们也不伤感黄昏悄悄去；与此相反，诗人对于夕照余晖，红霞满天，却是情有独钟，恋恋不舍。诗人对于雨打黄昏、流霞消逝却是无限惋惜，无限伤感。

　　一个"残"字流露出诗人的无奈和苍凉，诗人就是诗人，他会为一片雨淋湿了红霞而伤感，他会为一朵云阴晴不定而浮想联翩，他会为一树花照亮了古老的村庄而欢欣鼓舞。诗中一个"送"字也情深意长，耐人回味。云带雨来，送走黄昏，送走了夕照，有心有意，拟人生情。其实，这"送"字后面是诗人的感受和心情，诗人久久伫立，远观日落西山，云来雨至；伤感黄昏将至，夕照不存；讨厌云捎雨意，败坏兴致。他舍不得无限美好的乡村夕阳慢慢离去，舍不得宁静闲适的村庄慢慢融入无边黑夜，也舍不得一树花卉慢慢被黑暗吞噬。一个"却"字写出了天晴天阴的变化不定，更流露出诗人对美好田园风光的难舍难分。

郑獬的乡村，处处是诗，处处是画。这里有潺潺流淌的春水，白亮亮，明晃晃，让你双眸迷离；有高高绽放的花朵，红艳艳，香喷喷，让你心花怒放；还有无心无意的云朵，阴晴变化，不可捉摸；灿烂的落日，粉红的晚霞，让你眼明心亮，流连忘返。这里黄昏美如画，永远定格在诗人和读者心中。

一牛吃过柳阴西

桑茶坑道中八首（其七）
杨万里

晴明风日雨干时，草满花堤水满溪。

童子柳阴眠正着，一牛吃过柳阴西。

刘勰有言"登山则情满于山，观海则意溢于海"，是的，只要心中有画卷，则生活处处美如画；只要心中有诗意，则生活无处不有诗歌。读宋代大诗人杨万里的风光景物佳构《桑茶坑道中八首》（其七），你会觉得，风光赏心悦目，心灵欢欣鼓舞。农村的自然风光灿烂我们的双眸，农村的生活情趣打动我们的心灵。

桑茶坑，在安徽泾县境内，是一个名不见经传的地方，但是经过大诗人走过这一趟之后，经过大诗人真心深情地歌咏一番之后，它和许多普通地名一样成为农村山水风光秀美如画的标志。且看当年杨大诗人眼前铺展开来的画卷吧。

那绝对是个天朗气清的好日子，雨水洗涤了天地，和风拂干了雨滴，空气一派清新。诗人徐行道中，看见花草长满堤岸，清水涨满河溪，一切景物无不清明亮丽，熠熠生辉，让人满心舒畅。不知道这一天是个什么特殊日子，也不知道诗人遇上了怎样欢天喜地的好事，甚至不知道，诗人缘何要来这桑坑道中走一遭。我们只知道，和风丽日欢迎诗人，小草山花欢迎诗人，一溪绿水欢迎诗人。诗人高兴，陶醉在眼前优美风光之中，陶醉在异彩纷呈的山径小道上。

两个"满"字，描绘雨润花开、雨滋草绿、雨下水涨的动人情景，极富张力，极具质感，似乎可触可摸，可拾可掇，呼应前句中的"雨"字，前因后果，一脉相承。笔者特喜欢"花堤"这个表达，溪流欢畅流淌，堤岸长满花草，曲曲弯弯延伸，铺成长幅画卷，多美的风光，多浪漫的感觉！人在道上走，如在花中游。而且还要注意，这荒野之处，繁花盛开，姹紫嫣红，长势旺盛，生机无限。这是自然美、原始美，毫无半点人工栽培的痕迹，亦不像我们今天游公园所看到的整齐一律的花团锦簇。清风、晴日、绿草、鲜花、碧水，构成了一幅清新自然、引人入胜的风景画，画中有盎然诗意，画中有怒放心花。

如果说诗歌一、二两句侧重写景，借景抒情的话，那么诗歌三、四两句则是重点写人情物态，以形传神，以态传趣。且看那边，堤岸之上，柳荫之下，牧童正靠在树下，沉沉睡去，牛儿正埋头吃草，津津有味，已过柳荫之西。牧童和牛儿是朋友，他们有默契的约定，在这水草丰茂、繁花盛开的地方，各自享受各自的自由，两不相猜，互不打扰。牧童呢，或是竹笛在手，乐声飘扬；或是倚树斜坐，沉沉睡去。他和牛儿一样熟悉这个地方，他热爱眼前这片水草，他把这份热爱带进甜美的梦乡。

牛儿呢，时而摇头甩尾，驱赶蚊蝇，时而低头吃草，有滋有味，时而仰头远眺，哞哞几声……他放心，他坦然，没有人来驱赶他，没有别的牛儿来和他抢食。偶尔有一两只淘气的小鸟落在他的背上，不声不响，一动不动，也只不过是给他挠挠痒、松松皮而已，老牛早已习惯了这种生活，甚至有些时候也觉得自己挺寂寞的，需要那些可爱的小鸟到身边来唱上几曲呢。牧童的酣然入睡，老牛的悠闲自在，一静一动，相互映衬，各具神态，构成一幅韵味悠长、意趣天然的风俗画。这幅画被远处的诗人看见了，诗人陶醉在他们的幸福之中，不便惊扰，不忍破坏，静静地走过，把幸福留在心间，用如画诗笔为他们定格了这份永恒的美丽。

小孩也好，老牛也罢，睡觉的睡觉，吃草的吃草，自由自在，无拘无束，和谐宁静，传达了一种氛围，一种情趣。人啊，投身自然的怀抱，沉迷山水风光，花草天地，才是最安心、最踏实的。你看，牧童在清风中睡去，在花草中做梦，在柳荫下乘凉，在小溪边打盹儿，脸上写满淡淡笑容，恰似一朵盛开的鲜花，如此享受，如此惬意，又哪里是今天我们这些奔波在名利场中的人所能体会得到的呢？不得不正视今天的我们，争名逐利，欲海横流，有太多无耻的贪婪和野心。我们不会享受自然风光，我们麻痹了敏感的心灵，我们迷失了自我，我们遗忘了家园。我们不会为一朵花开行礼，不会为一株草绿驻目，不会为一条小溪欢唱，不会为一头老牛祈祷；不会睁开眼睛欣赏草长莺飞、桃红柳绿，不会张开耳朵聆听山泉叮咚、松涛阵阵，我们心中只有钱和权、名和利！

今天，读一读杨万里的山水之旅，读一读诗人的闲情逸致，读那些被春雨洗过的花草，读那些随风飘拂的柳枝，读一溪潺潺流淌的绿水，读牧童甜甜的笑容，读老牛摆动的尾巴……读自然的风光和生活的情趣，我们会明白，原来生活竟然这样有滋有味。

一夜秋思向天涯

夜书所见
叶绍翁

萧萧梧叶送寒声，江上秋风动客情。

知有儿童挑促织，夜深篱落一灯明。

　　不知道诗人从哪里来，也不知道诗人要赶往何处，更不知道深更半夜了，诗人为何不眠；只知道一叶孤舟、一点灯火在广大无边的黑暗中行进，在秋风瑟瑟的江面上漂泊，船上承载一颗飘荡的灵魂，这就是宋代诗人叶绍翁的羁旅诗《夜书所见》所描绘的情景。人走江湖，浪迹天涯，有家难归，有亲难聚，太多的伤感和忧虑萦绕诗人心间。那个秋风瑟瑟的夜晚，漂泊在外的诗人到底经历了怎样的心灵煎熬呢？

　　梧桐落叶，瑟瑟有声，送来阵阵寒意，江上秋风，扑面而来，牵动游子客情，都快深更半夜了，诗人还随舟漂泊，难以入眠。他有家，远在天涯，离别久远；他有亲人，如在梦中，遥不可及；他奔波，身不由己，万般无奈。一江秋风引动他的千里乡思，无边黑暗笼罩他的孤寂落寞，这样的日子，他经历太多，早已习以为常，但是他心中始终有一个解不开的结：江湖路茫茫，何时是归程？他不知道，也许明年的某个日子，也许三五年之后，也许永远难以回去。回答这个问题的难度正如一首流行歌曲所唱，"天上有个太阳，水中有个月亮，我不知道，我不知道，我不知道，哪个更圆哪个更亮，嗯嗯嗯嗯嗯……"因此，诗人心中纠结痛楚，为秋天，为黑夜，为茫茫未卜的前程。

诗人用"梧桐"来涂染秋色，用"秋风"来传达悲凉。古语云，梧桐一叶，而天下知秋。万木之中，梧桐望秋先陨，给人们捎来生命苍老、秋意萧索的讯息。古代词作之中，梧桐也是频频出镜。"寂寞梧桐深院锁清秋""梧桐更兼细雨，到黄昏，点点滴滴，这次第，怎一个'愁'字了得""梧桐树，三更雨，不道离情正苦。一叶叶，一声声，空阶滴到明"……于恋人而言，梧桐是相思愁苦的写照；于游子而言，梧桐是思家怀远的烘托；于生命而言，梧桐是凋零衰谢的见证。不管怎样，诗中拈出"梧桐"，自然弥漫悲切之情、凄清之意。声音不冷，但秋风寒凉，以致诗人产生错觉，似乎瑟瑟之声，也是清冷刺耳的，声冷风寒，凄神冷心，诗人的内心感受一定是凄清的、冷落的。

诗歌一、二两句妙用烘托，以哀景衬托悲情，传达诗人羁旅愁思。诗歌三、四两句则写乐景，以乐景反衬悲情，更见诗人的失落孤寂。隔江而望，江畔人家，茅舍旁边，竹篱之下，一盏灯火在风中闪烁不定，几个孩子正在开心地斗蟋蟀呢！他们玩得专注，玩得痴迷，忘记了时间，忘记了周围的一切。他们天真活泼，无忧无虑，正处于斗蟋蟀的年纪，令人羡慕，也令人神往。什么时候，我们也能回到童年去呢？他们不知道江面上一叶轻舟里的诗人不眠，他们从来未曾体会过离家千里万里、没有亲人呵护的生活，他们更不去想那些属于成人世界才有的打拼功名、追逐权贵的事情，他们单纯快乐，玩玩游戏，斗斗蟋蟀，欢欢畅畅过童年。

看到这种和谐欢乐的生活场景，诗人不知作何感想？笔者读到此处，总是浮想联翩，神思千里。童年时候，笔者生活在南方乡村，不也是和诗中的小孩子们一样，抓蛐蛐儿，斗蛐蛐儿吗？每年夏秋季节，笔者总要和小伙伴们一起去抓蛐蛐儿，这家伙很狡猾，轻捷善斗，叫声好听，喜欢藏在草丛石缝或断垣残壁之间。我们屏声静气，拨开草丛，伸掌扑去，有惊喜收获的时候，更多的则是双手扑空。一旦抓到以后，就把它们装在一个小小的竹筒里。竹筒镂空成长条形格子状，外面可以看见里面蛐蛐儿的模样，里面的蛐蛐儿却出不来，竹筒一端用小木桩塞口，可以由人来控制。小伙伴们常常把自己抓到的蛐蛐儿放进一个大竹筒里，让它们比试、打斗，旁边的欢呼鼓劲，很好玩。这种生活成了我童年的深刻记忆，成了我故园情结的象征。记得著名诗人流沙河曾经写过一首诗《就是那一只蟋蟀》：

> 在你的记忆里唱歌
>
> 在我的记忆里唱歌
>
> 唱童年的惊喜
>
> 唱中年的寂寞
>
> 想起雕竹做笼
>
> 想起呼灯篱落
>
> 想起月饼
>
> 想起桂花
>
> 想起满腹珍珠的石榴果
>
> 想起故园飞黄叶
>
> 想起野塘剩残荷
>
> 想起雁南飞
>
> 想起田间一堆堆的草垛
>
> 想起妈妈唤我们回去加衣裳
>
> 想起岁月偷偷流去

许多许多浓浓的思乡怀旧之情弥漫在流沙河的字里行间。就这首《夜书所见》而言，笔者认为，诗人特意写到岸边人家孩童玩蟋蟀的事情，很大程度上，是因为，这是诗人童年时候的生活体验，这是诗人童年时候在故乡最开心、最好玩的活动，诗人看到异地他乡的儿童玩蟋蟀，不免联想起自己童年时候的类似情景，那盏在秋风中闪烁不定的灯，何尝不曾照亮过自己天真快乐的童年？那道沧桑斑驳的篱笆旁边，何尝不曾留下自己奔跑跳跃的足迹？那些三五成群的小伙伴，何尝又不是自己儿童时候的玩伴？唉，风雨沧桑，岁月流逝，我再也回不到童年，回不到故乡，回不到斗蟋蟀的篱笆旁边，那么，别无他法，就祝福那玩得开心的小朋友吧：你们真好玩！

自扯蓬户看晓星

田家十首（其四）

华岳

鸡叫三声天欲明，安排饭碗与茶瓶。

良人犹恐催耕早，自扯蓬户看晓星。

笔者相信一个观点，读一首诗其实就是在寻找诗中的自我，或者说是在寻找一种与读者有缘分的类似生活情景和思想体验，读宋代诗人华岳的诗歌《田家十首》（其四），笔者倍感亲切。诗人用平白朴素的语言，叙说了春耕农忙时节一家人的艰苦忙碌和快乐欢喜，其情其景，令人联想起自己的生活经历来。

诗歌的内容围绕农事展开，男女主人公的形象鲜活逼真，呼之欲出。

先看女主人公。鸡叫三声，天色将明，勤劳的女子就起床了。她是全家的主心骨，她有很多家务活要安排，要操心。第一件事就是生火煮饭，烧水泡茶。农忙时节，活路多，且格外繁重，全家都要出动，到田间地头去劳作。耕田的耕田，锄地的锄地，扯猪草的扯猪草，就连小孩也不例外的。中午时候，可能会休息一阵子，吃吃中饭，接着干活。因为时间不等人，庄稼误不得，农时不可违，女主人非常清楚。因此，她率先起床，麻利地做饭，泡茶，清洗碗筷、茶瓶，弄好之后就带着上路，外出干活。

如果丈夫、小孩还未起床，她还要一一叫醒他们，时候不早了，太阳快出山了，赶快起床，我们得赶在太阳还没有出来之前，乘着天气凉爽，干一会儿活。丈夫和孩子们于是一个个懒洋洋地起床，纷纷准备工具，外出干活。一家人在家庭主妇的安排下开始了又一天繁忙而紧张的劳动。

诗中后面两句写丈夫观察时间早晚的细节，其实也是对这位妇女的侧面描写。一个"催"字，写出了女子紧张、急速的心理，她不希望早上浪费时间，她宁可大家辛苦一点，多干一点活，这样她心里才会觉得坦然一些。

笔者小时候在农村生活，就亲自经历、体验了华岳笔下这种生活情景。妈妈是一家的主心骨，勤劳能干，熟悉农活，每次春耕总是她第一个起床，做饭做菜，盛水泡茶，准备好一家人的中饭，饭菜做好之后，盛好、装好之后，就叫醒爸爸和我们兄妹三人，于是大家立马起床，一起出去劳作，非常齐心，爸爸也决不偷懒。在那些艰苦的岁月里，我们一家的生活并不好过，但父母教会了我们人生最可宝贵的品质，那就是劳动光荣，流自己的汗，吃自己的饭，自己的事情自己干；做人也好，劳动也好，都要勤快。我们农村人没有什么可以和别人相比，就是只有比勤劳，比流汗这一方面了。至今想来，这些源自劳动、源自父母的教诲对于我走向漫长而曲折的人生道路仍然具有重要意义。

再回到诗歌，说说男主人公形象。男子还未睡饱、睡够，他显然抱怨妻子起床太早，也催得太急，但他也很明白，这农忙春耕时节的确拖不得、懒不得。他举手扯开茅草编织而成的窗户，往外面高远的天空望去，看看启明星落下去了没有。如果没落下去，天色还早，可以再睡几分钟；如果不见了，那得赶快起床，因为过不了多久，太阳就会出来了。还有，村子里边，那一声接一声的鸡叫，又叫得他心慌。不管怎么想，都得要起床了，下地干活耽误不得。

短短两句诗，通过一个动作，一个神态，一份心境写活了一个乡村劳动者的真实而复杂、细腻而曲折的心理。应该说，这位男子一点不懒，他很熟悉这样的早晨，他很熟悉这样起早劳作的生活，他理解妻子的心思，他完全能够接受妻子的安排和催促，因为他们对生活、对农事都有一致的认识。一家人，夫妻之间，就这样为了共同的生活目标，忙忙碌碌，辛辛苦苦，他们一点也不抱怨。相反，我们还可以从字里行间读到他们夫妻之间的默契和融洽，读出他们对生活的希望和憧憬。

农村人有农村人表达感情的特殊方式，他们学不来城市人的浪漫和情调，他们不会大呼小叫爱恨之类的字眼，他们对生活的理解，对爱情的体验全都融汇在司空见惯的劳动场景之中。正是这种贴近泥土、源自劳动的感情，最纯洁、最真挚。

这不由得让人回想起古老的诗歌总集《诗经》，其中有类似生活场景的描写："东方明矣，朝既昌矣。匪东方则明，月出之光。"（《鸡鸣》）天快亮了，一个说是星星，时间还早，再睡一会儿。哎，真是"欢娱嫌夜短，寂寞嫌夜长"。年轻人的生活就是幸福快乐。相比他们，华岳诗中这对夫妇就辛苦得多，感情也就厚重、沉稳得多。

整首诗歌还有一个问题值得读者去玩味：怎么不见小孩呢？他们多大年纪了？哪里去了？怎么做母亲的不叫醒小孩？诸多问题，留下悬念，引发读者广泛联想。笔者倒是愿意如此设想：他们虽然生活艰苦，家境贫穷，但是日子过得幸福甜美；他们应该有小孩，而且不止一个，平日里生活一家人总是欢声笑语多，忧戚愁苦少；小孩肯定非常尊重妈妈，喜欢妈妈，一个个都像妈妈一样勤劳能干……因为他们一家扎根泥土大地，勤劳立家做人。

春光已到白桐花

崇安分水道中

方士繇

溪流清浅路横斜，日暮牛羊自识家。

梅叶阴阴桃李尽，春光已到白桐花。

对于有情有意、有灵有性的诗人来说，眼睛就是一部照相机，随时记录变换的风景，随时拍摄精彩的镜头，将这些镜头连接起来就是一首诗，将这些镜头定格下来就是一幅画。宋代诗人方士繇是南宋理学大师朱熹的弟子，精通《易经》，亦对山水风光情有独钟，其诗《崇安分水道中》记录了诗人山行的见闻感触，描绘了一幅幅优美迷人的山水画，让我们体会到自然春光的旖旎迷人，诗人山行的自由闲适，的确是一首亮眼醉心、怡情悦志的佳构。

崇安位于福建省境内，其西北岭上有分水关，接壤江西铅山县界，为闽、赣交通要塞，自古有"入闽第一关"之称。诗人这次爬山涉水，穿山走林，沿着蜿蜒曲折的小路独自前行，身边有潺潺溪流相伴，一路有密茂树林遮阴。走累了，歇一歇，掬一捧清浅溪水，洗脸漱口，消消暑热，清凉身心，也缓解一下山行的疲劳。溪流延伸山间，时而潺缓轻流，时而叮咚作响，时而飞涯成瀑，时而欢畅向前，给幽静的山村增添一点生机，给寂寞的旅途平添一点热闹。

日暮时候，转弯下山，有人家牛羊同行，有村夫孩童相伴，诗人自然又是一番感触。这些放养山林的牛羊，整天生活在山水间，吃草啃叶，轻车熟路，一到黄昏，只要主人一声吆喝，纷纷从山林草丛冒出来，踏上乡间回家的小径，它们和顽皮的牧童一样熟悉这条通往村寨的小路，它们挺着便便大肚，摇摇摆摆地回家。

牧童呢，勤快地跟在牛羊后面，扬鞭吆喝；懒散的干脆骑在老牛身上哼哼唱唱，他们和牛羊一样欢快，高兴，因为他们即将回到温暖祥和的家。诗人呢，不知道还要走多远，不知道还要走多久，也不知道在哪里投宿，他的家在远方，目睹眼前温馨浪漫的"牛羊下山图"，心中翻涌离愁，神思飞越远方。古老的《诗经》有云："日之夕矣，牛羊下来，鸡栖于埘。"牛羊和牧童都有家可归，都安享祥和，诗人呢，由于这样那样的原因却不得不奔波旅途，忙碌辛苦，其间滋味自然令人万分难受。

不过，好在一路的春光并不单调，一路的春意抚慰心灵。诗人看到走完山道，走近村落，小路两旁尽是梅树、桃树和李树，或红或白的梅花，早已凋零殆尽，留下一树树繁密茂盛的绿叶，郁郁葱葱，生机勃勃。桃花李花早已凋谢，枝头挂满了青青果实。乍一看去，绿嫩可人，颗颗分明，恨不得摘下一两颗，尝尝那种青涩麻口的滋味。可以设想，深秋季节，桃李成熟，浅黄深褐，挂满树枝，那该是怎样一幅灿烂诱人的图景啊！

笔者小时候生活在乡村，村子位于山腰之上，一条小路曲折通达山下小河边，小路两旁尽是梨树、桃树。每到秋季桃李成熟季节，淘气的我总要和小伙伴们一起爬上树去摘桃子、梨子；或是拿着一根长竿，骑在树丫扑梨，地面上的小伙伴就东一个西一个地捡拾，直到全身所有的口袋都装满桃、梨才回家去。自然，小伙伴们一个个吃饱了肚子，回到家根本不想吃饭，总免不了父母的一顿责骂。今天想来，那种生活的确有味。方诗人诗中特意点出桃李满径，牛羊成群，牧童欢畅，自然是在暗示一种已逝的美好与幸福。

村庄门口，几株桐油树挺立路旁，枝丫壮大，绿叶繁密，点缀着朵朵白花。放眼望去，绿白掩映，光色灿烂，生机勃勃。原来，春天跑到这里来了！梅树不见春，桃李不见春，桐树春正浓。春天好比一个调皮的乡野姑娘，你找她，她躲着了；你不注意的时候，她突然闯入你的眼帘，让你防不胜防，大吃一惊，多么可爱，多么淘气！春天在诗人眼中就这样好玩、有趣，那一树树白桐花就是一树树明艳的风景，灿烂了诗人的双眸，也灿烂了诗人的旅途。

水村山廓酒旗风

水村闲望

俞紫芝

画桡两两枕汀沙，隔岸烟芜一望赊。

翡翠闲居眠藕叶，鹭鸶别业在芦花。

溪云淡淡迷渔屋，野箬翩翩露酒家。

可惜一绷真水墨，无人写得寄京华。

诗人都是充满闲情逸致的人，也都是热爱自然、热爱生活的人。水村山廓的普通风光，一般人司空见惯，习焉不察，也从来没有兴致去细细体味，可是诗人不一样，他用慧眼去发现寻常风物的浓浓诗意，他用诗心去体会山水风光的别样情怀，他的诗歌如同摄像一般定格了风光的美丽，也定格了心灵的情怀。宋代诗人俞紫芝的诗歌《水村闲望》就是一首融诗情与画意为一体、汇风光与心情为一炉的佳作。

题目是"水村闲望"，全诗围绕一个"闲"字展开描绘，如画风光扑面而来，浓浓诗意沁人心脾。

隔水望去，对岸滩头沙边，两艘画船静静停泊在江面上，空渡无人，

163

悠闲自在。岸上的寒林衰草，隐隐约约，迷蒙邈远，树木参天，枝繁叶茂；远望如一团青烟，升腾而起，缥缈云天。江岸的草，青青绿绿，如烟似雾，扩散开去。整个的画面开阔而迷薄、幽寂而恬美，让人感到宁静、祥和。

写摆渡的船只，曰"画桡"，可见饰绘华美，制作精良。又曰"两两"相"枕"，本是并排一起，静泊水面，可诗人笔下却是成双成对，枕水而眠，变得像恋人情侣一般有情有意，温馨动人。特别是这个"枕"字，则写出了船只空泊的清寂悠闲。船泊水面，成对并排，无所谓闲与不闲，亦无枕与不枕之别，只是在有闲情心的诗人看来，才有如此情趣，如此浪漫。换句话，心闲才见船闲，心静才察水静。这是移情于物的艺术手法的巧妙运用。唐代诗人韦应物也有类似意境营构："春潮带雨晚来急，野渡无人舟自横。"野渡无人，孤舟静泊，自横自竖，随水赋形，何等静谧，又是何等清闲！俞诗也一样，写舟闲实为突出人闲。

诗歌三、四两句写鸟闲。娇小玲珑的翡翠鸟在碧绿的荷叶丛中酣然入梦，亭亭玉立的白鹭则在雪白的芦花中悠闲栖息。翡翠安眠，白鹭静栖，是江畔的亮色风光，烘染出宁静闲适、平和自由的气氛。画面优美，意境迷人。

翡翠鸟，又名翠鸟，羽毛青翠，形体娇小，模样可爱，叫声动听，特别是那两颗眼珠，圆溜溜、水灵灵，异常敏锐，一旦发现江中游动的小鱼小虾，便以飞快的速度啄进水中，动作非常利索、干脆。诗人描写它闲眠静卧，依偎荷叶，非常恬静，非常温和，似乎传达出诗人心绪的自在清闲。

鹭鸶，又名白鹭，也是一种水鸟，两腿修长，嘴喙锋利且长，通体白色羽毛，站立姿态十分优雅，它常常是站立岸边，纹丝不动，静观默察，一旦发现鱼虾，则用长喙啄食。诗人用"别业"来称白鹭栖息，意在烘托白鹭的清静悠闲、自由自在。

翡翠也罢，白鹭也罢，在诗人笔下，均是呈现出一种和平静美的形象，巧妙地烘托出了题中"闲"字意韵。杜甫《绝句》诗云："迟日江山丽，春风花草香。泥融飞燕子，沙暖睡鸳鸯。"以鸳鸯的相拥而眠来传达一种温馨、甜美的生命情趣，巧妙折射出久经流离战乱的老杜对和平安宁生活的向往和珍惜。俞诗与杜诗不同，更多是传达一种诗人对自然风光的迷恋和喜爱。

诗歌五、六两句转笔写江岸人家。淡淡溪云笼罩着渔家小屋，远远望去，一片迷茫；鲜艳酒旗飘扬在村野酒店，夺目生辉。静态与动态相结合，朦胧与明晰相映衬，组合成一幅静谧古朴的画图，隐隐透露出水乡人家生活的安定、平静。渔家小屋，本来十分简陋，甚至寒碜，披上一层淡淡溪云之后，变得像梦幻一般迷离缥缈，增添了许多诗意，这是诗心美化的结果。

乡野酒家，酒旗飘飘，热烈醒目。不见人进人出，不闻人语喧哗，气氛非常宁静古朴，令人想起古老的《清明》诗来："清明时节雨纷纷，路上行人欲断魂。借问酒家何处有？牧童遥指杏花村。"笔者吟咏此诗，脑海中总是浮现出这样一幅画面：竹林掩映的茅舍人家，酒旗飘扬，杏花绽放，习习微风送来缕缕清香。多么诱人，多么优美！同样，俞诗的酒旗风光也有这种诱人神往的效果。五、六两句写渔家小屋，酒家酒旗，烘托出江岸人家生活的清静闲适。

诗歌前面六句均是不动声色地写景状物，精描细绘，突出一个"闲"字，诗歌最后两句则是直抒胸臆，深情赞美水村风光、悠闲生活。诗人想，这恬适静美的水村风光简直就是一幅美丽女红用绸缎绣出来的水墨画图，可惜无人能够画得出来，要不可以寄往京华的官场大院的。以水墨画卷比喻水乡风光，足见诗人的激赏之意、爱恋之情。

不过，诗末点出"京华"二字，又有深意。水村山廓的幽远恬静、淡雅自然，京华皇城的富丽堂皇、喧嚣热闹，形成鲜明的对比，隐隐透露出诗人厌恶繁华尘俗、仕途名利的高洁志趣，诗人迷恋的，向往的就是水村山廓一样的淡泊宁静、闲适自由的乡野生活。回到诗题"水村闲望"，这一"望"不仅仅是指诗人悠闲自在地欣赏水乡风光，更重要的是传达一种生活情趣和心志追求。这一"望"是内心渴望，内心坚守，内心选择，内心迷恋，万千情味蕴含"望"中。

摘尽枇杷一树金

初夏游张园

戴敏

乳鸭池塘水浅深，熟梅天气半晴阴。

东园载酒西园醉，摘尽枇杷一树金。

　　我相信，品诗就是品味一份心情。读者走进作品的情感世界，走进诗人的生命世界，同欢共喜，同忧共悲，进而体会到生活的美好、感情的珍贵，或者觉悟某些人生要义。读理学家的诗，深思细想，发掘真理，有山中探宝之喜；读一般文人的山水诗篇，可以欣赏到一幅幅如画风光，心情倍感快乐、幸福。宋代诗人戴敏的诗歌《初夏游张园》属于田园诗，色调明丽，气氛热烈，意境优美，生活气息浓郁，给人带来欢乐，带来幸福。

　　题曰"游"字，自然点出了诗人赏心悦目、情致勃勃的感受。张园的风光夺目生辉，引人入胜。春末夏初，梅雨季节，江南的天气似阴还晴，变幻不定，那些机灵活泼的小鸭，成群结队，争先恐后地跳下水塘，不管水深水浅，自由自在游乐。池塘清波粼粼之上，游动着一个个淘气调皮的小精灵，池塘似阴似晴的上空回荡着嘎嘎欢叫的声音，好一派欢快、热闹的景象！诗人被张园的风光陶醉了。

　　笔者喜欢"乳鸭"的意象，小小水鸭，愣头愣脑，浅黄绒毛加身，嫩白脚丫着地，跑起来，速度不快，摇摇摆摆，憨态可掬。笔者小时候生活在乡村，也有放鸭河中、田园的经历。初夏的上午，八九点钟的时候，打开鸭笼，以食物作诱饵，以竹竿作武器，一边稍稍撒点食物，一边"利——啦啦——"喊叫不停，把鸭群赶到河里或田中去，任随它们，不再看管。下午天黑之前，又到河边或田坎，"利——啦啦，利——啦啦"地喊几声，熟悉主人声音的鸭们会纷纷向主人所在地方涌来，这些一个个吃饱玩够了的鸭子就在主人的驱赶下，摇摇摆摆地回家了。这种情景的确有趣好玩。

诗中"半"字用得精妙，状写天气忽阴忽晴、变幻莫测的特点，至为准确；同时也传达了诗人的内心感受，迷离恍惚，朦朦胧胧。一树一树的梅子，熟透了，红褐色，硕大果，样子很是令人垂涎。诗歌的魅力不仅在于诗情引人共鸣，也在于生活场景、风光景物唤起读者对所经历生活的有趣回忆，我相信这一点。

张园当在诗人家乡，是一大片果园，以枇杷为主，诗歌三、四两句就描写了果农丰收欢乐的生活情景。每一座果园都在庆贺丰收，不知醉倒了多少人！那满树金黄色的枇杷，带给果农无限欢乐。年成好，果园丰收，理当庆贺，偌大园子，到处是欢笑的声音，到处是陶醉的笑容，整个园子就是一座欢乐的海洋啊！

一个"醉"字不仅状写果农欢饮至醉的情态，更折射出人们幸福快乐的心情。他们热爱生活，热爱家乡，他们勤劳能干，经营自己的生活，有滋有味，有声有色，焉能不醉？同时从读者、诗人这个角度来看，这个"醉"字，其实也流露出诗人、读者深深地被果园的气氛所感染，满心欢喜、无比幸福的感觉。

"一树金"这种表达属于超常搭配，本来是一树枇杷，颗颗饱满，金黄灿烂，耀眼生辉，令人垂涎，诗人形象描绘为"一树金"，给人的感觉就是一树金子，一树丰收，一树欢悦。快乐洒在枇杷树上，欢笑回荡在果园上空，果农们欢天喜地，心花怒放啊！为了生活，干杯！为了幸福，干杯！他们用最朴素的方式来表达自己的满足和幸福。

记得唐代诗人王驾写过一首诗《社日》："鹅湖山下稻粱肥，豚栅鸡栖半掩扉。桑柘影斜春社散，家家扶得醉人归。"村外风光是鹅鸭成群、鱼虾满塘；村里风光是猪满圈、鸡栖埘；家家的风光是吃饱喝足、大醉而归，真可谓五谷丰登、六畜兴旺、民生欢乐啊！丰收的喜悦、生活的富足是诗歌要表现的主题，与宋代诗人戴敏的诗类同，二诗可以参照赏读。

戴敏热爱生活，笃好诗歌，据《宋诗钞》册三《东皋诗钞》记载，戴敏临死前对亲友说："'吾病革矣，而子幼，诗遂无传乎？'太息而卒，语不及他。"似乎诗人生为诗歌而来，死为诗歌而去。这首《初夏游张园》，诗人用心用情，用欢乐、用幸福感染我们，陶醉我们。我明白，读诗并像诗中描写的情景那样生活，真的很幸福。

四月里来好风光

田家三咏（其二）

叶绍翁

田因水坏秧重播，家为蚕忙户紧关；
黄犊归来莎草阔，绿桑采尽竹梯闲。

如画的田园永远令人向往，如诗的村居永远令人眷恋。田园村舍在一般人看来，也许平淡无奇，司空见惯，但在诗人眼中则是充满诗情画意，令人魂牵梦绕，心向神往。宋代诗人叶绍翁的《田园三咏》（其二）就是这样一首勾勒田园风光、点染自然诗意的佳构。

四个句子，一句一景，动静搭配，张弛相映，画面清新和谐，情调疏朗空灵，诗歌给人以丰富的联想和愉悦的美感享受。

春夏之交，雨水较多，洪水泛滥，常常淹没良田，冲毁道路，侵害家园。诗人看到，这个不知名的村庄，一片田园因为洪水冲毁，禾苗损毁殆尽。这个时候，人们正在补插秧苗，一行行，一列列，方方正正，整整齐齐，构成了一道亮丽的风景。农人们忙碌劳作，无暇休息，有的挥手抛秧，有的弯腰插苗，有的拉线吆喝……各家各户，倾巢出动，各司其职，各尽其责，既忙碌紧张，又秩序井然。农民们知道，一年之计在于春，田园稻秧就是他们一年的希望和生活依靠，他们不能错过农时，他们不能因为洪水损毁稻秧而弃置不管，他们用心劳作，对生活、对未来充满了希望。

这种场景，有农村生活经验的笔者体会尤深。曾记得小时候，十一二岁就跟着爷爷奶奶下田劳作，我的任务是带一小方凳，坐在浅水秧田扯秧，然后把秧扎成把，放在水里，等妈妈来把这些秧把挑走。爷爷和爸爸，他们体力好，就专门负责在水田插秧。爸爸插秧很有讲究，秧苗与秧苗的距离要均匀，秧行要成直线，纵横交错，方方正正，远远看去就像是画在水田里密密麻麻的四方格子。有时候，爸爸为了把秧插得直行规整，还要先拉上绳线，然后按照尺寸插秧；当然，技术熟练以后，全靠手艺，全靠目测。爸爸是一个插秧好手，总是一上午不到的时间，就插完了大片水田。

童年的我喜欢那些横竖规整的秧苗，喜欢那些充满绿色的生机，更佩服爸爸那一手插秧的绝活。时至今日，每每读到类似叶绍翁这些描写农家春耕劳作的诗歌，总会情不自禁地回想起童年，回到家乡，回到那白水亮亮的秧田，那里有勤劳的人们，有碧绿的稻秧，还有可敬可亲的父亲。田园是一道记忆永不褪色的风光，深深地烙在我的心里。

再把目光拉近，看看村里人家。家家户户养蚕忙，里里外外静声悄悄，这可是大事，养蚕织布，穿衣吃饭，样样都不能少，村子里人明白这一点。江南地区，养蚕较多，禁忌也较多，不得喧哗，不得口无遮拦，不得随意进出，更不允许陌生人进出蚕室，蚕室要保持整齐干净，蚕叫要不温不干，行走要轻手轻脚，养蚕之前更要驱鬼避邪……总之，有许多禁忌，许多规矩，这种风俗，明代谢肇淛在《西吴枝乘》中曾有记载："吴兴以四月为蚕月，家家闭户，官府勾摄征收及里甲往来庆吊，皆罢不行，谓之蚕禁。"

　　叶绍翁诗中只用"忙"和"关"两个字，就活生生地描绘出蚕农村庄特有的氛围。鸡鸣犬吠不闻，人语喧哗不至，村里村外安静，人人忙忙碌碌，字里行间透露出一种紧张有序而又安宁清静的氛围。当然，村居的人们是勤劳的，他们关门闭户，侍候幼蚕，轻言细语，轻手轻脚，可谓小心谨慎，用尽心思。相比诗歌第一句的插秧场面而言，前者热闹有声，紧张有序，后者安宁清静，忙而不乱。两幅画面给人的感觉是人们勤劳能干，心灵手巧，心思周密，热爱生活，热爱劳动，自有他们的欢乐和幸福。这一方天地属于他们，他们耕耘在希望的田野上，他们忙碌在幸福的家园里。劳动最幸福，家园最美丽，生活最快乐。

　　再把目光移开，诗歌三、四两句各自描绘了一幅悠闲静谧的图画，一幅是春耕晚归图，活泼好动的小黄牛耕田归来，正在郊外宽阔的草地上悠悠闲闲地吃草，不时哞哞几声，表达自己的欢快与满足。黄与绿，色彩配合，醒目生辉，增强了画面的视觉冲击力。自由、宁静、和谐、温馨，这是画面传达给人们的心理感受。养过牛的人对牛特有感情，尤其是诗中这样的小黄牛，与人相亲，性情温和，乖顺可爱，似乎也总能领会人的意思，很好玩，很有趣味。它很知足，很享受眼前的萋萋芳草。画中不见人，似乎也不需要人去破坏画面的宁静，去打扰小黄牛的生活。但是，我们可以读得出来主人对小牛的疼爱，诗人对田园归耕的诗意感受。

　　另一幅画是竹梯闲置图。碧绿茂密的桑叶，经过一段时间的采摘，消失殆尽，只留下疏疏落落的枝丫。空空荡荡的竹梯已无用武之地，被暂时闲置在茅舍的一隅，静无声息，默默不语，似乎完成了自己的任务，安心安意地待在一边，不打扰主人，也不愿意被人来打扰。一个"闲"字写出了它的宁静悠闲，更折射出诗人的幽情雅趣。诗人向往这种宁静，这种朴素，这种简单。农村有农村的幸福，农村有农村的诗意，诗人发现了，并用文字记录下来，引领我们去体验，去分享。我们不难体会诗人的发现之喜与满足之感。

竹梯也是一个很能引发人们好奇心的东西。笔者生活在农村，小时候也养过蚕，不过我们家乡没有大规模地养蚕，也无蚕农，只是养蚕玩玩，喜欢蚕的白嫩可爱的体形，喜欢它们蠕动着身子，吱吱有声地吃桑叶的样子。当然我们采摘桑叶是爬上树去，不用梯子，因为需求量不多，不像江浙、吴兴地区要用竹梯。诗中这竹梯自然也见证了蚕农的辛苦勤劳，见证了蚕农的快乐和忧伤。

全诗来看，农家生活的确是井然有序，特色鲜明。一、二句写忙，写动；三、四句写闲，写静。一动一静，一张一弛，一人一物，一忙一闲，两相映衬，情趣盎然。诗人陶醉在这个天地，平和宁静，悠闲自在。我们也向往这份古朴、幽深、淡远；这份意味隽永。什么是家园？什么是快乐？陶渊明诗云"人生归有道，衣食固其端"，回归农村，回归自然，回归泥土，回归劳动，回归粮食，这才是心灵安顿所在，这才是幸福之源。

一场夏雨送秋凉

雨多极凉冷

韩淲

焉知三伏雨，已作九秋风。
木叶凉应脱，禾苗润必丰。
地偏山吐月，桥断水浮空。
鸡犬邻家外，鱼虾小市中。

有句流行歌词是"跟着感觉走"，对于诗人来讲，风光景物是诗，对风光景物的细微感受更是诗，诗人的职责在于把这种优美的风光和舒心惬意的感觉传达出来，与读者分享，让诗歌在愉悦自己的同时，也愉悦读者。宋代诗人韩淲写过一首凉快诗《雨多极凉冷》，描写秋夏雨凉风光景物，历历如画，清凉爽快，怡情悦性。

对于这场秋夏雨风，诗人未做任何准备，始料未及，大为惊讶：明明是一年之中的三伏天气，热浪滚滚，酷暑逼人，怎么一下子就化作了九月的凉风？热凉变化，悠忽之间，太神奇，太突然了！可是，对于忍受炎炎盛夏的诗人来说，这是一个振奋人心的好消息。在高兴的诗人看来，触目所见，触耳所闻，无不欢欣鼓舞，兴高采烈。诗歌一开篇就给全诗定下感情基调，风雨忽至，酷热顿消，万物清凉，大快人心。那么，接下来，诗人看到了哪些景象呢？又有怎样的奇妙感受？诗歌后面六句随即回答这些问题。

我猜想，漫山遍野，枯黄的树叶都会在这习习凉风中悄然脱落吧，郊外田野碧绿的禾苗得到凉雨滋润一定是丰收年成吧。诗人内心畅快，清凉，充满了期待，他关注每一片枯黄的树叶，似乎它们的飘零，风吹雨打，不算什么不幸和灾难，倒像是享受清风，享受雨凉，享受飘飞空中的快乐。诗人更关注每一株禾苗，它们苗壮成长，抽穗结实，农民一年的生活才有保障。民以食为天，诗人以苗为乐。诗人笔下，禾苗长势喜人，似乎也对这场风雨秋凉感怀万分呢！一个"必"字，写出了诗人的欣喜和兴奋、期待和憧憬，也暗示出禾苗的长势和生机。

禾苗沐雨而长，这是一种再正常、再普通不过的自然现象了，但是，许多人不关注，不重视，因为他们居高自傲，不屑低头俯视芸芸众生。诗人不同，他关注农民，他理解庄稼长势对于农民来说意味着什么，他清楚风雨到来又会给农民作物带来怎样的变化，他为农民粮食丰收而高兴，他清凉畅快的心理感受之中融进了对自然的热爱，对农民的关注。

诗歌前面四句侧重写诗人的内心感受，当然这种对风雨清凉的感受是蕴含在景物描写当中的；诗歌后面四句着重写诗人一大清早出门赶早市的一路所见，描写风光景物，细腻真实，有情有意。偏僻的山村，后山渐渐升起一弯新月，天地空明，异常宁静。郊野的小桥正被淹没，不见身影。茫茫河水，映着朗月，波光粼粼，浮漾碧空。夜晚的景色很美，夜晚的天气很凉快。月出山凹，一点一点上升，一步一步挪移，散发出清凉的光。雨后的空气，雨后的村庄，都是一派清凉。

月出山间，用一个"吐"字，非常清新，非常灵动，暗托诗人的惊喜之心。写河水浮动天空，天空倒映河水，诗人用一个"浮"字，既轻盈荡漾，又波澜不惊，恰到好处，妙手偶得。一幅水天相映、波光荡漾的画面活生生地呈现在读者眼前，画中融进了诗人开阔、爽朗的诗意感受。

第二天一大早，天空放晴，凉风习习，诗人怀着无比欢畅的心情到集市上去走一走。他看到，邻家那些鸡犬，比他还高兴，纷纷趁着天晴，撒欢似的奔向远处的郊野之地，鸡鸣狗吠，非常热闹。小镇的集市上呢，到处都有鱼虾活蹦乱跳，渔民丰收了，他们都在兜售自己的战利品呢！一个个笑容满面，热烈地叫卖，此番场景令诗人倍感激动。诗人高兴，风雨之后的世界一派清凉，但他不直接表达这种高兴、舒心，他是借助鸡鸣狗吠、鱼虾蹦跳、市人叫卖等景象来表达心情。读者在品读诗句的过程中，自然会被这种欢快的气氛所感染，自然会久久沉湎其中，回味无穷。

有句话这样说，你不可以改变天气，但你可以改变心情。对这首诗而言，我想换个说法，雨可以改变天气，更可以改变心情，诗人通篇描写与"雨""凉"相关的景象，处处传达喜悦欢畅之情。雨润万物，雨凉天地，雨润心灵，雨爽精神。于是，我们记住了，一场秋雨带来的一场秋凉，还有世俗乡村生活的迷人图景。

临平道上风弄柳

临平道中

道潜

风蒲猎猎弄轻柔，欲立蜻蜓不自由。

五月临平山下路，藕花无数满汀洲。

万物有灵，心性相通，人要能够和自然景物交流，首先必须平心静气，忘怀尘俗，抛弃欲念，特别是要摒弃功名利禄之心、贪权恋位之念，以一颗纯净、本真的心去自然沟通，才可能达到天人合一、物我相融的境界。读宋代诗僧道潜的小诗《临平道中》，笔者就深深震撼于道潜的自由和宁静、诗情和画意。

诗歌大概是描写临平道上的风光景物。四句诗，三幅画面，一样的神韵，一样的生气，散发出清新迷人的艺术魅力。

五月的河风轻轻吹拂蒲柳，柳枝婀娜，像是在翩翩起舞，又像是在临流照影，柔媚多姿，意态迷人。风虽然猎猎有声，又急又快，但蒲柳枝条却是百般娇柔，轻舞飞扬。风与柳，一吹一舞，一呼一应，非常默契，非常和谐，犹如相依相伴的情侣，柔情蜜意，绵绵不断。

诗人笔下的风景极富灵性，极具情韵，隐隐触动诗人敏感的心灵。一个"弄"字，用得很诙谐，很风趣。风戏柳，柳逗风，风柳逗乐，轻快飘柔，情意绵绵，让人感到自然画面的温馨和谐，也诱发读者对自由、快乐而又融洽、幸福美好生活的联想。

笔者乐意用青年小两口那种耳鬓厮磨、卿卿我我的关系来比附风柳，因为这种联想品味的过程，实在让人想入非非，乐不可支。本来，风吹柳动，无情无义，无重无轻，可是在有情有味的诗人看来，却是如此浪漫多情，如此风雅脱俗。其实，这正折射出诗人内心的温柔情怀。心怀轻柔则所见轻柔，心怀风雅则所见风雅。诗人的自由欢快，诗人的轻盈风趣，全都飘在柳上，吹在风中。

河风给蒲柳带来轻快与欢乐，也给蜻蜓带来惶恐与不安。你看，那几只小巧可爱的蜻蜓拍打着薄薄的翅膀，想平衡身子站立柳叶之上，可是，对她们来讲，风也许太大了一点吧，柳叶飘摇，蜻蜓也随之摇摇晃晃，站立不稳。或掉下去，落地无声；或惊吓而飞，随风飘散。她们想站立而不能，想自由而不得，满肚子的不高兴，不痛快，怨这风，吹得不是时候；怨这柳，摇得不够轻盈。多么淘气而精灵的蜻蜓，多么轻盈而活泼的小生命，有灵有性，有情有趣，煞是可爱。

诗中一个"欲"字，拟人生情，绘姿绘态，活画出蜻蜓风中飘摇、努力挣扎的姿态，惹人怜惜，惹人心疼。一个诗人如果不是热爱自然，敬畏生命，断然不会有这种体恤呵护、同情悲怜的情怀，由此，我们看到了诗人那颗善良温柔、充满仁爱的心。唐代诗人王驾曾写过一首诗《雨晴》："雨前初见花间蕊，雨后全无叶底花。蜂蝶纷纷过墙去，却疑春色在邻家。"你看，那些可爱的小蜜蜂，找不到花朵，非常气恼，因为风吹雨打，凋谢花朵，但她们又不甘心，纷纷飞过邻墙去，她们怀疑美丽的春色一定藏在邻居家院子里，她们找到了美丽的花朵吗？我们不知道，但是，她们的淘气可爱、活泼精明，却深深地刻在我们脑海里。蜂也罢，蜻蜓也好，都一样的可爱活泼，一样的情趣盎然，显然，这些描写都是诗人心灵情趣的折射，生命意识的流露。

诗人还看到，临平山下，水边平地，水中沙洲，那些沼泽池塘，到处开满了火红灿烂的荷花，远远望去，一大片一大片，红绿相映，分外迷人。这是五月仲夏时节，阳光映照荷塘，风光浓艳生辉。杨万里不是有诗这样描写荷塘吗？"接天莲叶无穷碧，映日荷花别样红。"白居易也有词云："日出江花红胜火，春来江水绿如蓝。"一样的热烈醒目，一样的生机勃勃。

绽放的荷花是盎然生意的展示，也是诗人快乐心情的折射。也许五月仲夏的临平山下，正是烈日当空，酷热难当，但是诗人感觉不到；或者说，这份炎热被诗人的心灵屏蔽了。诗人眼中、心中只有一大片的荷花，他为这份热烈而欢呼，他为这份幽静而赞叹，有花相伴的旅程注定不孤单，有荷相照的心灵注定高雅。诗人用盛开的荷花宣示了一场旅行的光明亮丽，诗人用火红的荷花给万千读者带来永远的欢乐。

诗人经过临平道中（临平，山名，在浙江杭州市东北），不知道他从哪儿来，也不知道他要奔赴何方，更不知道他有何事。看不出有没有人一路同行，我们只看到一路风光，一路欢畅，风在轻轻地吹，柳在轻轻地摇，蜻蜓在苦苦挣扎，荷花在静静绽放。无一种风物不含情带意，无一种风物不洋溢性灵。诗人没有告诉我们他的心理感受，但他用如画如诗的风光捎给我们一份对生命的感动、对自然的赞叹。

数峰无语立斜阳

村行

王禹偁

马穿山径菊初黄，信马悠悠野兴长。

万壑有声含晚籁，数峰无语立斜阳。

棠梨叶落胭脂色，荞麦花开白雪香。

何事吟余忽惆怅，村桥原树似吾乡。

行走山川，迷花恋草，是一件很浪漫、很惬意的事情，但是也有思乡无计、怅惘若失的心灵隐痛。作为诗人，体验并表达这份喜忧参半的经历，是一种释放，一种欣慰；作为读者，走进诗人的内心世界，欣赏自然风光，体味游子情怀，绝对是一份独特而奇妙的体验。读宋代大诗人王禹偁的《村行》，笔者就有这样的感受。

傍晚时分，夕阳西下，诗人骑马穿过山林小径，山野村居的风光让诗人深深陶醉，静谧平和、天人合一的意境让读者沉迷不醒。

那是菊花初黄的深秋季节，那是夕阳斜照的傍晚，那是远离尘嚣的山居村野。诗人信马由缰，缓步前行，不知道他从哪儿来，不知道他要走向何方，只知道，他眼前是一片优美而神奇的风光，只知道诗人诗兴大发，信口吟咏，皆成妙章。小径菊花开，马儿悠悠行，山野风光好，诗兴心中来。

"信马悠悠"是无牵无挂、无拘无束的自由，是闲适散漫、随性随心的潇洒。马在山中走，人在画中游，不加选择，无须分辨，满眼皆是如画风光，如诗景物。"野兴"是诗人触景而生、突如其来的雅兴，是兴致勃勃、有滋有味的诗情，褪去了喧嚣尘世的浮华污浊，带有山野乡村的纯朴本色。一切那么自然、真实，那么朴素、古拙，让人感觉轻松自由。也只有在这样落尽铅华、不加雕饰的天然风光中，人才变得纯粹而简单。人是自然的一分子，人也是无限风光的一部分啊，不要唯"人"独尊，不要"自高自大"。你看诗人早已融入了这片风光，早已变成了与风光对话，消弭于风光的风光。

近处幽深的山谷，发出长长的回响，这是晚风的回荡。远处秀丽的山峦，沐浴灿烂的夕阳，无语凝眸诗人。那些可爱的棠梨树叶儿，在晚风吹拂下，飘然而落，镀上金色晚霞，染成胭脂美色，犹如少女羞涩的面庞。荞麦花开，一片雪白，芳香四溢。多么迷人的风光，多么平和的世界。有声有色，有姿有态，有滋有味，有情有意，这就是诗人的高明，给声光色态留影，把一片风景写活。

"万壑有声含晚籁，数峰无语立夕阳"是千古传诵的名句。万壑本无声，因晚风吹动而自成天籁；数峰原有语，因夕阳抚慰而静默无声。有无相通，意趣天成。"万壑"是夸张，渲染千沟万壑、山鸣谷应的浩荡声势。"晚籁"是天真，凸显风过山林、空谷传音的悠扬。秋风吹过山谷，山林如涛如鸣，沟谷如鸣如咽，一派天籁，皆为妙音。这是山野乡村能够听到的最纯正、最动人的音乐，纯净自然，朴素本色，不似尘世喧嚣乱耳，不似人间丝竹惑心，不似酒筵歌舞乱神。"无语"写山峰，拟人生辉，脉脉含情。人对山而忘言，山对人而无语。山与人，天与地，契合无间，融为一体，营造了一种静穆典雅、悠远凝重的氛围。人与山，如朋如友，面面相对，不言不语，灵犀相通。

陶靖节诗云"采菊东篱下，悠然见南山"，诗人漫不经心地一望，南山故友撞入心目，说不尽有多么惊喜，多么激动。这份惊喜无须言语表达，默会交流，一"见"足矣。李太白诗云："众鸟高飞尽，孤云独去闲。相看两不厌，只有敬亭山。"天地万物、人间万类都在遗弃诗人，先后离诗人远去，唯有敬亭山，与诗人不离不弃，相依相伴，而且，无言无语，久久对视。言语会破坏心灵的交流，言语会冲淡静谧的氛围，唯有"无语无声"，才是山人合一，灵犀相悦！王禹偁的"数峰无语"，写人与山的默会交流，写人与山的闲适散淡，写人与山的潇洒出尘，极尽神妙，自成高格。

对于山峰沟谷、秋风夕阳，诗人的描绘可谓用心用情，深刻过人。对于风吹叶落、花开香散的歌咏，则又另是一番滋味。棠梨带叶，本是枯萎凋零，生意萧索，给人以衰飒无奈之感。但是，诗人却发现了飘逸的舞蹈，灿烂的颜色。你看，叶落随风，飘飘而下，几多自由，几多轻灵；你再看，落叶镀金，如施胭脂，几多明媚，几多美丽。不是落叶的飘零，而是生命消逝前的华美转身；不是秋风无情，而是多情秋风演绎一段动人的舞蹈。荞麦花开，诗人欣赏它又白又香，如雪花灿烂，又浓香扑鼻，这是诗人的发现，这是心灵的欢歌。可见，诗人行走山径，不是走马观花，浮光掠影，而是全身心投入，细细观赏，慢慢品味。

需要指出的是"白雪香"这种表达，似乎给人一种雪落余香的奇妙感觉，雪本无香，心香则雪香，心明才眼亮，诗人这里用"白雪香"这种奇特的组合表达了一种独特而奇幻的体验，充满诗意，耐人寻味。

山行的风光很美，很迷人，以至于对于一抹夕阳，一缕山风，一片落叶，一朵花开，一声天籁，一座山峰，诗人都表现出强烈的兴趣和深深的喜爱。他一往深情，流连忘返，他细品慢赏，诗兴勃发……但是，不知不觉，不知何故，心中突然涌起一股惆怅，这原野，这树林，这小桥，这村庄，这山花，这峰峦，这夕阳，多像故乡的风光啊！爱风光如爱故乡，行山村如走故园，可是，故乡在哪里？故乡不在眼前，故乡远在天涯，他乡再美非吾土，游子思乡情意长。在夕阳落山的时候，在秋风瑟瑟的时候，在万山静默、落花无声的他乡，诗人只能怅然若失地久久站立！

诗心相约在夏季

中牟道中二首（其一）

陈与义

杨柳招人不待媒，蜻蜓近马忽相猜。

如何得与凉风约，不共尘沙一并来！

在诗人看来，万物有灵，生命平等，你把世界当朋友，世界回报你友善；你视生活为仇敌，生活回报你以仇恨。人与自然，人与世界，和谐相处，共荣共生，方能乐趣无穷，生机勃勃。读宋代江西诗派代表作家陈与义的诗歌《中牟道中二首》（其一），你会觉得，放慢前行的脚步，留意道旁的风光，与风景对话，与自然欢乐，真是一种人生享受。

初夏季节，雨来之前，风吹柳舞，蜻蜓翻飞，尘沙满目，诗人不是心怀恐惧，躲避逃跑，而是兴致勃勃，细细欣赏，用诗歌记录点点滴滴的物候现象，用双眼摄下有情有意的画面，给我们呈现出一个诗意迷人的世界。

道旁的杨柳经不住风的撩拨，摇曳枝条，飞扬激情，向人讨好卖乖，对人大胆挑逗，其态张扬，其情炽烈。不像一般的景物描绘，倒像朋友之间的戏谑，男女之间的爱恋，没有离别的缠绵和痛苦，没有对视的悲戚与无奈，只有风一样的猛浪激情，只有柳一样的张狂动作，只有人柳之间的默契深情。

注意诗中的"招人"和"不待媒"的表达。本来，人柳不同类，不同道，不同心，不同情，我从不认识你，你也从不认识我，甚至我们之间根本不可能认识，不可能沟通交流，但是，诗心超越了这种分野，有情消融了无情。柳枝竟然会热情主动地招呼诗人，讨好诗人，献媚诗人。无须介绍，无须提醒，自觉自愿，自然自在，就像人与人之间的交往，融洽和谐。

"媒"的本义是媒人，媒人是牵线搭桥、传情达意的使者，用在此处，似乎让人想到，亭亭绿柳宛如一位美丽多情的姑娘，在山间，在村野，在路途，遇到心仪的少年就会大胆出击，热情挽留。如此看来，杨柳招人，就不是一般的景和情，而是炽热、有趣的恋情。诗人以爱恋之心描绘道中风光，委实别致、深情。

多姿多彩的蜻蜓，翩翩起舞，有时飞近马前，落在诗人肩上，与人相亲相近；有时又远远飞开，似乎怀疑诗人的善意好心。蜻蜓无知，诗人有意，移情于物，蜻蜓生情，她们与人相亲相近，也相猜相疑，忽远忽近地飞，忽高忽低地飞，自由而轻快，多情而机警。诗人的描绘与体验高度逼真，活灵活现。

笔者小时候生活在农村，有过捉蜻蜓的有趣经历。找来一根竹竿，一端裂开为两半，用短木支开，形成一个三角形叉子，再用竹叉去墙头屋檐给绕上密密麻麻的蛛丝，形成一张三角形的蜘蛛网，此网极富黏性，正好用来捕捉蜻蜓。小孩子嘛，喜欢玩蜻蜓，一旦看见蜻蜓站在树枝梢头，或是花木丛中，便举起竹叉，轻手轻脚走过去，瞅准时机，轻轻往蜻蜓所在位置一罩，一只活生生的蜻蜓就被网住了，动弹不得。没有竹网，也有用手抓蜻蜓的趣事，轻手轻脚走近蜻蜓，张开手掌，猛地一罩，很容易就捉住了蜻蜓。这些经历既好玩，又有趣。小孩子非常喜欢蜻蜓，因为蜻蜓有一个特点，你不侵扰它，它不害怕你，时远时近，时快时慢，自由飞翔；你若对它有敌意，它会变得格外敏感。

据此来看，诗中所写，忽近忽远，相亲相猜，倒是有趣而准确的。更重要的是，诗人写出了一种童心稚趣，他喜欢这些一路同行的蜻蜓，他欣赏她们的轻盈灵活，他懂得她们的机警多情。有蜻蜓陪伴的旅途，注定浪漫有趣。

在柳枝的招惹中，在蜻蜓的陪伴下，诗人骑着马，沿山间小道轻快前行，风越来越大，越来越猛，不时挟带沙尘，扑面而来，让人有迷蒙不适之感。前面的勃勃兴致也随风消散了一些，诗人开始埋怨，责怪这不通情意的风，他想与这恼人的凉风相约：会面时，你能不能不带尘沙，单独前来？夏风习习，清凉宜人，舒心惬意啊，如果扬尘含沙，让人双目难睁，两面蒙尘，多有不爽。诗人的请求合情合理，无可非议，可是，我们要问，夏风会答应诗人的请求吗？会理解诗人的难处吗？生活现实是，他们会把诗人的话当成耳边风，一吹而过，一吹而散。但是，诗人不管，也不愿意这样去想，他相信风，他相信风通事理，达情意，不会不帮这个忙的，因为风也是诗人的朋友啊，朋友就得讲点情义嘛，这不错啊！你看，诗人在说"疯"话，开玩笑了，但是于玩笑之中，我们体察到了真情，于"疯"话当中我们看到了风趣。一风一语皆情意，寻常景物含诗情。

笔者相信，对于诗人而言，先有好心情，才有好风光，然后才有好诗歌，这首《中牟道中》实际上就是抒写好心情，好风光。杨柳情意绵绵，大献殷勤，激动了诗人的心；蜻蜓轻舞飞扬，相近相猜，困惑了诗人的情；夏风不约而至，含尘带沙，迷离了诗人的眼。诗人与夏天有一个约会，明年相见，一路欢心！

多姿多彩骑牛图

骑牛图

严粲

乃翁骑牛驴驮儿，松间提挈群童随。

驴逢短桥儿回顾，牛背推敲了不知。

生活如诗，趣味如诗。读宋代诗人严粲的诗歌《骑牛图》，笔者就有一种感觉，诗歌就是对生活场景的客观记录，诗歌就是努力发掘生活的情趣，并与读者一道分享这些情趣，从而使读者也体验到生活的快乐。诗歌描写了三幅有趣的生活图景，给人留下深长回味。

不知道父子二人为何一个骑牛，一个骑驴，反正这骑牛骑驴的父子场景一出现就让人觉得格外有意思。

儿子骑驴，走在前面，父亲骑牛，跟在后面，不知他们二人要到哪里去，又要去干什么。先是穿过一片树林，来到一座桥边，儿子害怕，小桥危险，小河流水，这一过去，稍不留神，人和驴岂不一同跌进河里？他担心，他回头，想请教一下父亲，该怎么办。没想到，走在后面的父亲凝神专注推敲他的诗歌，完全没有觉察儿子的神情。父子两人一个是胆战心惊，频频回头，生怕有什么闪失；一个是如痴如迷，浑然不觉，忘记了时间，忘记了周围的一切，沉浸到他的诗歌境界中。

　　而且据此推知，做儿子的先前骑驴穿过山林，一路好走，心情应是特别开心的、高兴的，他觉得好玩啊，不需要有什么目的，不需要具体干什么事情，就是骑上驴子，溜一溜，逛一逛，也是一件好玩的事情。笔者记得小时候在农村放牛，出去也好，回来也好，总喜欢骑在牛背上，慢慢悠悠地走，时不时吆喝一两声，驱赶老牛快点走，那种颤颤悠悠、摇摇摆摆的感觉真是过瘾。因此，笔者读这首诗的时候，斗胆猜想，那些手拉着手，跟在父子二人后面的儿童们，想必除了看热闹、看新鲜之外，还十分好奇，十分羡慕父子二人呢！特别是盼望自己也能像那个小孩一样，坐在驴背上，悠悠前行，自在逍遥。童趣载在驴背上，童趣飞扬在丛林中，童趣也写在孩子们的眼睛里。

　　父亲吟诗，儿子也许不懂，跟在后面的孩童们也许不懂，但是，那副专注忘我的神态，那种手推手敲的动作，让孩子们感觉到很好玩、很好奇。另外，从父亲这个角度上看，倒是自得其乐，沉醉其中，骑牛吟诗，摇头晃脑，手动神飞，不也是一件很快乐、很奇妙的事情吗？唐代诗人贾岛骑驴出游，偶有佳句，则立即记在纸片上，丢进布袋里，待到回家时再拿出来整理。又有传说，贾岛骑驴，吟诗作想，手做推敲之状，太过入神，竟然冲撞了当时的京兆尹韩愈的马队！韩大人也是一个酷爱诗歌之人，得知事情原委之后，不仅没有半点责怪贾岛的意思，而且还和贾岛兴致勃勃地讨论起来，到底是"推"好还是"敲"好，最后结为好友。

　　这是文坛佳话，文人的情趣总是相通的，文人对于诗歌的热爱和痴迷总是相似的。严粲诗中这位父亲就是贾岛一样的人物，我行我爱，我痴我迷，不顾流俗，忘怀周围，爱诗之心令人肃然起敬。当然，他前面有儿子，有小桥，再不惊醒，那就危险万分了！儿子如何叫醒父亲，群童如何捏把冷汗，后面父子两人又如何过桥的，诗歌没写，留下空白，让读者去猜想。这种猜想，意味深长啊！

　　诗中还有一群可爱的小孩子，他们一看到这父子两人骑牛、骑驴一同闪亮登场的情景，就觉得好奇、新鲜、刺激、好玩，以至于一路跟随，穿过树林，也跟到小桥。他们一个个瞪着大眼睛，手拉手跟在后面，不出声音，不愿打扰父子两人，心中就是觉得好玩！

记得李白写过一首诗《襄阳歌》，诗中有这么几句："落日欲没岘山西，倒著接蓠花下迷。襄阳小儿齐拍手，拦街争唱《白铜鞮》。旁人借问笑何事，笑杀山公醉似泥。"李白说自己像当年的山简一样，日暮归来，烂醉如泥，被儿童拦住拍手唱歌，引得满街喧笑。李白醉酒，儿童开心啊！那醉相太好玩了。

生活就这么有趣、快乐。与李白诗中的场景不同的是，严诗中的群童没有拍手，没有唱歌，没有欢笑，他们只是好奇，有紧张，有不解，有担心，有刺激，他们的快乐藏在心里，他们的开心写在眼里。生活总是相似的，儿童永远幸福。

一首诗，三幅生活场景，一样的有趣，一样的意味深长。品读这样的诗作，你会觉得生活很有意思，小孩很可爱。童心就是诗心，童趣就是诗趣。

牛背牧童酣午梦

云边阻雨

刘宰

蔷薇篱落送春阑，笋箁园林早夏闲。

牛背牧童酣午梦，不知风雨过前山。

流连山水，陶醉田园，与花朵同开放，与小河同流淌，与白云同飘浮，与风雨同喧哗，用心用神入情入境，这是一种物我相融、情景相生的境界，也是一种心游万物、酣畅淋漓的诗意。宋代诗人刘宰的山水诗《云边阻雨》就为我们描绘了这样一种境界，这样一番诗意。

全诗写景，句句是景，历历如画，但又笔笔含情，意味隽永，诗人的山水情怀和田园爱恋表现得淋漓尽致。

春天，从开满蔷薇的篱笆上悄悄逝去，桑园竹林里荡漾着早夏的气息。诗人一开篇似乎是在给我们展示一幅春去夏临的静态图景，静中含动，景中含情。蔷薇花开，明媚灿烂，赏心悦目，如此美好的花朵日渐凋落，日渐飘逝，不也让人感到很伤感吗？花朵是生命的写照，花朵是活力的印证，花朵是美好的代称，诗人眼睁睁地看着心爱的蔷薇衰谢，心里有多么难受，怜春惜花，忧思绵绵。一朵花的凋谢意味着春天的过去，诗人动情地说，蔷薇花落送春归去。春去花落，两相归去，都是哀哀不幸之事，却还在同命相怜，同境相护，何其愁惨，何其悲哀！

一个"送"字写出了花落无情、春去无奈的哀伤，同时也流露诗人对春花消逝、春光褪尽的满心惆怅。这是一幅非常经典的画面，一道篱笆，几丛蔷薇，一位诗人站立不动，他注目蔷薇，凝神伤感，送别凋谢的花朵，送别美好的春天，送别灿烂的生命。

春去夏来，各臻其美，春有春的芳华，夏有夏的精彩。诗人欣赏那片夏天的园林，桑笋葚碧绿，生机勃勃，再过一段时间，就会挂满红嫩果实。竹林苍翠，浓荫匝地，清幽宜人，让人神清气爽，心情舒畅。早夏的气息很浓，诗人的兴致不减。一个"闲"字表面上写早夏园林气息浓郁，笋葚繁茂，其实也暗示出诗人悠游自得、清闲自在的心理。

如果说诗歌一、二两句侧重于静态景物的描绘的话，那么诗歌三、四两句则是动态场景的刻画。你看，山坡旁，田野边，一条老水牛蹒跚迈步，时而低头吃草，津津有味；时而摇头甩尾，驱赶蚊蝇，哞哞两声。牛背上一位牧童伏卧其上，浑然不知，睡得好自在，好香甜，好悠闲。老牛就像一位慈祥的爷爷，托着自己的孙儿，也小心地护着自己的孙儿，他们太有缘，也太亲密了，天天早晚一起，形影不离，彼此信任，和乐相处，形同一家人。老牛听过牧童的吆喝，也欣赏过牧童的笛音，牧童喜欢老牛的安详，也喜欢老牛的嚎叫，他了解这位老朋友，他的脾气、性格、习惯和爱好。

老牛吃草，牧童安眠，竟然入梦，前山刮过一场风雨，有声有势，有姿有态，丝毫没有惊动老牛，丝毫没有打扰牧童，他仍在做他的美梦，多么惬意，多么安宁，又是多么美好的场景啊！不知道牧童梦见了什么，不知道牧童梦到了哪里，是村头那棵古槐树上的鸟窝，还是门前那条小溪的蛇花鱼？是菜园里那些轻舞飞扬的蝴蝶，还是后山坡上那窝恼人的黄蜂？是春天那株盛开的桃花，还是夏天那棵火红的石榴树？……总之，这个梦很美，很香，很甜，做得酣畅痛快，以至浑然不觉风雨过前山，浑然不晓老牛"哞哞"叫。

春去夏来，光阴流转，悄无声息，这种变化无人知晓，也不易觉察，但是诗人有心，诗人动情。诗人站在春夏之交的门槛，他看到了蔷薇凋落，春天归去；他看到了笋茛茂盛，竹林苍苍；他看到了老牛吃草，牧童安眠；他看到了风雨忽来，天地空蒙。他懂得这些山川景物，他热爱这份田园生活，他走进了这个季节，这些风景。他就像那位酣睡午梦的牧童一样，与老牛，与周围的风景融为一体，心在做梦，心在飞扬。这一片田园啊，是诗人永远的故乡。

春在蒙蒙细雨中

润州

仲殊

北固楼前一笛风，断云飞出建康宫。

江南二月多芳草，春在蒙蒙细雨中。

宋人作诗多以学问入诗，理趣见长，不免枯淡浅陋，缺少韵味，但是也有不少点染意象、营构意境、凸现神韵的佳构。宋代诗人兼僧人仲殊的诗歌《润州》即为神韵见长、底气十足的作品。

表面看来，这首诗是在描绘烟雨花草、飞云笛风，其实，因为诗人的心境特殊，诗歌所涉地点特殊，诗歌的意味早已远远超出了自然景物的层面。吟诵涵咏，总感觉到诗人要说的东西很多，但是他又不一一点破，把广阔的想象空间留给了读者。

一座楼前，吹过一场风，伴着历史，伴着音乐，侧耳聆听，有悠扬清丽之音，亦有苍凉无奈之叹。北固楼这个建筑很特殊，又名北顾楼、多景楼，位于镇江市丹徒县北固山甘露寺内，南朝宋代建筑，时至大宋，有几百年的历史了。宋代诗人多有登楼北眺、伤叹时局之忧，很多篇章都表现了一种家园破碎、山河沦丧的沉痛心怀。诗人仲殊此番登临，亲耳聆听到习习晚风中，有人吹奏笛音，乐音悠扬、绵长，牵引着诗人的思绪，暮色苍茫沉重，触动诗人的记忆。他想起了什么，他有何感伤，诗人没说，但在北固楼前，我们又不能不联想到历史的兴衰变迁、现实的无语凄凉，我们的心境和诗人一样沉重、凄迷。"笛风"是超常搭配，意境迷人，情调凄婉。晚风轻轻吹，笛音悠悠响，于暮霭沉沉中，于沧桑楼阁上，你会感到不一样的气氛，不一样的情思。

建康宫上，暮色笼罩，残云片片，迷离了诗人的双眸，凄清了诗人心怀。没有人能够理解白云沧海的巨大变化，没有人能够读出王城故宫的满目凄凉。诗人不动声色地描写他所看到的景象，他在暗示，若即若离，似隐似现；他在叹惋，历史的兴亡，人事的盛衰。天空的云朵，大地的宫殿，都在无声地诉说曾经的辉煌和历史的沧桑。

建康宫的云，它孤零破碎，无依无靠，随风流动，飞来飞去。它千年不变，见证了历史；它冷峻无情，不管兴亡。历朝历代，建康宫发生了多少故事，演绎了多少悲喜剧，片片残云都看在眼里，记在心间。建康宫，指南朝京都，今江苏南京市，曾经的辉煌壮丽、富贵繁华，今日都一去不返，烟消云散。断云乱飞，折射出无语苍凉，什么都在改变，只有云不变。人事兴衰，权力更替，王朝存亡，这些东西在永恒的岁月风云面前又算得了什么呢？唐代诗人刘禹锡不是曾在《乌衣巷》中咏唱"朱雀桥边野草花，乌衣巷口夕阳斜。旧时王谢堂前燕，飞入寻常百姓家"吗？豪门权贵也罢，草野贱民亦然，都逃脱不了历史的淘洗，时间的吞噬。

江南的二月，草长莺飞，杂树生花，烟雨蒙蒙，就欣赏眼前这些亮丽的风光吧，或许可以减轻一点历史压在心头的沉重，减少一些岁月镌刻在脸上的沧桑。纤纤细草，破土而出，沐浴春雨，生机勃勃，给人以惊喜，给人以欣慰。这就是春天的风景，每一株小草都绽放翠绿，每一滴细雨都滋润心灵，每一朵花都散发芳香，每一条河流都奔腾欢畅。诗人从江南的草、森、一花一鸟中发现了春天，发现了希望，相比那些沉重的记忆，沧桑的历史，这些风景代表着希望和未来啊！江南的早春二月，多的是明媚，多的是欢悦，让历史退出舞台，让伤惋退出心灵。江南的春天有多广阔，诗人的心灵就有多广阔；江南的春天有多绚丽，诗人的心灵就有多灿烂。

当然对于诗歌三、四两句的风景描写，亦可作不同理解。芳草萋萋，暗关离情，烟雨蒙蒙，烘托心境。心灵像烟雨一样迷茫，感情像春草一样黏稠，送别一段历史，告别一程辉煌，留不住时间的脚步，搁不下忧时伤古的情怀。诗人的心始终是复杂的，微妙的，这些深藏不露而又变化错综的感情，才使得诗中的景物呈现一种迷蒙的色彩。读者读诗，自然入乎其中，出乎其外，感觉韵味无穷，情思绵长。这正是仲殊《润州》诗的迷人之处吧。

峥嵘奇峭潭石岩

潭石岩
胡铨

此处山皆石，他山尽不如。

固非从地出，疑是补天余。

下陋一拳小，高凌千仞虚。

奇章应未见，名岂下中书。

一花一草吐生机，一山一石长风骨，诗人笔下，万物染情，花朵会向你微笑，小草会向你致意，大山教会你庄严，石头教会你坚强。阅读山川日月，阅读华采诗章，走进诗人的内心世界，领略异彩纷呈的人生。宋代诗人胡铨的诗歌《潭石岩》就为我们描绘了一个锋芒毕露、棱角分明的石头世界，让人惊奇，也让人感叹。

潭石岩是何处山岩，也许并不重要，重要的是这首诗借潭石岩的描述和议论，揭示了一种怀才见弃、古今同在的普遍现象。

诗人一上场就对潭石岩大加赞赏，此地山峦，怪石磊磊，奇峭偃蹇，无草无木，无藤无蔓，纯粹裸石，比比皆是。走过多少崎岖山路，看过多少名山大川，相比之下，总觉他山庸凡，他石平淡。诗人用"此处"与"他山"对比，激赏之情，惊赞之意，尽显无遗，压他山万石，抬此处山石；"尽"和"皆"亦含对比，他山统统不如，全比不上。此山怪石嶙峋，突兀奇峭，遍地皆是，令人大饱眼福，叹为观止。此山石岩就是神奇，就是硬气，以至于诗人突发奇想，感慨不已。山势峻拔，不是从地下钻出，倒像是女娲补天所剩下，历千劫而无人发现。

诗人的语气很果决、很直接。"固非"表明，本来就不是，一点也不含糊，诗人认为这里的山石不是普通山石，不是自然山石，不是从地下长出来的，它有神奇来历啊！补天所余，修炼灵性，有大才而不被大用，有大志而遭遗弃，混同于普通山石，淹没千年，默默无闻，岂不令人扼腕叹惜？山石如此，人何以堪？很多文人志士怀才不遇，壮志未酬，命运与此山石岩差不多啊，空有补天之志，补天之才，却被废置冷落，窜身蛮荒，无人知赏，永无出头之日。诗人借"山石见弃"，表达了一种受排挤、遭冷落的悲愤之情。

不想则已，越想越气，当然诗人不是对一块石头生气，不是对一座大山发火，他是心有不平，忧愤交加。他又想到，那些置于茶几案桌的石头，拳头大小，丝纹缕缕，玲珑小巧，赏心悦目，可是它们又怎能和这些拔地通天、刺破苍穹的山石相比呢？一边是案头清玩，一边是奇峰异石；一边是方寸之间，一边是岩岩千仞；一边是格局狭小，一边是气魄宏大。两相对比，则小者更小，大者更大，陋者更陋，高者更高。爱憎分明，褒贬自见。

着一"陋"字，写清玩小石的微陋狭小，流露出诗人的鄙夷不屑之情。着一"凌"字，状山岩的凌空直上、磅礴壮观之气势，震撼人心。一拳小怎比千仞高？方寸天地怎比大山高崖？庄子云"小知不及大知，小年不及大年"，陈胜言"燕雀安知鸿鹄之志哉"，结合诗句"补天"之意来理解，两种石头均有象征意义，分别象征小才、庸才和大才、雄才。诗人对雄才大智大加赞赏，可笑那奇章郡公未到过此地，尚未见过此石，世上之人又有谁独具慧眼呢？奇章指唐人牛僧孺，封奇章郡公，官中书门下同平章事。出任淮南时，广置嘉木怪石于阶庭。白居易《太湖石记》中云："今承相奇章公嗜石。百仞一拳，千里一瞬，坐而得之，分为甲乙丙丁四等，名刻于石阴，名曰'牛氏石'。"奇章郡公，爱石成癖，网罗天下名石，慧眼识宝，大名鼎鼎，竟然也发现不了潭石岩。可见，世上无人知遇此岩。

潭石岩，历经千年风雨而无人发现，委实悲惨。山石无情无意，无知无觉，但是诗人有情有意，有爱有恨，邂逅潭石岩，有感人生坎坷，诗人浮想联翩，大加议论，倾吐不平之气，抒写不遇之悲，读之思之，感人肺腑，也启人心智。韩愈言"不平则鸣"，司马迁言"《诗》三百篇，大抵圣贤发愤之所作为也"。诚哉其信，悲哉千古！

松江夜泊万古情

松江夜泊

鲍当

舟闲人已息，林际月微明。

一片清江水，中涵万古情。

读一首古诗，实在是为了体验一种旷世情怀，行吟山川，俯仰天地，视通万里，心游八方，自有一番阔大辽远的苍茫感慨。读宋代诗人鲍当的绝句《松江夜泊》就是如此。与诗人同漂泊，与天地同空阔，与江月同光辉，与历史同兴废。万千思绪，纷至沓来，翻腾心间，奔涌笔底。诗人是这样描写那个古老的夜晚的。

　　这次夜泊松江，不知从哪儿来，也不知明天要赶往何方，只记得这个宁静的夜晚，诗人的心胸翻涌着和松江一样不宁静的万古情思。

　　茫茫夜色笼罩江天大地，一叶孤舟轻轻漂泊在松江之上，世界变得出奇的静谧，两岸居家的人们都已安然入睡，江面上不时轻轻划过一艘小船，轻波微浪，哗哗作响，之后便是深远宁静。诗人站立船头，观赏江天。他睡不着，他看风生水起，看月挂中天，他想一路奔波，想亲人家园……满腹心思，万千感慨，没有人能够懂得，也没有人愿意分享，只有天空那轮明月，映照江面，波光粼粼，把诗人孤寂的身影拖得很长很长。明月抚慰，心有所动。不知道，诗人经历了多少个这样的夜晚；不知道，天边那轮皎洁的圆月多少次抚慰诗人漂泊的心。

　　唐代诗人孟浩然诗曰："移舟泊烟渚，日暮客愁新。野旷无低树，江清月近人。"月随游子走，月随孤舟行，游子心中，永远有一轮思念的圆月。远远的岸边，成片的树林，茂密的枝叶遮住了皎洁的月光。放眼望去，月亮犹如害羞的姑娘，露出半个白嫩光洁的脸。地面上，斑斑点点，闪闪烁烁，是月光透过树林叶缝洒下的细碎光影，好像一地碎银，迷离，静谧，幽美。没有人月下吟风，没有人江畔漫步，他们都睡着了，一切归于寂静，天地一派安宁祥和；只有诗人泊舟江上，俯仰天地，他在和明月对视，他在聆听江波细语，他在沉思古往今来。舟闲人息，夜深人静，诗人不眠，神思千古。"闲"也罢，"息"也好，隐隐透露出一种静谧祥和气息，可见他人的安适、愉悦。

　　景为情设，情由景生，人逸则舟闲，人乐则舟轻，心愁则舟重，心忧则舟滞。重获自由的李白放歌"两岸猿声啼不住，轻舟已过万重山"，愁重如山的李清照哀叹"只恐双溪舴艋舟，载不动许多愁"，鲍当此诗，言他人安逸闲适、轻松，正好反衬出诗人的激动不宁、心绪浩茫。

　　诗歌三、四两句，照样的描江绘水，含情带意。诗人俯视脚下江水，清澈宁静，茫茫一片，潺潺流淌，昼夜不息。诗人想：不知源自何方，不知源自何时，不知要流向何处，不知又要经历怎样的风光，这江水啊，流淌不息，永恒无尽。其间，真不知道包含着古往今来多少深情。

江水是人事往来的见证者，见证风云，见证沧桑，见证感情。有人行舟远去，带着"桃花潭水深千尺，不及汪伦送我情"的豪迈；有人万般难舍，带着"执手相看泪眼，竟无语凝噎"的悲伤；有人辗转天涯，感怀"飘飘何所似，天地一沙鸥"；有人思家念亲，低吟"日暮乡关何处是，烟波江上使人愁"。有人扬帆疾驰，一路高歌向天涯，有人潦倒困顿，一船悲歌青山外……说不清，道不明，这条古老的松江，激荡了多少敏感文人的心灵。有多少人曾经漂泊江上，有多少心事曾经随水流逝，有多少悲欢离合轮番演绎，一句话，万古深情，并流苍江，诗人的心中翻涌万千感慨。这个夜晚深沉，幽静，属于万古，也属于诗人。

一条江水永远流淌，从古至今；一轮明月永远照耀，从东到西。一代又一代的文人，来了又去，去了又来，一如江水不断演绎不同的人生、不同的情怀。我们有幸，面临江波，沐浴月光，品味那些古老的心灵和远去的历史。

黄鹂鸣叫一两声

金陵

郭祥正

洗尽青春初变晴，晓光微散淡烟横。

谢家池上无多景，只有黄鹂一两声。

读宋代诗人郭祥正的诗歌《金陵》，笔者第一个感觉就是，这个题目太宏大、太沧桑，有历史底蕴，有文化色彩，有沉雄气魄，要写好它，对作者来说是一个巨大的挑战，也是对作者诗情才力的严峻考验。金陵是六朝古都，底蕴丰厚，历史悠久，文化博大，历朝历代不知有多少文人墨客挥毫题诗，歌咏感叹，而要能在数不胜数的诗章中出类拔萃，独放光芒，那自然要求作者有独到创新和深切体悟。郭诗人这首诗就是一首构思新颖、体悟独特的佳构。

诗歌以小写大，以景写情，营造了一个幽雅清新、静谧迷人的艺术世界，令人心向神往，味之无穷无尽。

昨晚下了一夜的毛毛细雨，等到第二天早上，诗人发现，连绵小雨把春天万物洗沐得干干净净、纤尘不染。雨过天晴，日光初露，蒙蒙水雾慢慢扩散开去，越来越淡，越来越稀，及至消失。远处青翠山峦如一抹淡烟斜横天际，缥缈空灵，朦胧淡雅，很像一幅挂在天边的巨幅水墨画。显然，这个春天的早上，天地清明，日光荡漾，空气清新，风光如画。诗人沉浸其中，如痴如醉。他热爱这个古老城市的早晨，他细细观察品味这个早晨的声光色态，他把心安放在属于自己也属于春天的早晨。

诗中"青春"是指春天，但意味和"春天"不同，"青春"给人一种万木葱茏、生机勃勃之感，人们更多用它来指称人生的美好年华、美好生命，暗含美好希望、无限力量。诗中用它来描写春天，宛见万木苏醒、抽芽吐绿、绽放生机、清新可人的动态画面。杜甫诗歌《闻官军收河南河北》云"白日放歌须纵酒，青春作伴好还乡。即从巴峡穿巫峡，便下襄阳向洛阳"。获悉大唐官兵平息叛乱，国家复归安定，诗人喜出望外，急切准备回家，因此，他要放歌纵酒，他要春天做伴，他要归舟似箭，他要水陆兼程，一路迢迢，一路春风，多么兴奋，多么惬意！杜诗和郭诗中的"青春"如果换成"春天"，则意思不变，但风神意韵顿减，诗歌势必缺少那种引动心灵、感发生命的表现力。

"微散"一词，用在诗中精准确切，状写云开雾散、水汽消逝的变化过程，是动态描写，与前面的"初变晴"相呼应，正因为是雨过初晴，正因为是拂晓时刻，诗人才可能欣赏到这些如梦似幻、轻灵缥缈的景致。"淡烟横"写远处景观，青山如烟，淡远素雅，空灵飘逸。一"横"画出山峦连绵、横亘天边之情状，亦见诗人沉心静性、细细观赏之痴情。这是描写，一句"晓光微散淡烟横"，有动有静，有光有色，有浓有淡，有明有暗，有远有近，立体多维，层次丰富，营构了一个空灵静谧、淡远迷人的意境。

诗歌三、四两句，聚焦谢家池，以小见大，以声衬静，同样流露出诗人宁静悠闲、怡然自乐的心情。今天的谢家池上，春天的谢家池上，再也没有当年那种富丽辉煌的景致，只听见高高的深树林中，传来一两声黄鹂的啼鸣。黄鹂鸣叫，婉转动听，但是诗人此处不是去聆听声音如何好听，而是意在以声衬静，抒写自己闲适宁静的心态。

唐代诗人王籍《入若耶溪》有诗句云"蝉噪林逾静，鸟鸣山更幽"，王维亦有诗句"空山不见人，但闻人语响"，许多诗句均是以动写静，以声衬静，静的背后是诗人平和宁静的心情，试想，一个人如果内心不是保持足够的安宁、清静，他能觉察到外界环境的细微响动变化吗？杜甫亦写过黄鹂："两个黄鹂鸣翠柳，一行白鹭上青天。""映阶碧草自春色，隔叶黄鹂空好音。"前者黄鹂鸣叫，叫出了生机活力，叫出了欢欣鼓舞；后者黄鹂鸣叫，叫出了愁思忧虑，叫出了无限伤感。黄鹂的鸣叫，因势不同，因人而异，因心而别。

"谢家池"是一个颇能引发诗人和读者兴衰感慨的地方，远在晋朝，这里是谢安的山庄故址，当年的私家园林，草木茂盛，百花绽放，亭台楼阁，雕梁画栋，垣墙廓柱，金碧辉煌。谢安有权有势，功勋显赫啊！可如今，好景不多，满目荒芜，风雨沧桑，令人无限感慨。当然诗人笔锋意旨在于"只有"一句，以"无多景"托出"一两声"。清新明快冲淡了诗人对历史的伤感咏叹。刘禹锡曾写过咏史诗《乌衣巷》"朱雀桥边野草花，乌衣巷口夕阳斜。旧时王谢堂前燕，飞入寻常百姓家。"刘诗怀旧伤感，心绪迷惘，给人以沉重而又虚无之感。郭诗则轻点谢家池，留意黄鹂声，给人以清新宁静的审美享受。两诗同样咏史，一个沉深轻淡，一个直接浓郁。

金陵的春天，金陵的清晨，有太多的风光景物、名胜古迹，值得诗人去流连欣赏，可是也有太多的人习焉不察，不以为意。于是，我们看到，诗人有心有意，细细体察：他看到了雨后天空一碧无尘，他看到了雨后日光空明跃动，他看到了雨后春水如烟似雾，他看到了谢家池上风景荒芜，他听到了深树林中黄鹂鸣叫。他用如画诗笔记录下了所见所闻，让我们陶醉在一片风轻云淡之中，更让我们聆听到了风云后面的心灵脉动。

金陵，远去了繁华富丽，远去了权位争夺，远去了功名富贵，留给诗人，也留给读者一份清新，一份惊喜，一份欢畅。

卧入江南第一州

怀金陵（其三）

张耒

曾作金陵烂漫游，北归尘土变衣裳。

芰荷声里孤舟雨，卧入江南第一州。

太多的名胜数不胜数，太多的诗词吟咏江南，对于古典诗词中的江南，实在难以描绘得出到底有多美丽，有多迷人，我只能说，江南之美，无与伦比，挑战你的想象力，激发你的无穷兴致。你能想象江南有多美，她就有多美；你能感受到她有多美，她就有多美。江南之美，无穷无尽。宋代诗人张耒北归之后，经过多少风雨岁月，遭遇多少宦海风波，依然对江南之美记忆犹新，念念不忘。

诗人回忆自己早年曾经在古都金陵作过浪漫的旅游，北归之后，风尘仆仆，光阴荏苒，衣裘也早已蒙尘生灰。再也回不到过去，再也回不去江南，再也不可能漫游金陵。诗人清晰地记得这样一个经典的场景：划一叶轻舟，徜徉在碧波绿荷丛中，听雨打芰荷，观烟雨荷花，晃晃悠悠，缥缥缈缈，缓缓进入锦绣图画般的江南第一州。

诗人把江南漫游放置在风雨人生这个大背景下来观照，也就是说，诗人从时间与空间上都与江南保持一定的距离，江南之美便带上几许沧桑，几许伤感。从时间上来说，江南的美丽迷人，当时的纵情遨游，那都是遥远的过去，自己也不再是从前的自己，早年的诗人想必潇洒风流，才情横溢，漫游江南，浪漫风雅，激情飞扬；可是如今，写作这首诗的时候，已是人到沧桑，风尘满面，心力憔悴，经历了多少风吹雨打，经历了多少宦海沉浮，那副风流潇洒的背影早已绝尘而去，今昔流变，感慨万千。

从空间上看，过去的江南，六朝故都，繁华之地，富贵之乡。诗人置身其中，观花赏草，游廊过道，美轮美奂，扑面而来；今天的诗人，置身北方，风尘滚滚，黄沙漫天，没有如画山水，没有诗情雅兴：南北比照，触目伤心！

最重要的是，从心理情感上来看，诗人也许不是当年的诗人，江南也许不是当年的江南，金陵也许不像当年的金陵，何处觅江南？何处觅金陵？伤感充盈心间，诗意弥漫天地。

但是不管怎样风雨飘摇，光阴流逝，不管怎样旅途坎坷，多灾多难，诗人心中永存江南，永存金陵。那份古典的美永远陶醉人心，激动诗情。雨打孤篷，声声清脆；雨洗荷叶，叶叶清新；雨润天地，一派空蒙。还有那一叶轻舟，划入江南，风光如画，浪漫如歌，那是自由在飞扬，那是梦想在放歌。

诗人只通过一个经典镜头，写活了江南的奇美迷人，也充分传达出诗人的陶醉、欢悦之情。是的，那里的风光美得让人心碎，那些自由的漫游让人终生难忘。一个镜头，一阵风雨，一片芰荷，一叶孤舟，一船欢畅，活画出一片江南，一片金陵！诗人情不自禁感叹：这是江南第一州，这是人间美天堂！

　　古代很多文人也曾歌咏江南，采用张耒这种以一当十、以少概多的笔法，取得了尽传江南神韵、陶醉读者心灵的艺术效果。最典型的如白居易的词《忆江南》三首其一："江南好，风景旧曾谙。日出江花红胜火，春来江水绿如蓝。能不忆江南？"其二："江南忆，最忆是杭州。山寺月中寻桂子，郡亭枕上看潮头。何日更重游？"其三："江南忆，其次忆吴宫。吴酒一杯春竹叶，吴娃双舞醉芙蓉。早晚复相逢？"韦庄词《菩萨蛮》其二："人人尽说江南好，游人只合江南老。春水碧于天，画船听雨眠。垆边人似月，皓腕凝霜雪。未老莫还乡，还乡须断肠。"还有蒋捷的词："少年听雨歌楼上，红烛昏罗帐。壮年听雨客舟中，江阔云低，断雁叫西风。而今听雨僧庐下，鬓已星星也。悲欢离合总无情，一任阶前，点滴到天明。"这些词作，无不从一花一树，一山一水，一事一人入手，活画了江南美景，写足了江南神韵。一滴水可以折射太阳的光辉，一朵花可以映衬江南的艳丽。江南之美，在细节，在风物，在景观；要聆听，要卧看，要会心。

　　笔者还特别欣赏诗中结尾那个"卧"字，唐人有诗"卧听银河泻月声""卧听流云银浦声"，宋人有诗"卧看江南雨后山"，"夜阑卧听风吹雨"等诗句，一个"卧"字，一种"卧"相，一种心境，闲适自由，不惊不扰，不慌不忙；也无拘无束，无忧无虑，全部身心都融汇在山水风光之中，何等享受，何等舒畅。同样，这个"卧入江南第一州"也是如此，卧听雨打芰荷，卧观烟雨蒙蒙，卧听流水潺潺，卧看荷花艳艳，卧随轻舟漂流，卧入江南胜地……落一"卧"字，赛过神仙，这就是江南的魅力，这就是金陵的风采！

无数青山隔沧海

海陵病中

吕本中

病知前路资粮少，老觉平生事业非。

无数青山隔沧海，与谁同往却同归？

临终诗往往是诗人对人生的深刻总结，对社会的真切觉悟。陆游《示儿》曰："死去元知万事空，但悲不见九州同。王师北定中原日，家祭无忘告乃翁。"生生死死，忧念家国，不忘收复，执着感人，可歌可泣。谭嗣同《狱中题壁》："望门投止思张俭，忍死须臾待杜根。我自横刀向天笑，去留肝胆两昆仑！"力主变法，天下为公，无私无畏，肝胆冰魂。相比这些家国天下的宏大抒情，宋代诗人吕本中的临终诗《海陵病中》则洞达生死，另有感悟。

临近生命之晚秋，衰老的吕本中早已是病魔缠身，心力交瘁。他知道，来日无多，大限即至。他觉悟，功名事业，一切皆空。他后悔，为什么现在才明白这一点，为什么早些时候那样疯狂地追求拼打？人在死亡面前，大家都是平等的，很多东西生不带来，死不带去。陪伴一生的也许只有这副多病的身子，要善待，要珍惜，过好活着的每一天，珍惜与亲友相处的时光，用心体味生活的滋味，尽可能让自己活得坦然一点，轻松一点。也许这才是人生的要义吧。

诗人觉悟这一切的时候，生命留给他的时间已经非常有限了，这令老诗人格外沉痛，格外伤感。"病知前路资粮少"，意谓来日无多，借

200

用了佛经《俱舍论》中的颂语："欲往前路无资粮。"年老体迈，久病在身，日益增强诗人对生命无多的忧患和伤感。人可以战胜很多东西，但战胜不了疾病，战胜不了日益老去的时光。不只是诗人吕本中有此体验，每一个生命走到晚秋这一步的时候都会感慨再三。一个"病"字，残酷冷峻，无助至极。一个"少"字，沉痛绝望，感人至深。

"老觉平生事业非"，是断然语，否定平生孜孜以求的功名富贵，否定壮志满怀的宏大崇高，否定金榜题名、建功立业，否定飞黄腾达、炙手可热。一切的一切，在诗人以往看来极有意义，值得为之苦苦追求的东西，现在看来都是毫无意义的。"老"是老迈沧桑，历经风雨，熟谙人生；"老"也是十磨九难，一路坎坷，豁然洞达。"非"是断然否定，传统价值、功名事业，一笔勾销！人啊，悲哀就在这里，要到"老"才觉"非"，为什么不早年就明白这一点呢？为什么前人早已道出了人生真谛，后人却硬是不相信呢？凡事都要经过自己亲自体验吗？人是时间的牺牲品，人是历史的坟茔，这就是现实。

诗人在三、四两句抒发感慨，重重青山啊，茫茫大海，天地广阔，人海纷纭，谁又同我一起，同往同归呢？诗人不愿意直截了当地说出"死亡"这个沉痛的字眼，代之以"同往""同归"，貌似轻松，实则沉重。人类对于死亡有普遍相似的体验和认识，人人都知道，死亡不可抗拒，生命的终点就是一堆黄土。在死亡面前，所有的生命都是平等的，都是不可以选择的。但是，一到每一个具体的生命，则仍然是害怕死亡，恐惧未知的世界，万分留恋一分一秒的宝贵时光。生之眷恋，死之恐惧，是正常人的生命体验。

吕诗人这里就流露出了这份忧惧，独自上路，走向未知，孤寂绝望，万分恐惧！青山隐隐，沧海茫茫，加重了诗人心中的困惑迷茫，加重了人生旅途的扑朔迷离。像诗人一样，每一个生命走向终点，都是孤独的、凄寂的，尽管有许多活着的人们为他们送行，但是活着的热闹又怎能理解死亡的孤寂呢？有句话这样讲，活着与活着的隔膜无异于死亡，死亡与死亡的邻近无异于活着，其间表现的生死之别的痛苦、孤寂，不难体验。

这是一首"临终诗"，诗人面对衰暮死亡，内心充满了忧恨、孤寂，诗人面对人生过往追求，内心充满了后悔与自责，反复吟诵。笔者有一种感觉，人啊，在某些特定情况下，不怕死亡，不怕病痛，真正可怕可悲的，是不能忍受生命离开之前的孤独绝望。吕本中这首"临终诗"向人们昭示一个自感壮志未酬的心灵，在走向死亡时会产生痛苦的自我否定。

风云有意雨有情

中牟道中二首（其一）

陈与义

雨意欲成还未成，归云却作伴人行。

依然坏郭中牟县，千尺浮屠管送迎。

游子行走山川，心灵流浪江湖，没有人乐意辞亲远游、背井离乡，没有人欢喜单枪匹马、独向天涯。游子的心中，装满故乡的山水草木、花鸟虫鱼、牛羊鸡犬，游子的脑海浮现亲人的举手投足、一颦一笑、一言一语。漂泊的旅程，处处写满了乡思，时时都有愁绪。宋代诗人陈与义一次经过河南中牟县，天色近晚，风云激荡，心中涌起愁云惨雾，莫名忧思喷涌而出，写下了这首诗歌。

中牟县，即今天的河南省中牟县。诗人匆匆赶路，经过这里，接近黄昏，风云生变，心涌离愁。诗人看山观云，闻风听雨，无不含愁带悲，情意绵绵。阴阴沉沉的天空，酝酿着蒙蒙雨意，越来越浓，越来越暗，似乎随时可能包裹诗人。连绵起伏的山峦，笼罩着层层乌云，簇拥着孤独的诗人匆匆前行。诗人得赶在天黑之前、下雨之前，找到一间客店，歇歇脚，休整一个晚上，明天继续赶路，内心充满了焦急和不安。

注意诗中的云和雨，陈与义是江西诗派代表诗人，江西诗派作诗喜用拟人，擅长炼字，此处写云写雨亦然。雨意蒙蒙，欲成未成，暗淡天地，压抑心灵，似乎有意和诗人作对，逼迫诗人加快脚步。诗人呢，出门在外，观云识风，看天动步，当然十分敏感，诗人用一个"欲"字，准确地揭示了那种担忧、惊疑的心理。风起云涌，滚滚翻腾，扑向山头，扑向诗人，诗人讲"归云"，似乎暗示，云归山，人在外，家园远在青山之外，焉能不着急？焉能不担心？人不如云，归家无计。诗人又说，云伴人行，暗示自己远行天涯，无依无伴，孤独寂寞，无以复加。旅行在外的人都有这种体验，尽管离开妻儿子女、父老乡亲，尽管触目皆是他乡山水、异域风俗，但是只要有朋友做伴，一路同甘共苦行，多多少少总能驱遣一下乡思的寂寞和旅途的劳累。诗人没有这么幸运，他只能和风雨相伴，和归云同行，天地黑暗之前，诗人一个人在赶路。诗中一个"却"字强调了诗人的孤寂、愁苦。

唐代诗人李白写过一首《独坐敬亭山》："众鸟高飞尽，孤云独去闲。相看两不厌，只有敬亭山。"天空的鸟儿已经飞得无影无踪，天地顿时安静下来，飘浮的云朵，也突然不见了，似乎整个世界，天地万物，人间万人，都在抛弃李白，这个时候，只有敬亭山陪伴着诗人。人看山，山看人，两无猜忌，心心相印，成为朋友。李白庆幸，在他落魄的时候，有这样一座山接纳了他。可是，我们想想，一个人在天地之间竟然只能以山为友，他又是何等孤独，何等无奈！行走中牟道中的陈与义也一样，以云为伴，走向黄昏，走向黑夜，心啊，始终是悬在空中。

随着时间的推移，步伐的加快，大约过了一段时间，诗人来到古老的中牟县城，他看到城墙破败，景物萧索，到处依然沉沉死寂，缺少一点人气的旺盛，缺少县城特有的热闹。也许诗人以前曾经来过这里，那时的县城破败萧条，人丁衰落，如今，过了好长时间，旧貌不改，满目苍凉。

让诗人略感欣慰的是那亭亭玉立的佛塔，依然迎来送往，无限深情。它不认识经过这里的任何一个人，任何一个人似乎也读不懂它的静默无声。

但是，经过多少风雨秋霜，经过多少岁月斑驳，千尺佛塔，依然挺立在那里，迎接远道的朋友，欢送远行的游子，它用风雨不动、安然如山的忠诚守候来往之人，它用风雨沧桑、亘古不变的真实安慰游子的心灵。每一个人，从这里出发，走向天涯，走向宦海风云；从遥远他乡来到这里，从通衢大市来到这里，都会感到踏实，都会感慨多多。陈与义也一样，记得这座塔，懂得它的情义，更感慨旅途的艰辛不易。他在另一首诗中《至陈留》中也说"烟际亭亭塔，招人可得回？"塔像白发慈母，沧桑老父，深情呼唤远行的游子早日回家。苏轼词《南乡子》云"谁似临平山上塔，亭亭，迎客西来送客行？"迎来送往，情满天地。多塔比照，可加深对陈诗人情意的理解。

诗人多情，愁满天地，雨展阴沉表情，云现滚滚归意，塔管往来风雨，城露苍凉无奈。历历如画，含情带恨。诗人的离愁不是挂在口头，不是写在纸上，而是写在云里，写在风里，写在雨里，也烙在厚厚的城墙上。每一次用手用心触摸那斑驳的城墙，我们都会听到一颗心灵在跳动。

亦闲亦傲山水间

后湖晚坐

陈师道

水净偏明眼，城荒可当山。

青林无限意，白鸟有余闲。

身致江湖上，名成伯仲间。

目随归雁尽，坐待暮鸦还。

山水的韵味在于品读，花鸟的情趣在于欣赏，自然界的一草一木、一花一鸟，在诗人笔下，无不诗意勃勃，情趣盎然。宋代诗人陈师道绍圣元年（1094）自颍州教授罢归到元符三年（1100）召为秘书省正字几年时间，居家赋闲，心怀不满，常于游山玩水之中，表达自己的孤傲情怀。

一次晚坐，一番观览，风光景物纷至沓来，诗情画意涌现笔头。

诗人端坐后湖之畔，神清气爽，极目远眺，一望无垠的湖水，清明透亮，波光粼粼，让人心明眼亮，心旷神怡。远方杂草丛生的城池多是断垣残壁，老树枯枝，让人倍感荒凉、萧条，让人神思远古风云。山水一派明媚，天地一片静谧，这个世界，一切都显得渺小，一切都抵抗不住历史的变迁，岁月的流逝，除了诗人的心，一颗博大开阔、宁静明澈的心。有一座湖水涤荡心灵，有一座荒城对话灵魂，自然风光浑厚，自然气韵沉雄。

笔者有时想，现代人生活在滚滚繁华都市，耳目心手全是利欲功名，宁静不下来，沉不住心性，真的需要找一个地方静观风云，默会历史，真的需要找一个地方休憩心灵，安顿灵魂。一片山水，一座荒城，一座古庙，一栋老屋等，都可以成为我们凭吊怀远的地方，遗憾在于现代社会这些见证风云，见证历史，让我们沉静的风景，正在远去、消失，只留下我们空空荡荡、无所皈依的心。我们到哪里去寻访历史？我们又到哪里去对话风云？

拉回遥远的视线，纵观眼前的风光，诗人又发现了一幅气韵流动的图画。树林成片，郁郁葱葱，围着后湖，曲折绵延，自有无限生意。几只白鸟，悠闲自在，翩翩飞舞，身影倒映在石湖水面，线条勾画在蓝天碧水之间，何等优美，何等轻盈。

笔者想到两句古诗，"寒波淡淡起，白鸟悠悠下"。波光鸟影，相映成趣，波动鸟飞，流泻生机，完全可以这样想象，诗人的心啊，沉醉在这一片天地之间，像一汪湖水，微微摇荡；像一只白鸟，翩翩飞舞。几多自由，几多欢快。记得陶渊明有诗："采菊东篱下，悠然见南山。"又云"此中有真意，欲辨已忘言"。陶渊明不言之言，自得神趣；相比而言，陈师道则是深情无限，直抒胸臆。树林苍翠，有情有意，生机勃勃；白鸟翩飞，自由自在，闲适自乐。这些都是诗人快乐闲适心怀的自然流泻。

诗人喜欢这方天地，这片山水，这些树林，这些飞鸟，他久久坐在湖畔，久久欣赏风光，如痴如迷，沉醉不醒，不知不觉，时间过去了很久。天色渐晚，夜幕降临。诗人送别最后一只从眼前的天空飞过湖面的大雁，依依不舍，恋恋不已，直到大雁消失在天空的尽头，目光还久久朝向那个方向。

他的心已随归雁而去，他的心已安顿在故乡山水之间，他内心涌动着一种丰盈和充实，他并不失望，亦不怅然。他熟悉这片天空，这些小鸟，他知道投林的暮鸦还没有到来。可以想象，群鸦纷飞，聒噪不已，那才热闹哩。寂静消失，必然是喧闹，他在等待，他在期盼，他把全部的心情都倾注在这些山水禽鸟之上，不为别的，就图一个"闲"情。该去的则去，该来的自然会来，不需刻意，不需伪饰，生活的道理也许就蕴含在这片生机之中。

山水令人陶醉，飞鸟诱人遐思，诗人有足够的闲情逸致与山水对话，与飞鸟交流，他有足够的心情来回顾自己的风雨人生，荣辱穷达。虽然是老病之身，虽然是退守江湖，虽然是赋闲在家，可是自己毕竟辉煌过，才华横溢，诗名远扬，天下风光，似乎只有诗人这样才情卓异的人才配享故乡这片奇美的山水，似乎故乡这片美丽的山水，也只有诗人的到来才格外增辉添彩。诗情与山水相融，才华与天地同辉。

"伯仲"一词流露出诗人的自豪、自信和自傲。语本曹丕《典论·论文》："傅毅之于班固，伯仲之间耳。"诗中当指苏轼门下诸君。吴曾《能改斋漫录》卷十一："子瞻，子由门下客最知名者：黄鲁直、张文潜、晁无咎、秦少游，世谓之'四学士'。至陈无己，文行虽高，以晚出东坡门，故不若四人之著，故陈无己作《佛指记》曰：'余以辞义，名次四君。'"后来陈师道、李廌与四学士并称"苏门六君子"。

一次晚坐，浏览山川，穷通天地，为一个人所拥有的湖水最纯净，为一个人所拥有的树林最青翠，为一个人所拥有的飞鸟最空灵，为一个所拥有的暮鸦最温馨，为一个人所拥有的归雁最亲切。一个人的世界最快乐，这份快乐写满天地，写满人生。

一抹残阳冷人心

晚步

汪元量

未暝先啼草际蛩，石桥暗度晚花风。

归鸦不带残阳老，留得林梢一抹红。

一个人的黄昏是孤独的、冷清的；一个人的黄昏也是诗意的、美丽的。读宋代爱国诗人汪元量的小诗《晚步》，我们会欣赏到这种冷热交织、喜忧参半的凝重画面。

这个傍晚，诗人看到了怎样的风景？又有怎样的人生感慨呢？还是让我们沿着诗人的足迹走进黄昏，走进风景，也走进诗人的内心世界吧。

天色未暝，残阳未落，诗人信步徜徉，来到石桥之上。驻足四望，晚风轻轻袭来，带来缕缕花草芳香；脚下草丛之中，蟋蟀早已放声歌唱，声音此起彼伏，响成一曲天籁，让人别有感触。诗歌一开笔，就给我们描绘了一幅立体多维的直观画面。诗人随心所欲，观花赏草，移步换景，兴致勃勃。

从听觉而言是蟋蟀吟唱，于草丛之间，于凉秋之际，昆虫鸣叫，声音凄切而尖厉，声声入耳，触动心怀。四周很宁静，似乎也有一点荒凉，蟋蟀的鸣叫，自然让人感受到秋意袭人，郊野冷清，内心的寒凉不言而喻。注意诗人的用字"啼"，组词有"啼哭、哭唱、啼鸣"之类的，多有寒蝉凄切、对长亭晚的凄清意味。

从嗅觉描写来看，风儿轻轻吹，芳香阵阵来，看不见，摸不着，却闻得到，香风来得轻手轻脚，来得悄无声息。一个"暗"字既是表面上交代天色昏暗，时间不早，也含蓄点出风来无迹、香飘无声的特点，轻盈，幽美，细腻，清新，颇见诗人锤炼功力。

从视觉来讲，也是别有风景。野草丛生，杂花盛开，石桥静立，流水潺潺，历历如画，美不胜收。

诗人笔下，所见所闻，所嗅所触，无不静美如画，深邃如诗。每一片风景后面都有一段心灵的情感，一声虫鸣，一朵花开，一阵风吹，一缕芳香，一丛野草，一天幽暗，无不含情带意，动人心怀，特别是诗中"暝""暗""晚""啼"这些字眼，分明又暗示了诗人凄清、苍凉的心境。

诗人的心是冷寂、寒凉的，他看到了一片忧伤的风景。乌鸦三五成群，嘎嘎飞鸣，投林归巢，似乎也懂得诗人的心思，没有带走夕阳，竟留下林梢最后一抹残红供诗人欣赏。一抹残红，照亮了寒山瘦水，照亮了秋林秃枝，驱除了寒鸦不祥，驱除了黑暗无边，多少让人感觉欣慰，让人感觉温暖。这是黄昏的亮点，犹如一幅画：丛林梢头，残阳如血，长天如晦，有点苍凉，有点亮丽，给人的感触特别强烈，特别震撼。何以如此？日落西山，秋转寒凉，叶落林枯，虫鸣草丛，衰败之景，触目惊心。

再说诗人的用词，也是处处充满悲情。"残"阳如血，"老"去无还，沉沉暮霭，沉沉死气，还有沉沉苍凉。"乌鸦"呢，在中国传统诗文化之中，大多是不祥、凶险的象征，传达一种阴森、恐惧的氛围。其形漆黑，面目可憎，其声尖厉，刺耳惊心，其飞猛勇，本性凶狠。

笔者记得家乡的人们将乌鸦称为"老哇"，意谓其叫声好比小孩"哇哇大哭"，尖厉刺耳，伤心惊人，甚至让人感到恐惧害怕。小时候笔者随父亲穿山走林，担柴回家，听到"老哇"的叫声，父亲总要"呸、呸"两声，吐一点唾沫，口中念念有词，诅咒乌鸦。现在，人们还把说不吉祥话语的人称为"乌鸦嘴"。因此，读到乌鸦的形象，给人的感受就是不安、不祥，尽管诗人表面上是在感谢归鸦不带走夕阳，骨子里则是对乌鸦恨之、怒之。乌鸦，残阳，秃林，长天，几个典型的意象勾勒出一幅苍凉沉寂的黄昏剪影。

蟋蟀悲鸣，归鸦投林，残阳如血，秋林空荡，长天空寂，秋风含凉，这就是黄昏的风景，这也是诗人心灵的风景，冷清，沉寂，忧患，不宁。何以如此呢？这与诗人的身份和处境有关。汪元量为南宋爱国诗人，心忧国运，情牵天下，一生报国，却看到国运衰微，存亡不定，诗人深感忧虑，极度不安。所以，他看见如血的残阳，他听见刺耳的虫鸣，他静观孤独的晚霞。

行人怅望苏台柳

姑苏怀古

姜夔

夜暗归云绕柁牙，江涵星影鹭眠沙。

行人怅望苏台柳，曾与吴王扫落花。

风景是心灵的底片，闪烁出情感的光芒；风景也是历史的见证，折射出沧桑巨变。经典的咏史怀古诗章总是融风景与历史于一体，汇诗意与兴亡于一炉。宋代诗人姜夔的小诗《姑苏怀古》借景抒情，以景衬史，情景与兴亡交融，诗意与描写共存，是一首精致典雅、意味深长的佳构。

抛开历史，不问兴废，呈现在诗人眼前的风景绝对是一幅优美迷人的画图。夜深人静，沉沉云幕低垂江畔，似从远方归来，又像依恋桅杆，弥漫江面，环绕小船。江水潺潺流淌，清澈见底，映出璀璨群星。宁静的沙滩上，白鹭悠然自得地睡眠。诗人抬头仰望，可观星光灿烂，光芒四射；低首俯视，可视星光点点，流水淙淙；平视江岸，可睹白鹭眠沙，恬静安详：好一幅和谐、辽远而又深邃的风景画！

云朵悠闲飘荡，有情有意，在宁静的夜晚，在无人打扰的江上，它亲近小船，陪伴诗人，依恋诗人，让人心生感动，欣慰欣喜。一个"绕"字写出了云的绵绵情意。李白写云"浮云游子意，落日故人情"，云游四方，无根无底，类同游子，漂泊辗转，流离天涯。陶潜写云"云无心以出岫，鸟倦飞而知还"，云涌山间，自由自在，无心无肺，几多清明，几多自然。徐志摩写云"轻轻的／我走了／正如我／轻轻的来／我挥一挥衣袖／不带走一片云彩／"云游西天，光彩照人，飘逸轻盈，高洁浪漫。凡此种种，云有情，诗有意，情投意合，诗兴勃发。姜诗用"云"的悠游自适来烘托夜晚的宁静美好。

一个"眠"字写白鹭，沙暖气清，白鹭安眠，一派静谧，一派祥和。睡得甜香，睡得幽美，也睡得让人心生羡慕。恬静、闲适、自由、安宁，全在"鹭眠沙"的静美画面中流露出来。综观一、二两句，晚云悠闲，江水澄清，星斗灿烂，白鹭自适，营构了一个清幽迷人境界，突现江山如画、千秋永恒之意。

诗歌三、四两句笔锋一转，由前面的写景咏赞过渡到抒写兴亡之感。诗人选取了一个巧妙的切入点——苏台柳，望柳伤心，怅然若失，为何？这不是一般古道长亭旁、渡口码头边的普通柳树，这是苏台柳。苏台，即姑苏台，春秋时期吴王阖闾所建，在今姑苏市（苏州市）西南的姑苏山上，此地之柳，见证了荣华富贵，见证了王朝兴衰，见证了风云变幻，见证了政权更迭。诗人特别点出，当年在吴王豪华的宫殿里，它曾经柳枝低垂，轻拂过满地的片片落花；现在呢？柳枝仍在，豪华不存，富贵消散，那些权倾一时、叱咤风云的君王也消失在茫茫岁月长河之中。柳与离别有关，此处又不关朋友之别，亲人之离，恋人之隔，只关乎历史兴亡，政权更替。今天告别过去，荒芜代替繁盛，萧条淹没兴旺，柳树关乎历史与现实，柳树见证沧桑与悲凉，这就是诗人惆怅的主要原因。

"落花"这个意象也很耐人寻味。诗中字面意思是烘托吴王极盛时代的繁华富贵，无限风光；结合诗人今日的感受来看，则又蕴含王朝衰败、气数已尽的伤感和苍凉。今天的姑苏台，杂草丛生，残枝败柳，断垣残壁，可谓惨不忍睹，谁能想到呢？谁又忍心看呢？历史像一位魔术师，变来变去，迷离莫测啊！

全诗表面来看，似乎一、二句写景，与三、四句抒怀不相关涉，其实意脉相连，暗含比衬。诗人意在用江山美好、自然永恒这一不变之景来反衬富贵如云、王朝兴废这一变幻之事，大开大合，腾挪跌宕，颇具艺术张力，让人在吟咏之间心灵深受震撼，心思猛然顿悟。宁静平和的风景背后是风云激荡，荒芜苍凉背后是富贵繁华，世事无常，变幻莫测。人啊，焉能不感慨万分？

图书在版编目（CIP）数据

你的时光　我曾来过 / 偃月公子著. — 北京：北京联合出版公司，2015.9

ISBN 978-7-5502-4115-2

Ⅰ．①你… Ⅱ．①偃… Ⅲ．①宋诗—诗集 Ⅳ．①I222.744

中国版本图书馆CIP数据核字(2015)第143190号

你的时光　我曾来过

出版统筹：新华先锋
责任编辑：肖　桓
特约编辑：李　娜
封面设计：郑金将
版式设计：杨祎妹

北京联合出版公司出版
（北京市西城区德外大街83号楼9层　100088）
北京鹏润伟业印刷有限公司印刷　新华书店经销
字数135千字　620毫米×889毫米　1/16　14印张
2015年9月第1版　2015年9月第1次印刷
ISBN 978-7-5502-4115-2
定价：39.50元